Stefán Máni
Der Stier und das Mädchen

Das Buch

In einer verlassenen Ecke Islands, wo der weite Himmel bis zur Erde reicht und nur das Brausen des fernen Meeres zu hören ist, haben zwei junge Touristinnen eine Autopanne. Zu Fuß erreichen sie einen einsamen Bauernhof. Auf ihrer Suche nach den Bewohnern entdecken sie in der Scheune zwei Tote, grausam zugerichtet. Auch im Wohnhaus machen sie einen ähnlich entsetzlichen Fund. Aber bevor sie fliehen können, merken sie, dass sie nicht allein auf dem Hof sind …

Der Autor

Mit 17 Jahren schmiss Stefán Máni die Schule und bereiste die Welt, immer auf der Suche nach guten Rockkonzerten und Abenteuern. Schließlich landete er wieder in Island, wo er in der Fischindustrie seiner Heimatstadt Ólafsvík Arbeit fand und 1996 sein erstes Buch veröffentlichte. In seinen Anfangsjahren als Autor verdiente er sich seinen Lebensunterhalt zusätzlich als Bauarbeiter und Geschirrwäscher, in einer Druckerei und in einer Nervenklinik. Inzwischen wurden 13 seiner Bücher für den Skandinavischen Krimipreis nominiert, sein Buch »Das Schiff« wurde verfilmt und in vier Sprachen übersetzt. 2007 und 2013 erhielt er den renommierten isländischen Krimipreis Blóðdropinn. Stefán Máni lebt in Reykjavík.

STEFÁN MÁNI

DER STIER UND DAS MÄDCHEN

Ein Island-Thriller

Aus dem Isländischen von Karl-Ludwig Wetzig

Die isländische Ausgabe erschien 2015 unter dem Titel
»Nautið« bei Sögur útgáfa, Reykjavík.

Deutsche Erstveröffentlichung bei
Edition M, Amazon Media EU S.à r.l.
5 Rue Plaetis, L-2338 Luxembourg
November 2017
Copyright © der Originalausgabe 2015
By Stefán Máni
All rights reserved.
Copyright © der deutschsprachigen Ausgabe 2017
By Karl-Ludwig Wetzig

Die Übersetzung dieses Buches wurde durch AmazonCrossing
ermöglicht.

Dieses Buch wurde mit der finanziellen Unterstützung des
Icelandic Literature Center übersetzt.

🔳 ICELANDIC LITERATURE CENTER

Umschlaggestaltung: semper smile, München,
www.sempersmile.de
Umschlagmotiv: © Tim Flach / Getty; © Ensuper / Getty
Lektorat: Gisa Marehn
Korrektorat und Satz:
Verlag Lutz Garnies, Haar bei München, www.vlg.de
Printed in Germany
By Amazon Distribution GmbH
Amazonstraße 1
04347 Leipzig, Germany

ISBN 978-1-542-04969-6

www.edition-m-verlag.de

Etwas, das brüllt

Die Berge sind hoch, der Fjord ist tief, Sonnenschein glitzert auf dem Wasser. Die Straße schlängelt sich bergauf und verliert sich irgendwo in der Ferne. Über dem Asphalt flirrt die aufgeheizte Luft, darin bewegt sich ein heller Fleck, der langsam näher kommt und Konturen annimmt. Ein Auto, ein weißer *Yaris* mit zwei jungen Frauen an Bord und einem kleinen Aufkleber der Autovermietung *Hertz* auf der Heckscheibe.

Frida und Melanie heißen die beiden. Im Kofferraum liegen zwei Rucksäcke, ein Pappkarton mit Lebensmitteln, Schlafsäcke und ein Zelt.

»Wie weit ist es bis ... Wie heißt der Ort noch?«, fragt Frida auf Englisch. Sie sitzt am Steuer, Melanie auf dem Beifahrersitz.

»Eskifjor-dur«, Melanie fährt mit dem Finger über die Straßenkarte. »Ich weiß nicht genau, ob er im nächsten oder im übernächsten Fjord liegt.«

»Fjord, Fjord, Fjord«, brummelt Frida. Sie ist aus Schweden, Melanie Australierin. Die eine ist dreiundzwanzig, die andere vierundzwanzig Jahre alt, sie haben sich im Studium in Edinburgh kennengelernt. Abgesehen von einem Trip nach London ist die Tour nach Island ihre erste richtige Reise zusammen.

»Hast du auch wirklich auf volle Kühlung gestellt?«, fragt Melanie.

»Ja, bis zum Anschlag, aber ...« Frida bricht ab, als der Motor ein lautes Geräusch von sich gibt und zu stottern beginnt.

»Was ist los?«, fragt Melanie.

»Keine Ahnung.« Frida schaltet einen Gang zurück und tritt aufs Gaspedal, aber der Wagen hat nur noch so wenig Leistung, dass sie anhalten muss. Der Motor stottert und hustet und säuft dann ganz ab.

»Ist er kaputt?«, fragt Melanie.

Frida antwortet nicht. Sie dreht den Schlüssel im Zündschloss, der Anlasser arbeitet, aber der Wagen springt nicht an. »Mist!«

»Frida?«

»Was denn?«, fragt sie.

»Sitzen wir fest?«

Frida fuchtelt mit den Händen. »Wonach sieht's denn aus?«

»Sollten wir nicht jemanden anrufen?«

Frida checkt ihr Handy. »Kein Netz. Super!«

Melanie schaut aus dem Fenster auf die grob gezackten Berge und das dunkelblaue Meer. »Was machen wir jetzt?«

Frida wischt sich den Schweiß von der Stirn. »Hier warten können wir nicht. Wir gehen ein vor Hitze. Es muss irgendwo in der Nähe einen Bauernhof geben. Wenn nicht, trampen wir nach Eskifjordur.«

»Okay«, sagt Melanie. Sie steigen aus. Die Stille ist nahezu überwältigend, doch das dumpfe Brausen des Meeres und leises Vogelgezwitscher sind zu hören.

Frida bindet sich ihre Windjacke um die Hüfte. »Wir nehmen nur das Allernötigste mit, unsere Portemonnaies, die Pässe und etwas zu trinken.«

»Okay.« Melanie hängt sich die Kamera um den Hals, steckt ihren Kosmetikbeutel, eine Packung Kekse und zwei Flaschen Wasser in ihren Tagesrucksack.

Frida geht voraus. Am Vortag haben sie ein paar Stunden an der Gletscherlagune Jökulsárlón verbracht. Im Gehen sieht Melanie die Aufnahmen durch.

Frida bleibt stehen. »Nun komm schon!«

Melanie blickt auf und zeigt nach vorn. »Was ist das da?«

»Was?«

»Das Schild da. Das gelbe.«

Sie gehen schneller, kommen dem Schild näher. Es steht unterhalb der Straße und zeigt auf einen abzweigenden Schotterweg, der im flacheren Gelände verschwindet.

Uxavellir 1 km steht darauf.

»Ob das ein Bauernhof ist?«, fragt Melanie.

Frida zuckt mit den Schultern. »Nehme ich an. Ein Kilometer ist nicht weit. Wollen wir's versuchen?«

Melanie guckt vor und zurück. Kein einziges Auto ist in Sichtweite, außer ihrem eigenen, das fjordeinwärts zu einem kleinen Punkt geworden ist. »Ja, wir haben nichts zu verlieren.«

Sie verlassen die Ringstraße und folgen dem Abzweig.

»Es ist ein Bauernhof«, sagt Melanie wenig später. Sie schauen von einem Abhang über Heideland, Moorflächen und Wiesen. Der Weg endet an einer kleinen Anhöhe. Darauf stehen ein paar Gebäude, weiß mit rotem Dach.

»Kannst du jemanden sehen?«

Melanie guckt durch den Sucher ihrer Kamera und zoomt näher heran. »Nein, vielleicht halten sie gerade Siesta oder so.«

Frida lacht. »Siesta? Wir sind in Island, nicht in Spanien.«

Melanie grinst. »Vielleicht kommt der Bauer aus Spanien.«

Sie gehen los. Unten im flachen Gelände taucht ein windschiefer Wellblechschuppen auf, von einem verfallenen Zaun umgeben, innerhalb der Umzäunung wuchert nichts als Unkraut.

Melanie bleibt stehen, um den Schuppen zu fotografieren.

Frida macht eine abwehrende Geste. »Nicht jetzt! Ich sterbe vor Hitze. Lass uns weitergehen!«

»Moment.« Melanie geht ein paar Schritte näher heran, geht in die Hocke und knipst noch ein Foto aus dieser Perspektive.

»Wir brauchen Hilfe. Vergessen?«, fragt Frida genervt.

»Das ist ein cooler Schuppen, irgendwie so authentisch!«, ruft Melanie begeistert. »Ich werfe mal eben einen Blick hinein.«

Frida seufzt ergeben und setzt sich auf einen Stein am Wegrand. Die Sonne knallt ihr direkt auf den Kopf, Fliegen schwirren im Unkraut und der Schweiß läuft ihr in die Augen. »Mach schnell, ich sterbe gleich!«

Melanie betritt den Schuppen, taucht in seinen Schatten. Ihre Augen gewöhnen sich an das schwache Licht und sie riecht einen vertrauten Geruch. Ihr Onkel betreibt nicht weit von Perth, der Stadt, in der sie aufgewachsen ist, eine Farm.

»Das ist ein alter Pferdestall!«, ruft sie.

»Lass uns weitergehen!«, ruft Frida zurück.

Melanie sieht sich um. In der Mitte des Schuppens befindet sich eine Futterkrippe, zur Tür hin zwei Boxen, im hinteren Teil eine Scheune. Sie ist leer, bis auf ein wenig vergammeltes altes Heu. Sie klappt den Blitz auf und schießt ein paar Fotos.

Was ist das?

Beim Heu steht etwas Braunes auf dem Boden. Eine Sporttasche. Daneben liegt ein Pferdeschädel mit einem Teelicht darauf. Auf dem Boden liegen ein paar Zigarettenstummel, ins Heu ist eine Schlafstelle gedrückt, darin liegt eine zusammengefaltete Landkarte, an einem Nagel in der Wand hängt an einem Riemen ein kleines Fernglas.

»Frida?«

»Was denn?«

»Hier übernachtet jemand.«

»Was?«

»Hier sind eine Tasche und eine Menge anderes Zeug. In dem Schuppen wohnt jemand.«

»Komm jetzt!«, ruft Frida.

Melanie macht noch zwei Fotos und geht wieder hinaus in den Sonnenschein. »Wer schläft denn in so einer Hütte?«

Frida blickt über die Schulter zurück, als fürchte sie, verfolgt zu werden. »Keine Ahnung. Ein Landstreicher?«

»Mag sein«, sagt Melanie. »Trotzdem. Da drinnen sind ein Fernglas und eine Sporttasche mit Klamotten. Wer treibt sich denn mit einem Fernglas herum?«

»Ich weiß es nicht«, murmelt Frida und geht schneller. Sie erreichen das Gehöft. Das Wohnhaus steht mitten auf dem Hügel, ein zweigeschossiges Steinhaus mit Gaube. Daneben befindet sich ein eingezäunter Garten mit T-förmigen Wäschepfählen, auf der anderen Seite erhebt sich ein großer Schuppen wie eine übergroße Garage. Der Schuppen steht offen, drinnen ist es stockfinster, davor steht aufgebockt ein blauer *Isuzu*-Pick-up.

Nirgendwo regt sich etwas.

Melanie bleibt stehen.

»Was ist?«, fragt Frida.

»Hör mal!«

Sie lauschen beide. Irgendwo bellt ein Hund. Das Bellen klingt kräftig, aber gedämpft.

»Scheint weit weg zu sein«, sagt Frida.

»Oder er ist eingesperrt«, meint Melanie.

Frida deutet auf den Pick-up ohne Räder. »Wenn das das einzige Auto ist, fürchte ich, werden wir nicht nach Eskifjordur gefahren.«

»Aber Telefon müssen sie doch haben.«

»Wo stecken die denn nur?«

»Hör noch mal!«, sagt Melanie.

»Was?«

»Psst!«

Sie lauschen wieder. Das Bellen ist verstummt, aber sie hören ein lang gezogenes Muhen.

Melanie zeigt auf den Stall. »Es kommt von da. Da sind Kühe drin. Warum sind sie denn im Stall? Sollten sie nicht draußen auf der Weide sein?«

Frida ringt die Hände. »Ich weiß es nicht. Komm, wir klopfen an.«

Melanie wirft einen Blick zum Haus, dann wieder zum Stall. »Du klopfst. Ich sehe mal bei den Kühen nach.«

»Aber …«

»Vielleicht sind ja alle im Stall«, sagt Melanie, während sie schon über den Hof geht.

»Ja, vielleicht«, murmelt Frida. Sie betrachtet das Wohnhaus. Die Haustür ist geschlossen und überall sind die Gardinen zugezogen.

Wieder bellt der Hund. Er scheint im Haus zu sein. Warum? Was hat das zu bedeuten? Dass niemand zu Hause ist?

Frida geht um das Haus herum. Auf der Schmalseite, die zu dem Schuppen zeigt, gibt es eine zweite Tür, vielleicht zur Waschküche oder Ähnlichem. Das Bellen wird lauter, der Hund kratzt innen an der Tür, dann winselt er leise.

»Braves Hundchen«, sagt Frida. Sie geht zurück zur Vorderseite, am Küchenfenster vorbei, und stellt sich vor die Haustür.

Sie rafft ihren Mut zusammen und klopft.

Keine Reaktion.

Sie wirft einen Blick über die Schulter. Melanie ist nicht zu sehen. Auf dem Stallfirst krächzt ein Rabe.

Frida klopft noch einmal, etwas fester. Es klackt, und die Tür springt etwa zwei Zentimeter auf, als sei sie nicht richtig zu gewesen. Frida stellen sich die Nackenhärchen auf. Sie tritt zwei Schritte zurück und wartet zwischen Bangen und Hoffen.

Nichts geschieht.

Sie drückt gegen die Tür, öffnet sie ein Stück. »Hallo? Entschuldigung?«

Keine Antwort.

Sie blickt in einen kleinen Flur, drinnen ist es dunkel.

»Hallo?« Frida öffnet die Tür ganz und betritt das Haus. Am anderen Ende des Hauses jault der Hund. »Ist jemand da?«

Melanie geht zum Viehstall. Er hat drei Türen, je eine kleine an beiden Enden und ein großes Schiebetor in der Mitte. In dem Schiebetor ist noch einmal eine kleinere Tür. Die linke Tür ist verschlossen. Darüber ragt ein rot gestrichener Stahlträger aus der Wand, der wie eine Eisenbahnschiene aussieht. Sie probiert es an der Tür im Schiebetor. Sie ist nicht verschlossen und öffnet sich auf einen breiten Gang.

»Hallo?«

Die Kühe muhen, das ist die einzige Antwort, die sie bekommt.

Melanie beschattet die Augen mit der Hand und schaut nach draußen. Frida steht noch immer vor dem Wohnhaus, offensichtlich zögernd und unschlüssig. Warum klopft sie denn nicht an?

Melanie ist mutiger. Sie steigt über die hohe Schwelle und schaut in den Gang. Sie hört etwas quietschen, dann schlägt die Tür zu und etwas fällt laut scheppernd zu Boden.

Rums!

»Jesus!« Melanie hat sich total erschrocken. Doch wahrscheinlich hängt die Tür schief und fällt deshalb von allein zu.

Und was ist auf den Boden gefallen? Sie schaut sich um, kann aber nichts entdecken. Egal.

»Hallo?«

Die Kühe antworten mit lautem Muhen. Zur Linken steht eine Tür offen, dahinter herrscht Dunkelheit. Zur Rechten folgt eine geschlossene Tür, weiter hinten ein großes, weit geöffnetes Scheunentor.

Vor Melanie liegt der eigentliche Kuhstall: ein langer Futtergang, Boxen zu beiden Seiten und unter der Decke durchsichtige Leitungsrohre. Die Kühe wedeln mit dem Schwanz und schauen sie mit großen Augen an. Es riecht streng nach Vieh.

Melanie wirft einen Blick in die Scheune. Sie ist fast leer, ein paar fette Fliegen surren umher.

Die Kühe brüllen noch lauter, als bettelten sie um etwas.

»Warum seid ihr nicht draußen?« Melanie wundert sich und geht auf die erste Kuh zu.

»Großer Gott!« Sie schlägt sich die Hand vor den Mund und bleibt stehen.

Die Kühe zittern, ihnen läuft die Milch aus den Zitzen. Die Euter sind prall, kleine Rinnsale von Milch fließen über den verdreckten Boden, vereinen sich zu Bächen und strömen am Ende in die Abflussrinne, wo sich die Milch mit Urin und Kuhmist mischt.

Der Futtergang ist leer, die Kühe sind ausgehungert und in schlechtem Zustand.

»Ihr Ärmsten!« Es versetzt Melanie einen Stich. Sie eilt in die Scheune. Ganz hinten liegt noch ein Ballen Heu. Sie packt einen Armvoll und geht zurück, bleibt aber stehen, als sie auf etwas Knirschendes tritt.

Sie schaut zu Boden. Auf dem Boden liegen Scherben, nicht weit davon glänzt ein dunkler Fleck, feucht und dunkelrot. Kohlschwarze Schmeißfliegen surren darum herum.

Ist das Blut?

Melanie schaut in den Gang. Sie ist verwirrt. Warum sind die Kühe nicht gemolken worden?

Was ist hier los?

Sie zögert, lässt das Heu fallen und rennt aus der Scheune. Das Herz klopft ihr bis zum Hals. Sie will durch dieselbe Tür ins Freie, aber die Tür hat keinen Griff.

»O nein!«

Sie haut mit der flachen Hand gegen die Tür. »Frida!«

Keine Antwort.

Was soll sie tun?

Melanie fängt an zu hyperventilieren, ihre Augenlider flattern. Sie schaut auf die offene Tür zu dem dunklen Raum. Sie nähert sich, tastet innen an der Wand, findet einen Schalter und knipst das Licht an.

Es scheint sich um die Futterkammer zu handeln. In der Mitte auf dem betonierten Boden steht eine volle Wassertonne. In einer Pfütze um die Tonne liegen ein paar ertrunkene Ratten. Aus der Tonne ragen zwei steife Beine in Hose und Schuhen.

Melanie stößt einen gellenden Schrei aus und stolpert rückwärts wieder zur Tür hinaus.

In der Tonne steckt ein Toter.

Sie dreht sich um, rennt durch den Gang und reißt die Tür gegenüber auf. Ihr gefriert das Blut in den Adern.

»Oh, mein Gott!«

Wie gelähmt starrt sie in den weiß gestrichenen Raum. Von der Decke hängt eine Kette mit Eisenhaken. Daran baumelt ein menschlicher Torso. Unter dem kreideweißen Torso steht eine Eisenwanne, halb voll mit dunklem Blut. Aus dem geronnenen Blut ragt zur Hälfte ein menschlicher Kopf – starrende Augen, weit aufklaffender Mund. Auf dem Boden liegen Arme, Beine und blutiges Werkzeug: eine Machete und zwei spitze Messer.

Frida betritt das Wohnhaus. »Hallo?«

Keine Antwort.

Sie schleicht durch den Flur. Warum schleicht sie? Ihr Herz klopft wild. Sie durchquert den fensterlosen Raum, etwas wie eine Diele, mit einer schwarzen Standuhr und einem Bücherschrank. Eine steile Treppe führt nach oben. Die Uhr gibt ein regelmäßiges Ticken von sich, das zwischen den Wänden widerhallt.

Frida traut sich kaum zu atmen. Sie hat Angst, weiß jedoch nicht, warum. Abgesehen von dem metallischen Ticken ist es still im Haus. Wahrscheinlich ist niemand da. Und trotzdem dieses Gefühl, jemand halte sich versteckt, beobachte sie, lausche auf jedes Geräusch.

»Hallo, ist jemand da?«

Sie schaut nach links. Dort ist die Küche. Dahinter ein

Flur, der an einer geschlossenen Tür endet. Hinter der Tür jault leise der Hund.

Frida will noch einmal rufen, lässt es aber, als sie mit den Füßen an etwas hängen bleibt. Sie schaut nach unten. Auf dem Boden liegt eine Rolle Stacheldraht. Es ist nicht viel von ihr übrig, nur die Plastikrolle mit ein oder zwei Windungen von Draht, die sich über den Boden ringeln.

Daneben liegen ein Paar Arbeitshandschuhe, ein Hammer und ein Päckchen mit Krampen.

Frida folgt mit den Augen dem Draht, der nach rechts in ein abgedunkeltes Zimmer führt. Der Stacheldraht spannt sich kreuz und quer durch das Zimmer, vom Boden bis zur Decke, von einer Wand zur anderen, in der Mitte verdickt zu einem Knäuel, das in der Luft hängt wie …

Zögernd nähert sie sich und reißt die Augen auf.

… wie ein eingesponnenes Insekt in einem Spinnennetz.

Frida steht vor Verwunderung mit offenem Mund da. Ein Spinnennetz aus Stacheldraht?

Ihre Augen gewöhnen sich an das schummerige Licht, sie tritt zwei Schritte näher, achtet aber darauf, nicht an die stacheligen Drähte zu kommen, die sich zu dem länglichen Kokon spannen. Was ist hier eigentlich …?

Frida ringt nach Luft. Sie sieht einen Finger, eine ganze Hand, Haarsträhnen, einen Fuß, Blutstropfen auf dem Teppichboden, leere Augen starren sie zwischen den Drahtschlingen an.

In dem Drahtgewirr hängt jemand. Eine Frau.

Frida schreit auf, schlägt die Hand vor den Mund und ruft wieder und wieder: »O Gott! O Gott!«

Sie muss hier raus. Der Hund beginnt abermals zu bellen und aus dem oberen Stockwerk ist ein Poltern zu hören.

Frida erstarrt vor Angst, sie hält sich am Türrahmen fest und schaut mit panischer Miene nach oben.

»Muh!« Jemand geht da oben umher. Jemand oder etwas, das brüllt wie ein Stier. Die schweren Schritte nähern sich der Treppe.

Frida schreit erneut auf, dann stürzt sie los. Rennt zur Tür.

Sie muss hier raus!

»Muh!« Die Treppe kracht, als das, was da brüllt, herab-gestürmt kommt.

Der Stier und das Mädchen

In einer Kellerwohnung in der Njálsgata im Zentrum von Reykjavík sitzen zwei Personen am Küchentisch und spielen Rommé. Ein dunkelhaariger Mann und eine Frau.

Rikki und Hanna.

Hanna trägt einen limonengrünen Pulli unter einer weißen Kunstlederjacke, einen weißen Minirock und weiße Stiefel mit hohen Absätzen. Sie ist über dreißig, will aber unbedingt jünger aussehen. Ihr platinblondes Haar ist schulterlang geschnitten, mit geradem Pony. In ihrem linken Nasenflügel sitzt ein Glitzerstein, sie ist stark geschminkt, trägt einen Brillantring am Finger und um den Hals eine Silberkette mit einem kleinen Anhänger in Form eines Schlüssels.

Sie ist schlank, eigentlich mager. Seit der Konfirmation war ihr Leben von Bulimie bestimmt, bis sie über zwanzig war. Sie hat noch immer Phasen, in denen sie sich regelmäßig erbricht, besonders wenn sie unglücklich ist oder sich dick fühlt. Ihrer Erfahrung nach kann man nicht unglücklich sein, ohne sich dick zu fühlen.

Rikki trägt nur enge Jeans, Oberkörper und Füße sind nackt. Die Haare hängen ihm in die Stirn und seine Wangen bedeckt ein Dreitagebart. Beide halten die Karten wie einen Fächer, er hat sieben, sie fünf Karten auf der Hand.

»Wieso die Ausgehmontur?«, fragt er mit dunkler Stimme, spöttisch und zugleich desinteressiert.

Hanna zieht eine Karte, behält sie und legt eine Kreuzacht ab. »Wieso denn nicht? Wollen wir heute Abend vielleicht ausgehen?«

Rikki nimmt die Karte vom Stapel, legt eine Reihe Kreuz aus, von der Acht bis zum Buben, und wirft eine Herzdrei ab. »Hast du keine Angst, ›du weißt schon wem‹ zu begegnen?«

»Nicht so viel wie du.« Sie grinst, nimmt die Herzdrei, legt sie zusammen mit Kreuz- und Karodrei aus und wirft eine Pikdame ab.

Er zieht eine Karte, wirft sie wieder ab. »Warum geben sich Frauen wie du immer mit Typen wie ihm ab?«

Sie zuckt die Schultern, zieht eine Karte, behält sie und legt eine Kreuzfünf ab. »Das Pferd geht dorthin, wo es am meisten gequält wird?«

Rikki nimmt die Fünf. »Und was bedeutet das?«

Sie setzt ein Lächeln auf. »Ach, nichts.«

»Du und deine Sprüche«, murmelt er.

Sie zuckt die Achseln. »Ich komme vom Land. Was soll ich sonst sagen?«

»Eben«, sagt er mit einem eiskalten Grinsen auf den Lippen. »Du isst Innereien, spielst Karten und kennst mehr Sprüche als meine Großmutter.«

»Haha.« Hanna findet es nicht lustig.

»Hat das etwa gesessen?«, erkundigt er sich spöttisch. »Ist das kleine Mädchen vom Land etwa ein Sensibelchen?«

»Was meinst du mit ›Frauen wie ich‹?«, fragt sie.

»Nichts. Vergiss es«, zischt er und wirft ein Herzass auf den Stapel.

»Okay, okay.« Sie nimmt das Ass, legt eine Karosechs ab. »Aber ich gehe nicht mit ihm, klar? Ich gehe mit dir.«

»Whatever«, murmelt Rikki. Er zieht eine Karte, sortiert sie ein und legt einen Pikbuben ab. »Pikbube, Karobube – sind wir nicht einer wie der andere?«

Hanna kichert. »Im Gegensatz zu Anton hast du Humor. Und denkst auch nicht ständig an Kohle.«

»Also zum Lachen und pleite?«, fragt er, ohne eine Miene zu verziehen.

Hanna lacht laut auf. »Na bitte, wie ich gesagt habe, du bist ein lustiger Typ. Lustig und süß.«

»Mach schon«, brummt Rikki. Er wirft einen Blick auf die Uhr, die über ihnen an der Wand hängt.

Hanna gefriert innerlich. Sie zieht, legt eine Kreuzsechs ab. »Hast du was vor?«

»Ja, muss bald los.« Er nimmt die Sechs auf, legt eine Herzneun ab.

Hanna nimmt sie und wirft das Pikass ab. »Geht es um das Koks?«

Rikki überlegt, dann zieht er eine Karte. »Welches Koks?«

»Die dicke Tüte, die du von ›du weißt schon wem‹ bekommen hast«, sagt Hanna. »Wie viel ist drin? Zehn Gramm? Zwanzig?«

»Erstens fange ich nicht an, Koks zu dealen. Zweitens geht es dich nichts an, wie viel in der Tüte ist. Und drittens bekommst du nicht ein einziges Gramm davon.«

Rikki legt drei Könige auf den Tisch, legt an seiner Kreuzreihe zwei Karten an, die Pikdrei an Hannas Reihe und macht mit Karoass Schluss. »Rommé!«

Sie wirft mit saurer Miene ihre Karten auf den Tisch. »Was soll das heißen? Willst du mir nicht einmal eine kleine Prise abgeben?«

Er steht auf, geht ins Wohnzimmer, zieht sich Socken und ein T-Shirt an. »Du weißt doch genau, dass mir das Zeug nicht gehört.«

»Du könntest es doch ein bisschen strecken, nicht wahr?«, fragt sie unschuldig.

Rikki seufzt. »Wir werden sehen. Ich muss jetzt los. Bin in einer Viertelstunde wieder da, in einer halben Stunde höchstens. Willst du warten?«

»Möchtest du, dass ich auf dich warte?«, fragt sie schmollend zurück, wie ein Kind, das mit seinem Papa spielen will.

Er zieht eine Jeansjacke über, geht zu ihr und drückt ihr einen Kuss auf den Scheitel. »Selbstverständlich. Ich bin nicht lange weg, und danach machen wir was Schönes. Du und ich, okay?«

»Okay«, flötet sie.

Rikki geht in den Flur, einen Augenblick später schlägt er die Tür hinter sich zu. Der Knall hallt in der Stille nach.

Hanna trommelt mit den Nägeln der Rechten auf der Tischplatte und beißt sich auf die Unterlippe. Über ihr tickt die Wanduhr. Die Sekunden picken ihr hart und nadelspitz auf den Kopf. Die Zeit ist ein gnadenloser Vogel, der ihr den Schädel spalten und den Kopf öffnen will.

Tick. Tack.

Im Stall geht das Abendmelken dem Ende entgegen. Ihre Mutter ist ins Haus gegangen, um das Abendessen vorzubereiten. Ihr Vater räumt in der Milchkammer auf. Hanna ist dreizehn Jahre alt, schmal und hoch aufgeschossen, sie trägt das Haar zum Pferdeschwanz gebunden und hat dunkle Ringe unter den Augen. Sie hat ihrer Mutter beim Melken geholfen, hat ausgemistet und den Futtergang gefegt. Sie braucht nur noch dem Kalb den Milchaustauscher zu geben und Heu zu verteilen.

Die Kühe haben sich hingelegt, käuen wieder und muhen. Wenn sich nichts Besonderes ereignet und ein Tag das genaue Abbild des Vortages ist, dann scheint die Zeit stillzustehen, dann ist das Leben keine Reise, sondern eine Stimmung oder ein Traum, etwas, das nicht unbedingt Ort und Stunde hat, sondern einfach nur ist.

Hanna macht Licht in der Futterkammer, öffnet einen Sack mit Milchpulver und gibt drei gehäufte Löffel davon in einen Zehnliterplastikeimer, dann füllt sie den Eimer zur Hälfte mit kaltem Wasser auf und rührt mit einem langen Löffel um.

»Hast du Durst, mein Kleiner?« Sie trottet mit dem Eimer zum Kälberverschlag, wo sie ein drei Monate altes Stierkälbchen ungeduldig erwartet. Es ist so dürr und hat so große Augen wie sie.

Hanna hält den Eimer fest. Das Kalb steckt den Kopf hinein und schlappt eifrig die Flüssigkeit, so hastig, dass es fast ertrinkt. Schnell erreicht es den Boden des Eimers, und da steigt eine weiße Wolke auf, weil Hanna das Pulver nicht sorgfältig genug umgerührt hat.

»Na, na, na.« Sie nimmt den Eimer und klettert aus der Box. Das Kalb, weiß von der Nase bis zur Stirn, brüllt und leckt sich ums Maul. »Warte ab, Kleiner, ich rühre das nur noch einmal um.«

Hanna tapert mit dem Eimer im Arm los, bleibt aber stehen, als sie ihren Vater vor sich aufgepflanzt sieht wie einen steingewordenen Troll. Er starrt sie mit ausdrucksloser Miene an.

»Hi«, sagt sie, um irgendetwas zu sagen.

Ihr Vater leckt sich über die Lippen. »Was soll das, Mädchen?«

»Was denn?«

Er reißt ihr den Eimer aus der Hand. »Du musst das ordentlich anrühren. Das hier ist unbrauchbar. Weißt du, was ein Kilo davon kostet?«

»Ich gieße noch etwas Wasser zu und verrühre es richtig«, antwortet sie.

»Nein, das wirst du nicht tun«, sagt er wütend. »Das Kalb soll morgens und abends fünf Liter Milchaustauscher bekommen. Fünf. Keine vier, auch keine sechs oder acht, sondern fünf!«

»Ja, Papa.« Sie senkt betreten den Kopf.

Ihr Vater schleudert den Eimer weg. Er landet scheppernd und das Milchpulver verteilt sich auf dem Boden.

Hanna zuckt zusammen, wagt es aber nicht, sich zu rühren. Ihr Vater knurrt und schnauft durch die Nase wie ein Tier.

Er ist kräftig wie ein Stier gebaut, stinkt nach Schweiß und Selbstgebranntem und macht ein Gesicht, als würde er gleich losbrüllen.

Sie schließt die Augen. *Die See wellt sich wie Seide, es ist Nacht, und ein einsamer Fliegender Fisch teilt die schwarze Oberfläche und versucht, die ganze Strecke hinauf in das gute Licht zu segeln, das wie eine Laterne hoch am Himmel leuchtet und Silberstrahlen in alle Richtungen sendet. Der Fisch schwebt auf langen Flossen, seinen glänzenden Silberflügeln.*

Er spiegelt sich im Wasser, er fliegt höher und verschmilzt mit der zauberischen Helle. Dann verliert er an Höhe und stürzt ins Meer, wo ein Delfin grausam und gierig seine Kreise zieht.

Der Fliegende Fisch sieht Farben in der Tiefe: Gelb, Rot, Grün und Blau. Er glaubt erst, es sei ein Regenbogen, eine Brü-

*cke in eine andere und bessere Welt. Doch dann zeigt sich, dass
es ein bunter Schmetterling ist, verwirrt und hilflos …*

Tick. Tack.

Der Nachtklub ist ein dunkler Kasten, der durch das Weltall schwebt, durch einen Asteroidengürtel schießt und in ein schreiendes schwarzes Loch stürzt. Die Wände vibrieren, die Wärme ist zum Ersticken und der Lärm lähmend. Stroboskopblitze blenden, und die Bewegungen auf der Tanzfläche zucken und gefrieren in rasendem Takt.

Hanna irrt umher, mit stierem Blick von Alkohol, Drogen und Müdigkeit. Ihre Haare kleben platt an den Seiten, im Nacken sind sie verfilzt. Ihre Knie sind aufgeschürft, das T-Shirt ist fleckig, grasgrüne und schwarze Streifen ziehen sich über die Stiefel. Auf ihrem blassen, hageren Gesicht liegt ein abwesender Ausdruck, um Augen und Mund haben sich feine Falten eingegraben. Ihre Lippen sind dick mit rosa Gloss überzogen, sie glänzen wie lebendiges Weingummi. Die hellblauen Augen, umrahmt von bröckelndem Eyeliner, flackern kalt. Sie stößt gegen Tische, rempelt Leute an, sie fällt und verschüttet Getränke, sie ist so durch den Wind, dass sie nicht weiß, wo sie ist, wo sie vorher war oder wo sie hinwill. Nur immer weiter, mehr, nicht anhalten.

Ohne zu wissen, warum, guckt sie auf ihr Handy, reine Gewohnheit, unwillkürliche Bewegung. *43 Anrufe in Abwesenheit, 17 Nachrichten.*

Fuck!

Es ist fünf Minuten nach fünf.

Fünf Uhr nachmittags?

Fünf am Morgen?

Macht das einen Unterschied?

05:05.

Die Ziffern haben keine Bedeutung. Irgendwo in ihr pulsiert eine andere Uhr, ein tickendes mechanisches Insekt aus einer anderen Welt, das vorwärtskriecht und eine andere Zeit misst.

Tick. Tack.

Sie kauft sich irgendein Alcopop, trinkt es in einem Zug aus und zerschlägt die Flasche. Sie tritt jemandem auf den Fuß, jemand schreit und schubst sie weg. Sie stürmt auf die Tanzfläche und dreht sich mit geschlossenen Augen. Sie fällt zu Boden, Lichter blitzen, die Leute drehen sich über ihr.

Hanna rappelt sich auf, unsterblich und unter Strom. Halbnackte Mädchen, starrende Typen – degenerierte Schafe, gierige Wölfe. Sie torkelt weiter, prallt gegen eine Wand und drückt eine Tür auf, steht auf einmal in der Damentoilette.

Der Lärm wird schwächer, das Gedränge weniger, die Typen verschwinden, das Licht blinkt nicht mehr. Es ist unangenehm grell. Es gibt drei Toiletten, einen langen Waschtisch und einen großen Spiegel. Nur junge Frauen – schlank, hübsch, stark geschminkt. Sie pinkeln, sie quatschen miteinander, richten die Frisur, gucken in den Spiegel, ziehen den Minirock nach unten, drücken die Brüste hoch und frischen das Make-up auf. Schauspielerinnen in der Maske, Sportlerinnen in der Halbzeit, Soldatinnen auf dem Weg in den Kampf.

Fuck, fuck, fuck! Hanna lehnt sich an die Wand, blinzelt und holt tief Luft. In ihrem Kopf brummt es, ihr Herz könnte zerspringen, die Haut juckt, die Augen brennen, es juckt im Mund und, verdammt, zwischen den Beinen. Das Kokain verbrennt sie innerlich. Sie kann nicht mehr. Sie kann nicht aufhören. Sie hat eine Grenze überschritten. Es gibt kein Zurück.

Oder?

Sie hat nicht die Kraft dafür. Keine Konzentration. Keinen Willen. Sie ist nur Rauschen und Jucken.

Die Nacht ist endlos. In der Nacht ist sie sicher.

Der Tag ist es, der sie umbringen wird: die Sonne, der Sauerstoff und die Wahrheit. Die Nacht ist Lüge und Selbstbetrug, voller Wahnsinn, Tempo und Dunkelheit. Die Lüge ist gut. Nein, sie ist schlecht. Aber die Wahrheit ist noch schlimmer. Draußen geistert Anton Ísaksson herum wie ein voller Mond: dick, durchgeknallt, aufgeblasen von Wut und Eifersucht. Nein, er hockt zu Hause in seinem Palast – ein König im Reich der Toten – und wartet auf den Anruf von irgendeinem Kurier. Sie fahren auf einem knochenweißen Schiff umher, schweigsame Totenkopftypen mit Eisenkrallen und Grütze im Kopf.

Fuck! Hanna schubst zwei Mädchen beiseite, drängelt sich ans Waschbecken vor dem großen Spiegel.

»He!«

»Schlampe!«

»Verpisst euch!« Sie starrt in den Spiegel. Ihre Augen zucken, sie kann den Blick nicht scharf stellen. *Da ist ein Bild von dir im Spiegel. Es ist dein Spiegelbild – trotzdem sieht es nicht genau aus wie du. Wer ist im Spiegel, wenn du schläfst?* Das Haar zerzaust, die Haut glänzt, das Einzige, was in Ordnung ist, sind Nase und Zähne. Sogar mit den Lippen stimmt was nicht. Sie bewegen sich, zucken, als wollten sie etwas sagen.

Was?

Ich hatte einmal zwei Masken. Die eine hieß Leben, die andere Tod. Dann habe ich eine von ihnen verloren. Ich weiß nicht mehr, welche …

Hanna kramt ihr Lipgloss hervor und trägt noch mehr von dem Rosa auf. In ihr lodert ein schwarzes Feuer. Sie zieht die Tüte Kokain heraus. Sie ist undurchsichtig vom Pulver darin, kaum noch drei Gramm, eher weniger.

Das Geschwätz um sie herum verstummt. Die Mädchen werfen einander Blicke zu. Sie haben nichts, sind von anderen abhängig. Sie rüschen sich auf, flirten, haben ihre guten Jungs, präsentieren sie sich gegenseitig, lächeln und lassen die eine oder andere Bemerkung fallen.

Sie sagen nichts und betteln trotzdem.

»Wow!« Eine tritt zu Hanna, stellt sich neben sie. Blickt sie mit zuckersüßer Sehnsuchtsmiene an.

Hanna ignoriert sie. Sie öffnet die Tüte, steckt den Nagel des kleinen Fingers in das Pulver und schiebt sich einen kleinen weißen Berg in die Nase. Sniff, sniff. Der Berg verschwindet, sie reibt sich die rosa Nase, verzieht den Mund und klimpert mit den Augen. Das Koks wirkt nicht mehr. Sie fühlt sich nur komischer und komischer. Das Brummen nimmt zu, die Nacht wird tiefer.

Alle Türen geschlossen, sie sitzt im Dunkeln fest.

»Komm!«

Das Mädchen zieht Hanna sanft mit sich. Sie gehen in eine der Kabinen. Das Mädchen ist wirklich süß, kaum älter als achtzehn. Sie hat dunkles Haar, große Augen und volle Lippen.

Riesengroße Augen und sehr volle Lippen.

Die Musik lässt die Wände beben.

Hanna schließt die Augen, sie küssen sich. Ihre Zungen sind weich und nass, sie fühlt die Erregung im ganzen Körper, während ihr Kopf zur Ruhe kommt. Das Brummen lässt nach, ihre Wahrnehmung konzentriert sich, sie küsst nur noch, sie streichelt, sie macht mit diesem Mädchen rum, und es fühlt sich ganz einfach an, gut.

Das Mädchen stöhnt, betastet Hanna, streichelt ihr über den Hintern, seine Hand schiebt sich ihre Schenkel hinauf, unter den Rock, streicht ihr über die Scheide. Hanna wird feucht, drückt das Mädchen an sich.

Finger spielen mit ihrer Klitoris, die Brüste schwellen an.

»Oh!« Hanna will auf einmal mehr Koks. Sie will das Mädchen damit bestreuen, es von ihm ablecken, einsaugen …

Das Kokain! Sie hat es auf dem Waschtisch liegen lassen. Hanna reißt die Augen auf, stößt das Mädchen von sich und stürmt aus der Kabine. Der Waschraum ist voller Mädchen. Sie sieht unzählige Gesichter, hört undeutliche Stimmen. Sie schubst sie weg, drängt sich zum Waschbecken durch, tastet und sucht.

Nichts.

Nein! Hanna dreht sich um, sucht nach dem Mädchen, mit dem sie herumgemacht hat, kann es aber nirgends sehen. Das Mädchen ist weg. Die haben sie reingelegt. Jetzt wird es ihr klar. Das Mädchen hat sie vom Waschtisch fortgelockt, seine Freundin hat sich das Koks geschnappt. Es war ein abgekartetes Spiel.

»Fotzen!« Hanna stampft mit dem Fuß auf. Rauft sich die Haare. Sie stürzt nach draußen, stößt gegen Leute und Wände. Sie könnte heulen, ist aber zu durcheinander.

Verdammt!

Der Lärm bricht über sie herein. Sie lässt irgendwo ein Glas mitgehen, kippt den Inhalt in einem Zug. Sie pfeffert das Glas gegen die Wand. Sie stößt jemanden beiseite, spuckt jemanden an, kratzt einen Dritten. Sie schreit, dreht durch, flippt aus.

Die Hitze ist zum Ersticken, der Lärm lähmend.

Zwei Totenkopfgesichter tauchen auf, kalt wie in Stein gemeißelt. Breite Wangenknochen, Höhlen statt Augen. Muskelshirts, Solarienbräune, Amphetaminbomber.

Kuriere.

Zwei von Antons Klonen, Egill und Kolbeinn. Sie bedeuten ihr, ihnen zu folgen.

»Nein!«

»Komm! Er wartet.«

Hände packen zu, halten sie fest. Sie wird vorwärtsgezogen, durch die schwitzende Menge gezerrt, die sich teilt wie das Rote Meer.

Lichter zucken, die Bewegungen frieren ein.

Sie schlägt um sich, die beiden packen fester zu.

Die Tür kommt näher, öffnet sich. Wie ein Mund, der sie ins Leere spuckt.

Der Lärm bleibt drinnen. Draußen ist es kalt. Es ist Nacht, der Morgen kündigt sich an. Vor der Kneipe noch eine Warteschlange. Saufen und Grölen auf den Straßen. Vollmond über der Stadt. Überall Gläser, Flaschen, Scherben.

Verzweiflung und Gewalt in der Luft.

»Lasst mich los! Lasst mich!«

»Halt die Klappe!«

Kolbeinn pfeift und winkt. Ein großer Wagen setzt sich in Bewegung und kommt auf sie zu. Ein *Chrysler 300*. Ein 500-PS-Bolide. Lang und breit und mit getönten Scheiben. Weiß, auch der Kühlergrill, dazu verchromte Felgen.

Segelt wie ein Geisterschiff durch die Dunkelheit.

Tick. Tack.

Hanna läuft die Treppe hinauf und direkt ins Zimmer ihres kleinen Bruders. Er liegt unter der Decke, den Mund offen wie ein Fisch, und starrt an die Zimmerdecke. Seine Pupillen sind stark geweitet, sein Gesicht ist rot, Schweißperlen stehen ihm auf der Stirn. Im Zimmer ist es heiß und drückend.

»Oh, mein Ärmster!« Hanna setzt sich auf die Bettkante und streicht ihrem Bruder über die Wange. »Mama hat mir gesagt, dass du krank bist. Ojemine, du bist ja glühend heiß.«

»Óskar sehr krank«, wimmert der Junge. Für sein Alter ist er groß, er ist die Unschuld in Person, ziemlich dicklich, hat helle Haut und ein rundes Mondgesicht.

»Das sieht man«, erwidert seine Schwester.

Neben dem Bett steht eine Schüssel mit kaltem Wasser und einem Waschlappen. Hanna taucht den Lappen ein, wringt ihn kräftig aus, faltet ihn zusammen und legt ihn dem Jungen auf die Stirn.

»So«, sagt sie und nimmt seine Hand. »Das nennt man einen kalten Umschlag. Er soll das Fieber senken.«

»Wo ist Mama?«, fragt Óskar.

»Sie hilft Papa«, sagt Hanna. »Huppa hat Wehen. Heute kommt ein neues Kalb zur Welt. Ist das nicht aufregend?«

»Doch«, seufzt der kleine Óskar. »Warst du in der Schule, Schwesta?«

Hanna schüttelt den Kopf. »Ich gehe doch nicht mehr zur Schule. Hast du das vergessen?«

»Nein«, sagt der Kleine. »Aber bald komme ich in die Schule, stimmt's?«

»Nein, Óskar«, sagt Hanna und drückt ihm die Hand.

»Doch«, sagt er entschieden. »Siggi auf Stóri-Hóll ist sechs, genau wie ich. Und er kommt bald in die Schule. Das hat er mir gesagt.«

»Ja, ich weiß.« Hanna tritt eine Träne ins Auge und sie wischt sie hastig fort. »Aber du bist nicht wie er, Óskar. Du bist etwas Besonderes, weißt du. Und unsere Schule kann solche besonderen Schüler nicht aufnehmen, leider.«

»Ich will aber in die Schule«, schnieft der Junge.

Hanna nickt. »Ich weiß, ich weiß. Damit du zur Schule

gehen könntest, müssten wir aber den Hof verkaufen und in eine andere Gegend ziehen.«

»Willst du wegziehen, Schwesta?«, fragt er.

Sie zieht die Nase hoch. »Ja.«

»Ich auch«, sagt Óskar und lächelt. Als hätte jemand mit dem Finger geschnipst, verschwindet das Lächeln wieder. »Papa will nicht wegziehen, nicht wahr? Und Mama auch nicht, oder?«

Hanna schüttelt den Kopf. »Nein, sie wollen hier verrotten, und sie wollen, dass wir hier mit ihnen verrotten.«

»Was ist das, verrotten?«

Hanna lacht; dann wischt sie sich noch eine Träne aus dem Augenwinkel. »Ach, nichts. Ich habe nur Quatsch erzählt.«

»Heißt das, dass wir immer hierbleiben?«, fragt Óskar.

»Uff, nein.« Hanna stößt einen Seufzer aus. »Ich werde eines Tages von hier weggehen. Ich *muss* hier weg, mein Kleiner, so ist das.«

»Nimmst du mich dann mit?«, erkundigt sich der Junge hoffnungsfroh.

Seine Schwester ringt sich ein Lächeln ab. »Vielleicht. Wir werden sehen. Meinst du nicht, du willst lieber hierbleiben, hier auf dem Hof? Bei Mama und Papa?«

»Doch, doch, aber …« Óskar denkt nach. »Ich will nicht ohne dich sein, Schwesta. Von mir darfst du nicht weggehen.«

»Ach, mein lieber kleiner, dummer Junge!« Sie blinzelt, um erneut die Tränen zurückzuhalten. »Wenn ich weggehe, also wenn, dann gehe ich nicht weg von *dir*. Dann gehe ich nur, um mich selbst zu retten.«

»Aber wenn du gehst«, sagt der Junge, »dann ist Óskar ganz allein!«

»Du musst lernen, allein zu sein. Du musst groß und

tüchtig werden, nicht wahr?« Hanna zieht wieder die Nase hoch. Dann zeigt sie auf Kopf und Brust ihres Bruders. »Du musst lernen, stark zu sein, stark im Herzen und stark im Geist.«

»Wie kann man denn stark im Geist sein?«, fragt der Junge. »Der Geist kann keine Steine hochheben und keine Stöcke zerbrechen, oder? Das Herz auch nicht.«

»Nein, aber das Herz bringt einem bei, Richtig und Falsch zu unterscheiden, Wahrheit und Lüge«, erklärt Hanna. »Manche Menschen lügen, oder sie schreiben einem vor, was man denken soll, und dann ist es gut, ein Herz zu haben, das einen warnt, und einen starken Geist, der sagt: *Nein, das stimmt nicht. Ich weiß es besser. Ich werde nicht tun oder sagen, was dieser oder jener will. Er versucht, mich reinzulegen.*«

»Ach so«, murmelt der Junge.

»Ja, wie wenn jemand zu dir sagt, du seist hässlich oder doof«, erklärt Hanna. »Dann weißt du auch, dass das nicht wahr ist. Dann musst du innerlich stark sein. Sonst fängst du bald an zu glauben, was die anderen sagen.«

»Kannst du mir das beibringen?«, fragt Óskar mit gro-ßen Augen. »Den Geist zu benutzen und so stark zu werden wie du?«

Hanna nickt. »Das bringe ich dir bei, mein Kleiner. Das und noch manches mehr. Das werde ich tun.«

»Und du gehst nicht morgen weg?«

Sie schüttelt traurig den Kopf. »Nein, mein Kleiner, nicht morgen und nicht übermorgen.«

»Und überübermorgen?«

»Dann auch noch nicht.« Hanna lächelt, dann zeigt sie auf ein ehemaliges Aquarium, das unter dem Fenster auf dem Fußboden steht. Das Glas ist verschmiert, auf dem Boden liegen Papier und Heu. Im Heu liegen zwei dunkle Schemen. »Wie geht's deinen Ratten?«

»Sie sind tot«, murmelt der Junge.

»So?«, sagt Hanna überrascht. »Dann ist es vielleicht kein Wunder, dass du krank bist, in deinem Zimmer liegen schließlich tote Tiere.«

»Sollen wir sie begraben?«

»Ich werde sie begraben«, sagt Hanna. »Du darfst erst aufstehen, wenn du kein Fieber mehr hast.«

»Na gut«, sagt Óskar.

»Soll ich neue Ratten für dich fangen?«, fragt seine Schwester. »Oder soll ich dir vielleicht Kaninchen besorgen?«

Óskar schüttelt den Kopf. »Nagetiere sind eklig. Ich will einen Kater, ein kleines Kätzchen! Kann ich nicht ein Kätzchen haben?«

Hanna lacht. »Wieso nicht? Ich werde sehen, was ich tun kann.«

Óskars Augen glänzen vor Fieber und leuchten vor Freude. »Du bist die Beste, Schwesta. Du bist die Allerbeste!«

Tick. Tack.

Das Wohnzimmer ist großzügig geschnitten und teuer möbliert, doch der Prunk ist übertrieben, von gutem Geschmack oder Augenmaß keine Rede. Zu viel Leder, zu viele Perserteppiche, zu dunkle und flippige Farben, antikes und modernes Design durcheinander, überhaupt – ein großes Sammelsurium und zu viele Stile auf einmal. Street-Art und Art déco. Indianische Wandteppiche und abstrakte Malerei. Eine schwarze Ledergarnitur um einen Glastisch. Heimkinoanlage und New-Age-Springbrunnen. Buddha und Jesus. Stahl und Treibholz. Kerzen und Neonlicht.

Auf einem Fünfzig-Zoll-Flachbildschirm werden in einem *YouTube*-Clip asiatische Soldaten zur Hinrichtung geführt. Der Ton ist abgeschaltet. Aus einer funkelnagelneuen *Bang-&-Olufsen*-Anlage dröhnt hirnloser Rap: *Bitch, yo, dope, ho …*

»Ich könnte zweihundert Kilo stemmen, kein Problem. Aber wenn man immer ans Maximum geht, wird man steif und verliert seine Schnellkraft, kapiert ihr? Ich finde es besser, zehn, fünfzehn Mal hundertfünfzig Kilo zu stemmen und Kondition aufzubauen, klar? Reines Kraftstemmen ist nur was für Betonmischer.«

Anton gibt sich entspannt, aber er kann nicht still sitzen. Er spricht laut und schnippt andauernd mit den Fingern. Armeehose, schwarzes Muskelshirt und Goldkettchen um den dicken Hals. Kurz geschnittenes blondes Haar, schiefe Nase und stechende Augen. Sonnengebräunt, sehnig und muskelbepackt, weiße Zähne, picklige Haut. Er geht im Zimmer herum, hockt sich auf die Sofakante und kippt einen Energydrink aus der Dose. In einem Marmoraschenbecher voller Kippen glimmt eine Mentholzigarette.

»Auf die Schnellkraft kommt's an. Darauf, Leute plattmachen zu können, so wie ein Tornado Häuser zerlegt.«

Die Lehrjungen nicken, seine künftigen Handlanger und Prügelknaben, zwei Burschen um die zwanzig in weiten Jeans und übergroßen Kapuzenpullis, das Basecap andersrum auf dem Kopf, ausweichender Blick und Pickelgesicht. Pumpen sich neuerdings mit Steroiden voll, sind aber noch nicht bewegungsunfähig vor lauter Muskelmasse. *Work in progress.*

Die Haustür wird geöffnet, Schritte nähern sich. Anton springt auf und hält genauso schnell wieder inne – wie ein Löwe, der einen Angriff abbricht. Die stramm geschnürten

Springerstiefel knarren. Er stellt sich in Positur, atmet durch die Nase ein und wartet.

Egill und Kolbeinn haben Hanna an den Oberarmen gepackt und führen sie, tragen sie fast herein. Hinter ihnen kommt der dritte Klon, Svenni, die Autoschlüssel um den Finger kreisend.

Anton atmet aus und öffnet die geballten Fäuste.

»Lasst mich!« Hanna reißt sich los und geht die letzten Meter allein. Die Klone bleiben zurück, halten sich aber in der Nähe.

Anton knackt mit den Knöcheln. Seine Nasenflügel sind geweitet, seine Augen lodern vor Zorn.

Hanna bleibt stehen, tritt von einem Fuß auf den andern, sie zuckt zusammen. Ihre Pupillen sind geweitet, die hervortretende Halsschlagader pulsiert schnell. Sie ist blass, am Haaransatz treten ihr milchig weiße Schweißperlen auf die Stirn.

»Wo hast du gesteckt?« Anton betrachtet ihre Hände, sieht den Brillantring.

Hanna schluckt. Wenn sie den Ring verloren oder verschachert hätte, wäre sie so gut wie tot. »Überall und nirgends.«

»Wo?«, bellt er wie ein halb Mensch gewordener Rottweiler.

»Mit erhobenem Hammer und dem Meißel in der Hand versuche ich, dir ein Lächeln ins Gesicht zu meißeln«, deklamiert sie in theatralischem Tonfall, »doch du zerbröckelst einfach.«

Anton versetzt ihr eine Ohrfeige. Hanna verliert das Gleichgewicht und fällt auf einen der Perserteppiche. Sie blinzelt mit offenem Mund, aus einem Nasenloch rinnt Blut.

»Wo bist du gewesen?«

Sie wischt sich das Blut von der Oberlippe und rappelt sich auf. »Bleib mal locker, ich war nur ein bisschen feiern.«

Anton geht auf und ab. »Woher hattest du das Geld? Wer hat dir den Stoff besorgt? Mit wem warst du zusammen?«

»Mit Freundinnen.«

»Mit welchen verdammten Freundinnen?«

»Entspann dich, Mann!«

»Mich entspannen?« Anton hebt die Faust, doch Hanna zuckt nicht einmal mit der Wimper.

Er lässt den Arm sinken und lacht kalt. »Scheißnutte! Glaubst du, es interessiert mich, wer dir Stoff besorgt? Glaubst du, es interessiert mich, welche Schwänze du lutschst, he? Als hätte ich überhaupt Interesse an dir.«

»Okay«, wispert Hanna, von seinem hohlen Lachen offenbar stärker eingeschüchtert als von seiner geballten Faust.

»Pass mal auf, was wir jetzt machen!« Er holt sein Smartphone aus der Tasche, stellt auf Videoaufzeichnung, schnippt mit den Fingern und bedeutet den Lehrjungen, näher zu kommen. »Wie gefällt sie euch, Jungs? Sieht nicht schlecht aus, was? Vielleicht gerade ein bisschen angeschlagen, aber sie besorgt's einem gut, das kann ich euch garantieren. Also kommt, wir machen ein kleines Video!«

Die Klone grinsen, die beiden Lehrlinge sehen sich fragend an und erheben sich zögerlich.

Anton richtet die Smartphonekamera auf Hanna. »Wie gefällt dir das, *mein Schatz*? Um zu beweisen, dass ich nicht eifersüchtig bin, verstehst du? Knie dich hin. Die Jungs sollen ein wenig ihren Spaß mit dir haben. Und dann stellen wir das ins Netz. Damit alle sehen, was für ein großzügiger Mensch Anton ist.«

»Okay.« Hanna geht auf die Knie und streift die weiße Lederjacke ab.

»Jungs!« Anton winkt die Lehrlinge heran, sie sollen sich beeilen. Mit langsamen Schritten betreten sie die imaginäre Bühne.

»Was, hier …?«

»Ja, was denn, seid ihr etwa schüchtern?«, fragt Anton barsch. »Jetzt nehmt sie ran, oder seid ihr schwul? Holt die Schwänze raus!«

Sie bleiben wie angewurzelt stehen. »Aber …?«

»Wollt ihr nicht hören, was euer Meister sagt?« Hanna zieht das T-Shirt aus und wirft es von sich. Darunter trägt sie nichts. Sie pustet sich eine Haarsträhne aus der Stirn, zieht einen der beiden Jungen zu sich heran, öffnet seinen Gürtel und den Reißverschluss.

»Dreckshure!« Anton tritt Hanna in den Bauch. Sie fliegt nach hinten, bekommt keine Luft mehr und rollt über den Boden, nur in Stiefeln und Minirock.

Der Junge macht den Reißverschluss zu und zieht sich mit seinem verdatterten Kumpel zurück.

»Woher hast du den Stoff? Mit wem fickst du rum?«

Hanna ringt noch immer nach Luft, krallt die Hände in den Teppich und bekommt kein Wort heraus.

»Nutte!« Anton zieht sie an den Haaren, tritt ihr in den Hintern und spuckt ihr ins Gesicht.

»Brauchst du was, Chef?«, erkundigt sich Kolbeinn.

Anton geht mit vor Ärger und Aufregung rotem Kopf im Kreis. »Klebeband und einen Schraubenzieher.«

Hanna schluchzt und krümmt sich, dann erbricht sie eine bräunliche Brühe auf den Perserteppich.

Anton setzt ihr den Fuß auf den Kopf. »Verdammt, das wirst du alles wieder auflecken, du Dreckstück!«

»Hier.« Kolbeinn reicht Anton eine Rolle breites Gewebeband und einen Kreuzschraubendreher.

»Danke.«

Anton zieht einen guten Meter Tape von der Rolle und reißt es mit den Zähnen ab, dann geht er in die Hocke und fesselt Hanna die Hände auf dem Rücken. Er reißt einen weiteren Meter ab, zerrt Hannas Kopf an den Haaren hoch und wickelt ihr das Klebeband um den Kopf, über Mund und Nase.

»So!«

Hanna rastet aus, wälzt sich herum und versucht, das Klebeband loszuwerden, indem sie den Mund aufreißt, doch es klebt zu fest. Sie läuft blau an, ihr Brustkorb hebt und senkt sich, ihre Beine zittern und beben.

»Das ist doch immer wieder ein komischer Anblick.« Anton lacht.

Hanna bäumt sich auf und geht in die Brücke, ihr Gesicht ist fast schwarz und die Augen treten aus ihren Höhlen.

Anton setzt sich rittlings auf sie, den Schraubenzieher in der Hand. Er sieht zu, wie sie sich quält, und leckt sich die Lippen. »Wenn du mir nicht die Wahrheit sagst, machen wir das wieder und wieder, verstanden?«

Hanna versucht zu nicken, doch ihre Augen verdrehen sich und sie sinkt in sich zusammen. Anton fasst ihren Kopf und stößt den Schraubenzieher in die Nasenlöcher, erst in das eine, dann in das andere.

»So besser?«

Hanna saugt gierig die Luft durch die Löcher ein, Rotz und Blut blubbern heraus, ihre Lunge arbeitet mit voller Kraft, um Sauerstoff ins Blut zu pumpen.

»Stures Miststück.« Anton nimmt ein Klappmesser und schlitzt das Tape über ihrem Mund auf. Rücksichtslos schneidet er ihr dabei in die Unterlippe und den rechten Mundwinkel.

Hanna zittert am ganzen Leib, sie spuckt Blut und schluckt Luft.

Anton dreht sie auf den Bauch und schneidet das Band um ihre Handgelenke durch. Er steht auf, klappt das Messer zusammen und steckt es in die Hosentasche. »Einen Küchenhocker bitte!«

Egill nickt und verschwindet.

Anton blickt mit kalter Miene auf Hanna herab. Mit Panik in den Augen blickt sie zurück. Ihr Gesicht ist größtenteils von einer Maske aus silberfarbenem Klebeband verdeckt.

Anton schnaubt, stößt sie dann mit dem Zeh an. »Du siehst aus wie ein Freak, du dumme Kuh!«

Egill kommt mit einem Hocker aus der Küche zurück und stellt ihn auf den Teppich, genau über das Erbrochene.

»Setz dich!« Anton gibt Hanna einen leichten Tritt. Er hebt ihre Jacke auf und leert die Taschen, indem er die Jacke umgedreht ausschüttelt. Der Inhalt regnet auf den Boden, Anton wühlt mit dem Fuß darin herum, lässt jedoch alles liegen bis auf das Handy.

Hanna setzt sich steif und außer Atem von den Schlägen und Tritten auf den Hocker. Blut sickert ihr aus Mund und Nase. Große Tropfen fallen von ihrem Kinn. Sie landen auf ihrem Rock, auf dem dunkelroten Teppich, hier und da, die meisten aber auf ihrer Brust, von wo sie in langen Streifen auf ihren Bauch hinabrollen.

Anton wirft ihr Handy von einer Hand in die andere, als würde er es bewundern, und reicht es ihr schließlich. »Ich möchte, dass du mir einen Gefallen tust, bevor wir das hier zu Ende bringen. Ich möchte, dass du die Person anrufst, die dir das Dope beschafft hat, um dich bei ihr zu bedanken, kapiert? Oder hast du dich etwa schon erkenntlich gezeigt? Mit einem Blowjob oder mit noch mehr?«

Hanna zittert am ganzen Körper. Sie zieht Blut und Schleim hoch. »Es gibt niemanden, Anton. Ich habe ein bisschen Koks von meiner Freundin bekommen. Das ist wahr.«

»Okay.« Er winkt ab. »Ich glaube dir. Welche Freundin war das?«

»Irgendeine«, haucht Hanna.

»Hat sie keinen Namen?«

Hanna gibt keine Antwort.

»Sie hat doch ein Telefon?«

Hanna würgt, dann schluckt sie.

Anton guckt seine Laufburschen an, schnippt mit den Fingern und zeigt auf das größere Sofa. »Dahinter liegt etwas. Bringt es mir!«

»Wird gemacht.« Einer der beiden schaut hinter dem Sofa nach.

Die Klone wechseln betretene Blicke.

»Meinst du das hier?« Der Junge hält eine pechschwarze Schrotflinte hoch.

»Genau das.« Anton zündet sich eine Zigarette an, dann nimmt er das Gewehr entgegen und entsichert es routiniert.

Hanna erstarrt auf dem Hocker.

Anton bezieht zwei Meter von ihr entfernt Stellung. »Tja, Süße, nun ist es so weit. Jetzt rufst du deinen Sugardaddy an, oder ich puste dir die Birne weg. Du kannst es dir aussuchen.«

Die Klone treten vorsorglich zur Seite und bringen sich aus der Schusslinie.

»Anton«, krächzt Hanna und reißt die Augen auf. Das Tape behindert ihre Mundbewegungen und verzerrt ihre Stimme.

Er spannt beide Hähne: klick, klack. »Sei still und tu, was ich dir gesagt habe!«

Hanna entsperrt das Handy, mit fliegenden Fingern durchsucht sie das Anruferverzeichnis und wählt einen Namen, ehe sie das Gerät ans Ohr hält.

Anton knirscht zwischen den Zähnen hervor: »Tüchtiges Mädchen.«

Am anderen Ende antwortet jemand, doch Hanna kann so gut wie nichts verstehen, weil auch ihr Ohr mit Tape verklebt ist. »Hallo? Wer ist da?«

»Hallo? Hanna?«

»Wer ist da am Apparat?«, schreit Anton. Er hebt das Gewehr und zielt genau auf Hannas Gesicht.

»Ich möchte mit Óskar sprechen«, sagt Hanna weinerlich. Mit der Linken umfasst sie den Schlüssel, den sie am Hals trägt, und drückt ihn wie eine Kostbarkeit, wobei sie gleichzeitig das Blut verschmiert.

»Wer ist Óskar?« Anton kommt einen Schritt näher.

»Ganz ruhig bleiben, Mann«, sagt Svenni und hebt die Hände, als wolle er sich ergeben. »Erschieß sie nicht, nicht hier!«

»Halt's Maul!«, brüllt Anton, ganz rot und außer sich vor Wut.

»Was ist da los?«, fragt die Stimme im Telefon. »Bist du in Schwierigkeiten? Soll ich dich holen kommen?«

»Mit wem sprichst du da, du Nutte?«, brüllt Anton.

»Lass mich bitte mit Óskar sprechen«, sagt Hanna hastig. »Geh vom Telefon! Ich will mit Óskar reden! Lass mich von meinem Bruder Abschied nehmen!«

Anton schnaubt zornig. »Bruder!«

»Hanna, bitte, wer brüllt da so?«

Anton wird noch lauter. »Quatschst du etwa mit deinem Vater, du blödes Stück?«

»Er will mich umbringen!«, kreischt Hanna ins Telefon.

»Was? Wer will ...?«

»Nuttenfotze!« Anton reißt das Gewehr hoch und schlägt Hanna mit dem Kolben.

Der Hieb trifft sie an der linken Schläfe, ihr Kopf fliegt zur Seite, das Handy zu Boden und sie verliert das Gleichgewicht.

Blut spritzt, Knochen krachen, sie verdreht die Augen.

Sie fällt vom Hocker und schlägt hart mit der rechten Seite auf. »Hallo? Hanna? Hanna, antworte!«

»Du Schlampe!« Anton verliert komplett die Kontrolle über sich. Er springt vor Wut auf, fällt über Hanna her, tritt und schlägt sie wie ein Wahnsinniger, bis die Klone es nicht mehr mit ansehen können und dazwischengehen.

»Beruhige dich, Mann! Jetzt mal ganz ruhig.«

»Schlag sie nicht tot!«

»Das reicht.«

»Lasst mich! Oder ich mache euch auch gleich alle!« Anton schlägt um sich, wenn auch mehr zum Schein als in vollem Ernst. Als er sich endlich etwas beruhigt, bewegt sich Hanna nicht mehr. Sie liegt zusammengekrümmt auf dem Boden, bleich und blutend.

Anton holt tief Luft und fragt – halb überrascht und benommen: »Ist sie tot ...?«

Aus dem Handy eine dunkle Stimme, dumpf und aufgeregt: »Hallo? Hanna! Hanna ...?«

Das Landeskrankenhaus leuchtet in der Nachmittagssonne wie ein modernes Märchenschloss. Die automatischen Eingangstüren gleiten auf, und Anton erscheint, weiß gekleidet wie ein Ritter. Er hat Hanna untergefasst, die mit schmerzverzerrtem Gesicht über das Pflaster hinkt. Sie trägt ein T-Shirt des Krankenhauses, Trainingshose und Pantoffeln.

Ihr Kopf ist bandagiert, die Nase geschwollen, der rechte Mundwinkel mit einigen Stichen genäht. Ihre Haut ist weiß wie Milch, die Augen sind verquollen, die Lippen aufgesprungen.

»So, Liebling, nur noch ein paar Schritte«, sagt Anton. Er blickt auf, schnippt mit den Fingern und gibt ein Zeichen.

Scheinwerfer flammen auf wie starrende Augen und der weiße *Chrysler* gleitet heran. Der kräftige Motor brummt grollend.

»Geht es, Liebling?«, fragt Anton.

Hanna, vor Schmerzen gekrümmt, nickt. Sie kneift die Augen zusammen und beißt sich innen auf die Wangen.

Anton stützt sie, geht einen Schritt vor und öffnet die hintere Tür des *Chrysler*.

»Komm! Im Wagen ist es warm.«

Hanna bewegt sich in Trippelschritten auf die geöffnete Tür zu. Im selben Moment jagt ein blauer *Isuzu*-Pick-up mit auffälligen Rostflecken in hohem Tempo auf den Parkplatz. Der Fahrer hupt, bremst hart und springt aus dem Wagen. Es ist ein grobschlächtiger Bauer in Arbeitshemd und Gummistiefeln, ein rötlicher Typ mit breitem Gesicht.

»Wo willst du hin, meine Hanna?«

Sie erstarrt auf der Stelle und blickt auf, als traue sie ihren Augen nicht.

»Wer zum Teufel ist das denn?«, fragt Anton barsch.

»Liebe Hanna, was tust du?« Der Bauer breitet die Arme aus und schaut abwechselnd Hanna und den weißen Ritter an. »Ist das der Kerl, der dich zusammengeschlagen hat? Du willst doch nicht etwa mit ihm gehen?«

»Das ist mein Vater«, erklärt Hanna kühl.

Anton knirscht mit den Zähnen, dann sagt er leise: »Soll ich dafür sorgen, dass er verschwindet?«

»Nein, keine Dummheiten.« Hanna befreit sich aus Antons Arm und wendet sich vom Auto ab. »Ich kümmere mich darum.«

»Aber ...«

Sie wirft ihm einen giftigen Blick zu. »Überlass das mir!«

Anton hebt die Arme. »Gut, gut. Aber je eher du nach Hause kommst, desto besser. Du brauchst noch Ruhe. Denk daran, was der Arzt gesagt hat.«

Hanna humpelt auf ihren Vater zu, der in seinen schmutzigen Stiefeln von einem Fuß auf den andern tritt. Er riecht nach Schmieröl und Kuhmist. »Was willst du?«

»Du hast angerufen«, sagt er aufgeregt. »Du hast gesagt, jemand würde dich umbringen. Und dann kam ein Anruf vom Krankenhaus. Ich bin gekommen, um dich abzuholen. Um dich aus den Klauen von diesem Drecckskerl zu retten!«

Hanna schnaubt. »Du und mich retten! Das ist ein bisschen zu spät, Alter. Ich hätte gar nicht anrufen sollen, und ich habe dich nicht gebeten zu kommen. Ich wollte nur mit meinem Bruder sprechen.«

»Ich bin den ganzen Tag gefahren. Wie kannst du nur ...?«

Ihr Vater bricht ab, als sein Blick auf den kleinen Schlüssel fällt, den sie um den Hals trägt.

Hanna schaudert, aber sie lässt sich nichts anmerken. »Geh! Hau ab und komm nie wieder!«

Sie hinkt zum *Chrysler* zurück.

Ihr Vater streckt die Arme aus. »Hanna, sag so etwas nicht! Und fahr nicht mit diesem Ganoven!«

»He!«, ruft Anton drohend.

Hanna bleibt stehen und schaut über die Schulter zurück. »Eins noch.«

»Ja?«, fragt ihr Vater hoffnungsvoll.

»Lass meinen Bruder in Frieden. Wenn du ihm auch nur ein Haar krümmst, bring ich dich um. Hast du das verstanden?« Sie sieht ihn mit einem finsteren Blick an.

Ihr Vater antwortet nichts.

Hanna steigt in den warmen *Chrysler*. Sie schlottert am ganzen Leib, von Schmerzen gequält und unter Entzug.

»Ist alles in Ordnung mit dir?«, erkundigt sich Anton.

Sie nickt. Ihre Lippen beben und die Wunde im Mundwinkel beginnt leicht zu bluten.

Tick. Tack.

In der Gefängniszelle brennt eine schwache Glühbirne hinter einem runden Plastiklampenschirm. Die Zelle ist klein und karg. Die Wände sind grau, die einstige Farbe ist verblasst, Namen wurden eingeritzt, Daten und Schimpfwörter. Auf der schmalen Pritsche liegt ein kräftiger Mann, ein dunkler Typ. Er hat ein Bein über das andere geschlagen, die Hände im Nacken verschränkt und guckt an die Decke, als würde er über etwas Wichtiges nachdenken. Er trägt Jeans, ein schwarzes T-Shirt und löchrige Socken.

Schritte werden laut, die Türangeln kreischen, die schwere Tür bewegt sich, ein Lichtstrahl fällt auf den Boden und wird größer, als sich die Zellentür öffnet. Auf dem Gang schimmert grünliches Licht. Der dunkle Umriss einer Gestalt füllt die Türöffnung. Der Gefangene setzt sich auf und wartet. Er ist unrasiert, die Oberlippe ist geschwollen, sein linkes Auge ebenfalls, es ist kaum zu sehen. Er spannt die Bizepse an, kräftige Sehnen treten hervor und der Brustkorb wölbt sich. In den dunkelbraunen Augen lauern finstere Schatten, als liege darin ein Raubtier zum Sprung bereit.

Der Mann in der Türöffnung schleudert ein Paar Springerstiefel in die Zelle. Sie landen polternd auf dem Boden. »Ich warte vorne.«

»Wo ist meine Jacke?«

Die Jeansjacke kommt angeflogen. Der Mann fängt sie mit einer schnellen Handbewegung, ohne mit der Wimper zu zucken.

Der Chef der Polizeistation sitzt an seinem Schreibtisch. Er ist groß, mittlerweile über sechzig und kahl und dick geworden. An der holzgetäfelten Wand hinter ihm hängt an zwei Nägeln eine Schrotflinte. Auf dem Schreibtisch befinden sich zu seiner Rechten ein schwarzes Tischtelefon und ein Terminkalender, zur Linken ein Päckchen Zigaretten samt Streichhölzern und randvollem Aschenbecher. Vor ihm steht eine flache Holzkiste. Auf einem Tisch in der Ecke blubbert eine verdreckte Kaffeemaschine.

Der Polizeichef zündet sich eine Zigarette an und wedelt das Streichholz aus. Dann öffnet er einen Pass und studiert ihn eingehend.

»Ríkharður Ríkharðsson.«

»Das bin ich.«

»Geboren in Reykjavík. Am mexikanischen Nationalfeiertag.«

Ríkharður nickt.

»Fünfunddreißig Jahre alt, ein Meter siebenundachtzig groß«, liest der Polizist vor.

Ríkharður wartet ab, sagt nichts. Er versucht, ruhig zu wirken, aber seine Kiefermuskeln zucken.

Der Polizeidirektor legt den Pass in die Holzkiste und schiebt sie über den Tisch. »Deine persönlichen Gegenstände.«

Ríkharður späht in die Kiste. Er steckt den Pass in die

eine Brusttasche, sein Zippo-Feuerzeug in die andere. »Die Zigaretten?«

»Die musst du verloren haben.«

Ríkharður nickt, er nimmt die drei Tausendkronenscheine aus der Kiste, streicht sie glatt und steckt sie in die Gesäßtasche. »Fehlen nicht noch fünftausend Kronen?«

Der Polizeidirektor grinst und stößt durch die Nase den Rauch aus. »Du hattest deine Zeche in der Bar nicht bezahlt.«

Ríkharður schweigt.

»Was hattest du gestern im Café *Kósý* verloren?«

Ríkharður zuckt die Schultern. »Im Café hier war nichts los, darum habe ich mich nach Reyðarfjörður mitnehmen lassen. Ich wollte nur ein bisschen Abwechslung.«

Der Polizeichef klopft die Asche von der Zigarette. »Zeugen haben ausgesagt, dass du von dem Moment an, wo du das Café betreten hast, unangenehm aufgefallen seist. Du habest Frauen angemacht und seist unverschämt geworden.«

»Darf man hier in der Gegend keine Frauen ansprechen?«

Der Polizist kneift die Augen zusammen. »Und nachdem du es fertiggebracht hast, zwei Jungen zu einer Schlägerei anzustacheln, hast du dich von ihnen verdreschen lassen. Hast überhaupt keinen Widerstand geleistet, sondern einfach nur die Prügel eingesteckt. Versteh mich nicht falsch, ich ermuntere niemanden, sich zu prügeln, aber du siehst mir schon nach einem aus, der sich durchaus wehren könnte.«

»Ich verabscheue Gewalt.«

Der Polizist lacht trocken.

»Warum hast du eigentlich mich eingesperrt und nicht die, die mich zusammengeschlagen haben?«

»Um dich zu schützen, du Dummkopf.« Der Polizeichef drückt die Zigarette aus. »Was machst du eigentlich hier im Osten?«

»Ich bin vor zwei Tagen mit der Fähre gekommen.«

»Ohne Gepäck?«

»So gut wie.«

»Und du warst zwei Jahre im Ausland, richtig?«

»Ja.«

»Und was hast du da gemacht?«

Ríkharður zuckt mit den Achseln. »Eigentlich nichts.«

Der Beamte schüttelt den Kopf, dann fasst er mit den Händen die Tischplatte. »Ich habe mit meinen Kollegen in der Hauptstadt telefoniert.«

Ríkharður zwinkert.

»Du bist da kein Unbekannter. Aber sie hatten nichts Gutes über dich zu melden, du bist sogar strafrechtlich verurteilt worden«, sagt der Polizist und grinst. »Sohn einer alleinstehenden Mutter aus Keflavík und eines amerikanischen Armeeangehörigen namens James D. Richards. Wurdest der Schule verwiesen, kamst früh mit dem Gesetz in Konflikt und so weiter und so weiter. Hast du Kontakt zu deinem Vater, diesem James?«

»Kann ich nicht behaupten, nein«, sagt Ríkharður leise.

Der Polizeidirektor lehnt sich zurück, der Stuhl knarrt. »Aber du bist nicht auf Bewährung. Das heißt, nicht mehr. Und auch nicht zur Fahndung ausgeschrieben.«

Ríkharður entspannt sich. »Kann ich also gehen?«

Der Polizeichef nickt widerwillig. »Aber ich will, dass du die Ostfjorde verlässt, verstanden? Wir wollen keine Unruhestifter in unserer kleinen Gemeinde.«

Ríkharður geht hinunter zum Hafen. Die Sonne scheint und es ist warm, lediglich eine schwache Brise weht vom Meer her, am Himmel ist kaum ein Wölkchen. Um den Fjord herum überall Berge, weit draußen am Horizont Nebel auf dem Wasser. Er klappt das Zippo auf und zündet sich eine Zigarette aus dem Päckchen an, das er dem Polizeichef geklaut hat. Gleich beim Hafen steht ein verfallener Schuppen, halb in Ampfer und Engelwurz versunken. Ríkharður taucht in das Unkrautdickicht und holt seine Tasche, eine Sporttasche aus braunem Kunstleder. Sie enthält alles, was er besitzt.

An der Ecke des Schuppens pinkelt er. Fliegen surren, der Sommer duftet nach Teer und Lakritz. Die Zigarette im Mundwinkel, kneift er vor dem beizenden Qualm die Augen zu. Nicht zur Fahndung ausgeschrieben. Genau das hatte er wissen wollen – welche Erleichterung! Er schüttelt die letzten Tropfen ins Unkraut und zieht den Reißverschluss hoch.

An der Strandgata liegen der kleine Kaufladen *Kría* mit der Tankstelle, das Café und das Polizeirevier. Ríkharður überquert mit der Tasche in der Hand die Straße, schnippt vor den Zapfsäulen die brennende Zigarette auf den Asphalt und tritt sie aus. Als er die Tür öffnet, klingelt ein Glöckchen, es riecht nach Hotdogs und Bohnerwachs.

Ein junges Mädchen steht hinter der langen Theke. »Guten Tag!«

»Guten Tag!«

Ríkharður geht durch den Verkaufsraum der Tankstelle in die dahinter gelegene Gaststätte. Er sucht die Toilette und geht aufs Herrenklo. Dort stellt er die Tasche auf die schmutzigen Bodenfliesen und betrachtet sich im Spiegel über dem Waschbecken. Die Schwellungen werden in den nächsten zwei Tagen zurückgehen, aber von dem blauen Auge wird er bis zu zwei Wochen lang etwas haben. So lange reicht sein Geld nicht; außerdem geht seine Geduld zu Ende. Zwei

Jahre Abhängen, Gelegenheitsjobs, Herumstreunen und totale Langeweile sind mehr als genug.

Er öffnet die Tasche, wühlt in der schmutzigen Wäsche und holt seinen Waschbeutel mit dem Rasierzeug heraus. Er dreht das warme Wasser auf und fährt sich mit den Fingerspitzen über den Dreitagebart. Vielleicht sollte er den Bart stehen lassen. Sein rabenschwarzer Bart würde ihn mehr nach einem Arbeiter aussehen lassen und außerdem die geschwollene Oberlippe verdecken. Er dreht den Wasserhahn zu und steckt das Rasierzeug wieder ein. Bevor er die Tasche schließt, nimmt er zwei Gegenstände heraus, die sorgfältig am Boden der Tasche versteckt waren, einen Schlagring aus Leichtmetall und ein Springmesser feinster Machart. Den Schlagring steckt er in die linke Seitentasche seiner Jeansjacke, dann fährt er die rasiermesserscharfe Klinge des Messers aus und wieder ein und verstaut es in der rechten Hosentasche.

In der Gaststätte hängen mit Autogrammen versehene Trikots der Fußballklubs KR und ÍA. Ríkharður stellt die Tasche auf einen der Tische und sieht sich um. Im Eingang hängt eine große Korktafel mit diversen Ankündigungen und Anzeigen: Happy Hour im Café *Kósý*. Tanzveranstaltung am Samstag. Heuschwader gesucht, auch defekt. Zwei Mädchen bieten Babysitten an. Traktor zu verkaufen. Armband verloren. Sonntag Bingo. Heu zu verkaufen. Landarbeiter gesucht.

Ríkharður studiert die letzte Anzeige sorgfältig. Sie stammt von dem Milchbauern auf Stóri-Hóll. Ganz unten stehen der Name des Bauern und seine Festnetznummer. Ríkharður wirft einen Blick über die Schulter, dann löst er die Heftzwecke, faltet die Anzeige zusammen und lässt sie in der linken Gesäßtasche verschwinden.

Er setzt seine Erkundungstour fort und bleibt als Nächstes vor einer gerahmten, aber ausgeblichenen Landkarte des

Bezirks stehen. Er setzt den Finger auf Eskifjörður, fährt die Straße entlang nach Süden und liest die Namen der Fjorde und Hochheiden und ihrer besonderen Kennzeichen. Die Karte ist alt und recht ungenau.

»Kann ich behilflich sein?«

Ríkharður dreht sich um. Das junge Mädchen lächelt schüchtern.

»Ja.«

Er holt sein Geld aus der Hosentasche. »Ich möchte zwei Hotdogs mit allem außer rohen Zwiebeln und eine Flasche Cola.«

Während das Mädchen die Bestellung abarbeitet, lässt Ríkharður den Blick über das Warenangebot der Tankstelle gleiten. Da gibt es Süßigkeiten neben Ölprodukten, Polierwatte und Arbeitshandschuhe. Neben der Eingangstür eine Auslage mit Büchern: Krimis und erotische Geschichten. In einem runden Bodenständer Landkarten. Er dreht den Ständer und findet, wonach er gesucht hat: eine Karte des südöstlichen Landesviertels.

»Sonst noch was?«

Er zieht die Karte aus der Halterung, sie steckt zusammengefaltet in einer Plastikhülle. »Ist es in Ordnung, wenn ich einen Blick darauf werfe?«

»Jaja«, sagt das Mädchen.

»Außerdem nehme ich noch zwei Päckchen Winston.« Er legt die Geldscheine auf die Theke. »Das Wechselgeld ist für dich.«

Ríkharður setzt sich in den Gastraum, faltet die Karte auseinander und studiert sie, während er seinen Hotdog isst. Die Karte ist genau und enthält die Namen sämtlicher Gemeinden und der meisten Bauernhöfe. Er braucht nicht lange, bis er fündig wird.

Er verdrückt den letzten Zipfel Wurst und spült ihn mit

einem kräftigen Schluck Cola hinunter. Im gleichen Augenblick rollt draußen ein großer Laster mit Anhänger vor. Die Erde bebt, mit entsprechendem Bremsenschnaufen und Zischen bleibt der Lkw vor den Zapfsäulen stehen. Der Laster ist voll beladen mit frischem Fisch, die Reifen wölben sich unter dem Gewicht und Wasser und Schleim tropfen auf den Asphalt.

Ríkharður wischt sich mit einer Papierserviette den Mund ab und trinkt die Cola aus.

Der Laster klappert von vorn bis hinten, als er eine ansteigende Bergstraße hinaufkriecht, die sich wie eine Schlange über die karge Heide windet. In Senken und an den Hängen liegen noch Schneereste. Der Motor dröhnt und es knirscht im Getriebe. Im Führerhaus stinkt es nach Fisch und Abgasen.

Der Fahrer mustert seinen Passagier von der Seite. »Wie weit willst du mitfahren, Kollege?«

Ríkharður holt die Karte heraus, die er an der Tankstelle hat mitgehen lassen, und entfaltet sie auf dem Schoß. »Noch zwei Fjorde weiter, scheint mir.«

»Was gibt es da? Eine Fischzuchtstation?«

»Einen Bauernhof.«

Der Fahrer grinst ein wenig belämmert. »Ich fahre ganz in den Südwesten. Erst nach Reykjavík und dann noch nach Þorlákshöfn. Noch acht Stunden Fahrt. Wäre schön gewesen, auf der ganzen Tour Gesellschaft zu haben.«

Ríkharður faltet die Karte zusammen. »Du kannst dich doch ein wenig mit dir selbst unterhalten. Pass nur auf, dir nicht ins Wort zu fallen.«

Eine knappe Stunde später steht Ríkharður am Straßenrand und sieht den Lkw in dem engen Fjord beschleunigen. Der

Lärm entfernt sich, der schwarze Dieselqualm löst sich in der Sommerwärme auf und verschwindet langsam.

Ríkharður setzt die Tasche ab, schüttelt die drittletzte Zigarette aus dem Päckchen und steckt sie in den Mund. Hinter ihm gluckert ein Bach, Heidevögel flattern singend umher. Er klappt den Deckel des Zippos auf und führt die Flamme an die Zigarette. An einem langen Graben zieht sich ein schadhafter Stacheldrahtzaun entlang.

Er lässt den Rauch durch die Nase entweichen. Kein Bauernhof in Sicht, nur verkrautetes Brachland, Gräben und eine bewirtschaftete Wiese unten am Wasser. Auf der anderen Straßenseite aber steht ein Schild, das auf einen schmalen Schotterweg weist: *Uxavellir 1 km*.

Ríkharður nimmt die Tasche auf und macht sich auf den Weg, die schmale Schotterstraße hinunter. Der Schotter knirscht unter seinen Füßen, die Sonne knallt ihm direkt auf den Kopf und bald stehen ihm erste Schweißtropfen auf der Stirn. Nach nur drei Minuten Gehen ist er auf dem Rücken und unter den Armen schweißnass.

An einem Abhang bleibt er stehen und schaut hinab auf die Ebene. Da liegt der Hof auf einer flachen Anhöhe, umgeben von weitem Brachland auf der einen und nicht gemähten Wiesen auf der anderen Seite. In etwas weiterer Entfernung erstrecken sich Moorflächen und dahinter die Nebelbänke über dem Meer.

Nirgendwo ist eine Bewegung oder ein Lebenszeichen zu sehen, abgesehen von weißer Wäsche, die an der Leine flattert, und Kühen auf der Weide.

Ríkharður wirft die halb gerauchte Zigarette weg, verlässt den Weg und legt sich auf den Bauch ins Gras. Er öffnet die Tasche und entnimmt ihr ein kleines Fernglas. Er stützt sich auf die Ellbogen, stellt das Glas scharf und beobachtet, was es zu sehen gibt.

Der Hof sieht aus wie eine kleine Insel in einem grünen Meer. Etwas abseits der Hofgebäude steht ein wellblechverkleideter Schuppen, so alt und baufällig, dass er gleich zusammenzufallen scheint. Das Holzständerwerk ist schief, das verwitterte Wellblech an vielen Stellen durchgerostet, sodass große Löcher zu sehen sind.

Ríkharður bewegt das Fernglas höher und etwas zur Seite. Das Bild wackelt, dann kommt das Wohnhaus ins Blickfeld.

Ein dunkelbrauner Hund trabt über den Hofplatz. Ríkharður stellt den Fokus neu ein und folgt ihm. Der Hund pinkelt an das Vorderrad eines Tanklasters, der auf der betonierten Zufahrt rückwärts bis zu dem breiten Tor am rechten Ende des langen Kuhstalls gefahren wurde. Das Tor steht offen. Mittig darüber befindet sich ein rot angestrichener Stahlträger. Ein dicker Schlauch ist an den Tanklaster angeschlossen, der offenbar die Milch abholt.

Direkt an den Stall angebaut ist eine große Scheune. Neben ihr stehen zwei Traktoren, ein großer mit Führerhaus und ein kleinerer nur mit einem Überrollbügel.

Ríkharður setzt das Fernglas ab und betrachtet den Hof aus der Ferne. Hinter der Scheune verläuft ein Streifen Wiese und darauf bewegen sich zwei Schatten. Er führt das Fernglas wieder an die Augen und stellt den Fokus ein. Die Schatten werden scharf. Auf der Wiese spielen ein plumper junger Mann und ein schwarzes Kalb miteinander.

Oder ist es ein Jungstier?

Der Stier trägt ein Halfter und zieht einen langen Führstrick hinter sich her. Der junge Mann läuft rückwärts, wedelt mit den Armen, als sei er ein Vogel, der sich von dem übermütigen Geschöpf jagen lässt. Dessen Übermut sieht allerdings nicht ungefährlich aus. Es hat Hörner und schwenkt den massigen Kopf nach links und rechts, als würde es imaginäre Gegner aufspießen.

Ein kräftiger Motor springt an und schwarzer Qualm steigt auf. Ríkharður lässt das Fernglas sinken.

Der Milchlaster fährt los. Ein Mann mittleren Alters in blauem Overall schließt das Tor und winkt dem Fahrer zum Abschied.

Der Mann im Overall ist wahrscheinlich der Bauer.

Der Fahrer schaltet einen Gang höher und gibt Gas, der Bauer geht mit schweren Schritten über den Hofplatz zu dem offenen Geräteschuppen. Davor steht aufgebockt ein blauer Pick-up. In einem Fenster des Wohnhauses bewegt sich eine Gardine.

Ríkharður steckt das Fernglas in die Tasche und zieht den Reißverschluss zu. Der Milchlaster dröhnt an dem Wellblechschuppen vorbei und wirbelt eine Menge Staub auf. Er kommt den Hang herauf, der zur Landstraße führt.

Ríkharður bleibt still im Gras liegen und wartet. Der Motorenlärm kommt näher. Der Laster erscheint am Rand des Abhangs, die Erde vibriert, und die Staubfahne, die der Lkw hinter sich herzieht, verdunkelt für ein paar Minuten die Sonne.

Der Milchlaster verschwindet und der Staub setzt sich.

Ríkharður erhebt sich hustend. Er ist vom Scheitel bis zur Sohle mit hellbraunem Staub bedeckt wie ein Cowboy nach zwei Monaten in der Wüste. Das Motorengeräusch verklingt allmählich und die Vögel sind wieder zu hören, auch das Muhen der Kühe auf der Weide. Fliegen summen, die Hitze ist drückend und riecht nach Kuhdung und Diesel. Der Himmel ist so unendlich blau, als würde nie wieder eine Wolke vor die Sonne ziehen.

Ríkharður schimpft still vor sich hin, während er den gröbsten Staub abklopft. Er muss sich ein Versteck suchen;

das ist das Erste, was er tun muss. Ein Versteck finden und dort abwarten, bis die Sonne untergeht.

Über dem Horizont liegt ein dunkelroter Schleier, wie in einer alten Flasche Wein, doch unten im Flachland beginnt schon die Abenddämmerung.

Ríkharður steht reglos auf dem Hofplatz und lauscht in die Stille. Dann geht er mit langsamen Schritten an dem räderlosen Pick-up vorbei in den Schuppen, der halb offen steht. Drinnen ist es stockdunkel und stinkt nach Öl. Er schaltet die Taschenlampe ein.

Vor seinen Füßen liegt eine große Rolle Stacheldraht, daneben ein Zimmermannshammer und eine Schachtel mit Krampen. In der Mitte steht ein alter Heuschwader, an dem gearbeitet wurde. An der Längswand liegen Ersatzteile und zerlegte Maschinen, große und kleine Werkzeuge hängen an Nägeln über einer schmutzigen Werkbank. Ríkharður leuchtet in alle Richtungen, geht vorsichtig weiter in den Schuppen hinein, stets darauf achtend, nicht in eine Öllache zu treten oder irgendwelchen Eisenschrott umzustoßen.

Er schnuppert. An einem Nagel hängen getrocknete Katfischfilets, unter einer Plane versteckt stehen ein Destillierapparat und zwei kleine Fässer. Er wirft einen Blick in eines, starker Fuselgeruch steigt ihm in die Nase. Er nimmt sich ein großes Stück von dem Trockenfisch, dann inspiziert er das Werkzeug des Bauern genauer. Er nimmt einen Vorschlaghammer und wiegt ihn in der Hand, dann erblickt er einen etwas kleineren Hammer und greift nach ihm. Der Hammer ist schwer, aber nicht übermäßig, er kann ihn leicht mit einer Hand herumwirbeln.

Ríkharður schaltet die Taschenlampe aus und steckt sie in die Jackentasche. Er verlässt den Schuppen und schleicht zum Wohnhaus. Die Vordertür ist abgeschlossen, wie er es erwartet hat. Er biegt um die Ecke, den Hammer zum Schlag bereit in der rechten Hand, und streckt die linke nach der Klinke der Waschküchentür aus. Der Kies unter seinen Füßen knirscht leise. Gerade will er die Türklinke nach unten drücken, als drinnen der Hund zu knurren beginnt und laut anschlägt, aber nur einmal.

Ríkharður erstarrt auf der Stelle, ein Stromschlag schießt ihm durchs Nervensystem und im Nacken sträuben sich die Haare. Er hält die Luft an. Vorsichtig setzt er einen Fuß zurück und entfernt sich von der Tür, wobei er die Fenster des Hauses im Blick behält. Der Hund knurrt weiter, aber er bellt kein zweites Mal. Nirgendwo geht das Licht an, er hört auch kein Geräusch von drinnen.

Er zieht sich in den Schuppen zurück, legt den Hammer an seinen Platz und holt tief Luft. Seine Hände zittern, das Herz rast und er atmet flach und hastig. Er könnte sterben für eine Zigarette, aber das muss jetzt warten. Als er sich beruhigt hat, peilt er durch den Türspalt nach draußen.

Kein Licht, keine Bewegung – Totenstille über allem. Die Berge sind schwarze Schattenrisse, der rote Abglanz der Sonne sieht aus wie verlöschende Glut, und irgendwo tief in der Nacht verbirgt sich das leise Plätschern von Wellen wie Atemzüge eines schlafenden Riesen.

Ríkharður könnte ein Fenster aufhebeln und ins Haus einsteigen. Es ist nicht so, dass er das noch nie getan hätte. Und er würde es auch hier und jetzt tun, wenn der verdammte Köter nicht wäre. Er kann Hunde nicht ausstehen, er hasst sie geradezu. Sie beißen, sie bellen … sie wecken schlafende Hauseigentümer.

Aber er muss in dieses Haus, koste es, was es wolle. Er muss! Wenn nicht im Bösen, dann im Guten.

Wenn nicht im Schutz der Nacht, dann am helllichten Tag.

Tick. Tack.

Die Nacht ist still und kühl. Ein schneeweißer *Chrysler 300* saust den Eiðisgrandi entlang, immer dem Ufer folgend hinaus nach Seltjarnarnes. Die Straße ist so gut wie leer, auf der einen Seite liegen die Wellenbrecher, auf der anderen unbeleuchtete Mehrfamilienhäuser. Der vor Kurzem aufgegangene Mond geistert durch die Wolken. Es ist bald vier Uhr in der Frühe, die Stadt liegt im Tiefschlaf.

Vier Männer sitzen in dem Wagen. Svenni fährt, Egill und Kolbeinn sitzen im Fond, auf dem Beifahrersitz Ríkharður Ríkharðsson, schwarz gekleidet, mit Mütze und Handschuhen. Er sitzt aufrecht und starrt wie in Trance durch die Frontscheibe.

Er ist unterwegs zu einem weiteren Einbruch, dem fünften innerhalb von zwölf Stunden. Der erste fand mitten am Tag statt, in Fossvogur im Osten der Stadt. Die Klone hatten ihn vorgeschickt, um ihn durch die Fenster der größten Einfamilienhäuser im Viertel spähen zu lassen. Hinter einem hatte er auf dem Esstisch ein nagelneues *Ultrabook* entdeckt, flach wie eine zusammengefaltete Zeitung. Aber es brannte Licht und jemand war zu Hause, denn neben dem Laptop stand eine Kaffeetasse und leise Musik war zu hören.

Rikki wartete ein Weilchen hinter einem Gebüsch, doch dann fand er, es sei das Beste, die Sache hinter sich zu bringen; die anderen warteten auf ihn, und er hatte sowieso nicht alle Zeit der Welt. Er klaubte einen Pflasterstein aus dem Gartenweg und warf das Panoramafenster damit ein. Die Scheibe zerbarst mit einem Riesenknall, Scherben und Splitter flogen ins Haus. Rikki machte einen Satz, sprang mitten in das Chaos, schnappte sich den Computer und stürzte wieder nach draußen.

Das alles geschah innerhalb von Sekunden, aber während der Aktion verlief die Zeit langsamer, sie wurde zu einer zähen Flüssigkeit, die den Raum ausfüllte und alle Sinneswahrnehmungen verzerrte: Der Knall wurde zu einem fernen Herzschlag, die Splitter schwebten in der Luft, alles lief wie in Zeitlupe ab, und erst als er die Autotür zuschlug, wurde alles wieder normal. Da brachen die Geschwindigkeit und der Wahnsinn wie ein Wirbelsturm über ihn herein, sein Herz drohte zu zerspringen, seine Lunge brannte, er sah alles wie durch einen Nebel und zitterte am ganzen Leib.

Die nachfolgenden Einbrüche waren nicht so dramatisch verlaufen, und jetzt stand der letzte bevor, hoffte er zumindest.

»Bist du nicht mehr fit?«, fragt Svenni.

»Doch.« Rikki nickt. »Ein Haus noch, und dann sind wir fertig, richtig?«

»Wird sich zeigen.«

Fünf Minuten später setzen die Klone ihn am Ende einer der teuersten Straßen der Hauptstadt ab. Hinter Zäunen und dichten Hecken liegen mehrere Villen versteckt, jede ein paar Hundert Quadratmeter groß, die mit der Dunkelheit verschmelzen. Der Wagen fährt weiter, Rikki geht an einer Mauer entlang und folgt dann einem Fußweg, der zum Meer hinabführt.

Der Skerjafjörður ist dunkel und kalt, die Wellen rollen mit einem gemächlichen Rauschen heran, der Wind vom Meer geht durch bis auf die Knochen.

Der Mond verschwindet hinter den Wolken.

Rikki packt die Krone eines hohen Holzzauns, klettert geschmeidig hinauf und springt in einen großen, wohlgepflegten Garten. Er hält den Atem an und lauscht.

Kein Hund.

Das Haus ist dunkel.

Lautlos schleicht Rikki durch den Garten. Hinter der

Garage, die an das Haus anschließt, geht er in die Hocke und blickt hinauf zu den Fenstern. Aufkleber von *Securitas*. Das heißt aber noch nicht, dass das Haus mit Bewegungsmeldern und Fensteralarm ausgerüstet ist. Er zieht ein kurzes Stemmeisen aus der Jacke, richtet sich auf und hebelt ein Fenster auf.

Es knirscht und knackt leise, und das Fenster ist offen. Aber es heult keine Sirene los. Er hat Glück. Er atmet aus und steigt durch das Fenster ein. Er zieht sich Schrammen am Rücken und an der Schulter zu, aber das sind bloß Kratzer, nicht der Rede wert. Er steigt hinunter auf einen Schneescooter und springt auf den Boden. Die Garage ist geräumig. Er geht an der Längswand entlang zur Verbindungstür und drückt die Klinke.

Die Tür ist nicht abgeschlossen, er ist im Haus. Sein Herz beginnt schneller zu schlagen.

Rikki steht in einem geräumigen Flur. Im Haus schlafen Leute, das kann er riechen. Die Schlafzimmer dürften sich im Obergeschoss befinden. Er fängt mit dem Wohnzimmer an, zieht die Stecker aus einem Blu-Ray-Spieler, einem großen Flachbildschirm und einer teuren Heimkinoanlage. Er stapelt alles im Flur und steigt leise nach oben. Ein geschlossenes Zimmer, eine halb offen stehende Badezimmertür. Er vermutet das eheliche Schlafzimmer am hinteren Ende.

Er legt das Ohr an die Tür und lauscht. Erst nichts, dann ein unterbrochenes Schnarchen. Ganz vorsichtig öffnet er die Tür und späht in das Dunkel. Wärme und Körpergerüche. Er wartet, bis sich seine Augen an die Dunkelheit gewöhnt haben, dann betritt er auf Zehenspitzen das Schlafzimmer.

Ein Kingsize-Ehebett. Zu beiden Seiten Nachtschränkchen im Rokokostil. Das Ehepaar ist schon älter. Er liegt auf dem Rücken und schnarcht, sie hat sich unter der dicken Decke zusammengerollt.

Rikki schleicht zu dem Nachtschränkchen auf ihrer Seite. Es hat eine Schublade und darunter eine Tür. Er geht auf die Knie und zieht die Schublade auf. Tablettenröhrchen klappern. Bilderrahmen auf dem Schränkchen rappeln leise. Er zieht ein Gesicht und untersucht den Inhalt der Schublade genauer. Darin ist nichts von Wert, bloß eine Lesebrille, Schlaftabletten und ein Gesangbuch. Er öffnet die Tür des Schränkchens. Das Magnetschloss klickt. Das Schnarchen setzt aus. Rikki hält den Atem an. Der Kerl fängt wieder an zu schnarchen.

Rikki atmet aus und späht in das Schränkchen. Er sieht ein Regalbrett, und darauf steht, was er gesucht hat: das Schmuckkästchen der Frau des Hauses. Sein Mund fühlt sich trocken an, er greift nach dem Kästchen und klappt es auf. Zuoberst befindet sich ein mit Samt ausgekleideter Einsatz voller Schmuck: Perlenketten, Goldketten, teure Ohrringe. Brillantringe, diamantenbesetzte Colliers, große Perlen. Sein Herz schlägt heftig, er stopft sich alles in die Taschen. Er nimmt den Einsatz heraus, auch das Fach darunter ist mit Samt ausgekleidet, es enthält jedoch nicht mehr als ein paar alte Briefumschläge und ein schwarzes Filzsäckchen, zugebunden mit einer schwarzen Schnur. In den Umschlägen stecken Briefe und Schwarz-Weiß-Fotos, wertloses Zeug.

Rikki öffnet das Säckchen. Etwas Kleines, Hartes klingelt leise darin. Er reißt die Augen auf. Auf dem Boden des Beutels liegt ein Häufchen geschliffene Diamanten, zehn oder zwölf Stück. Die Hälfte klein, einige mittelgroße und zwei oder drei richtig große.

Gänsehaut.

Er zieht an der Schnur, schließt mit zitternden Fingern das Säckchen und presst es in der Hand.

Rikki überlegt, er steht vorsichtig auf und stopft das Säckchen in die Unterhose. Das sind seine Diamanten, *ihm* sollen sie gehören. Sie sind sein Eigentum, verflucht noch mal!

Der weiße *Chrysler* wartet am Ende der Straße auf ihn. Rikki kommt mit den Geräten im Arm vom Ufer herauf. Egill steigt aus und öffnet den Kofferraum. Sie verstauen das Diebesgut und steigen in den geheizten Wagen. Der Motor grollt, der Fahrer gibt Gas.

Es ist halb fünf.

Rikki zieht die Mütze ab und pustet tief durch.

»Ich denke, ihr könnt mich jetzt nach Hause fahren.«

»Anton wartet auf uns«, sagt Kolbeinn.

Rikki täuscht ein Gähnen vor. »Ich bin fertig. Ihr könnt ihm das Zeug aushändigen. Ich habe vollstes Vertrauen zu euch.«

Svenni grinst. »Ob du uns vertraust oder nicht, spielt keine Rolle. Der Punkt ist, dass Anton dir nicht traut.«

Rikki schluckt.

»Tatsächlich traut er keinem Menschen«, setzt Egill hinzu.

Schweigend fahren sie weiter.

Langsam kommt das Viertel auf dem Hügel von Breiðholt näher.

Rikki schaut aus dem Fenster und versucht, gelassen zu wirken. Dabei ist sein Mund ausgetrocknet, er hat Kopfschmerzen, der Hals ist ihm wie zugeschnürt.

Die Nacht ist leer und kalt, die Dunkelheit dreht sich spiralig wie der Wasserstrudel in einem Ablauf.

Das Tor zur Garage öffnet sich und gibt den Blick auf das beleuchtete schachtelartige Innere frei. Svenni fährt hinein und stellt den Motor ab.

Sie steigen aus. Abgasgestank, unerträgliche Helle, abkühlendes Metall knackt.

Anton wartet im Wohnzimmer. Rikki und die Klone schleppen die Beute hinein und bauen sie vor ihm auf.

Egill, Kolbeinn und Svenni treten zur Seite.

Rikki verharrt völlig regungslos und mit verschränkten Armen. Er hat Angst, dass der Schmuck in seinen Taschen klimpern könnte. Er hätte jetzt gern eine Zigarette, wagt aber kaum zu atmen.

»Gut gemacht! Glänzend.« Anton geht mit einem Whiskyglas in der Hand herum und betrachtet Flachbildschirme, Digitalkameras, Blu-Ray-Player und Laptops wie Bilder in einer Ausstellung.

Das Licht im Zimmer ist gedämpft, irgendwo brennt ein Räucherstäbchen. Hanna liegt auf dem Ledersofa unter einer Wolldecke und sieht auf einem Riesenbildschirm eine Folge von *Lost*. Sie trägt keine Bandagen mehr, hat aber noch die Fäden in dem genähten Mundwinkel.

Rikki tut, als würde er sie nicht bemerken.

»Bist du irgendwie nervös?«, fragt Anton.

»Nein, nein, nur müde.«

Anton mustert ihn von Kopf bis Fuß. »Was ist mit dem Koks?«

»Ich habe es verkauft, aber man hat mich um die Kohle geprellt.«

Anton schnalzt mit der Zunge. »Wir verschenken kein Dope, das ist dir schon klar?«

»Ja …« Rikkis Stimme setzt aus, er räuspert sich. »Das war ein Mann, dem ich vertraut habe. Mein Fehler. Kommt nicht wieder vor. Du kannst dich drauf verlassen.«

»Wirklich?«, fragt Anton mit gespielter Verwunderung. »Kann ich wirklich einem Mann trauen, der anderen so leicht vertraut, dass er ihnen Dope leiht? Meinen Stoff, wohlgemerkt.«

Rikki weiß nicht, ob er Ja oder Nein sagen soll. Er zwinkert mit den Augenlidern, auf seiner Oberlippe bilden sich Schweißperlen.

Anton steckt sich eine Mentholzigarette an. »Leer deine Taschen aus!«

»Was?«

»Du hast gehört, was ich gesagt habe.«

»Ach!« Rikki schlägt sich mit der flachen Hand vor die Stirn. »Habe ich ja fast vergessen.«

Anton stößt den Rauch aus und fragt mit drohender Miene: »Was hast du vergessen?«

»Ich habe bei den alten Leuten draußen auf Seltjarnarnes ein Schmuckkästchen gefunden.«

Er greift in die Jackentaschen, holt perlenbesetzte Broschen, einen Ring, Goldketten und Ohrringe heraus und legt alles auf den Couchtisch.

Am anderen Tischende steht eine Schale mit Popcorn, daneben liegt eine offene Tüte Süßigkeiten.

Hanna greift nach einer Lakritzstange und steckt sie sich in den Mund, ohne den Blick vom Bildschirm zu nehmen, auf dem sich die Überlebenden in *Lost* gerade um ein Feuer am Strand versammeln.

Anton sieht Rikki zu, wie er seine Taschen leert, dann wirft er einen Raubvogelblick auf Hanna, die nur Augen für den Bildschirm hat und vorgibt, überhaupt nicht zu beachten, was ansonsten vorgeht.

»Hanna!«

Sie schmatzt ihre Lakritzstange und starrt auf den Bildschirm. »Ja?«

Anton zeigt auf den glitzernden Schmuck. »Seit wann hast du kein Interesse an Gold und Edelsteinen?«

Hanna sieht weiter fern, dann schaut sie auf. Sie guckt zuerst Anton an, dann den Schmuck. »Bestimmt wertvoll, aber unglaublich altmodisch und lächerlich.«

Anton nimmt eine Perlenkette. »Ja, du hast recht, Schatz.«

Rikki tritt zwei Schritte zurück und breitet die Arme aus. »Bist du nicht zufrieden? Das Zeug ist ein paar Millionen wert. Die Geräte und der Schmuck. Vielleicht fünf Millionen Kronen, so ungefähr.«

Anton lässt die Kette auf den Tisch fallen.

Rikki zuckt zusammen.

»Das ist Hehlerware. Ich bin Großhändler. Es ist unter meinem Niveau, solchen Kleinkram zu verticken. Gold und Steine sind vielleicht okay, aber Elektrogeräte?« Er zieht an der Zigarette, inhaliert den Rauch. »Kann man vielleicht als Geschenk oder als Schmiergeld verwenden, mag sein.«

»Aber ...« Rikki räuspert sich. »Ich habe zehn Gramm verloren. Handelswert eine Viertelmillion. Allein der Schmuck ist das Doppelte wert, wenn nicht mehr. Gemessen am Marktwert hast du nur ein paar Hunderttausend verloren, richtig?«

Anton stößt den Rauch aus. »Willst du mir meine eigenen Geschäfte erklären?«

»Nein, aber ...«

Anton schnippt mit den Fingern. »Zieh dich aus!«

»Was?«

»Du hast gehört, was ich gesagt habe!«, brüllt Anton mit rotem Kopf.

Rikki fängt langsam an, sich auszuziehen. Er zieht die Jacke aus, dann das T-Shirt, anschließend schleudert er die Schuhe von den Füßen.

Hanna kuschelt sich in die Decke. Sie schaut weiter ihre Serie, aber ihre Lippen sind gespannt und die Stirn ist gerunzelt.

Rikki steigt aus der Hose und streift die Socken ab. Nur noch in schwarzen Boxershorts steht er im Zimmer, muskulös und gut gebaut. »Okay. Ausgezogen. Und was jetzt?«

Anton drückt die halb gerauchte Zigarette aus. »Die Unterhose auch.«

Es ist, als würde in Rikkis Augen das Licht ausgehen. Er steckt die Finger hinter den Bund und lässt die Unterhose nach unten rutschen. Als sie auf dem Boden landet, ist ein leises Klirren zu hören und das schwarze Filzbeutelchen rollt heraus.

Anton grinst und bekommt ein boshaftes Glitzern in die Augen. »Ach nein. Was ist denn in dem Beutel, Cowboy?«

»Diamanten.« Rikki bückt sich. Die linke Hand hält er vor sein Geschlechtsteil, mit der rechten hebt er das Säckchen auf.

Anton reißt es ihm aus der Hand. Er schüttet den Inhalt in seine hohle Hand, rollt die Steine darin hin und her und beobachtet fasziniert, wie sich das Licht in ihnen bricht. »Schön!«

Rikki tritt von einem Fuß auf den anderen. »Ich habe sie gefunden. Sie gehören mir.«

Das Grinsen verschwindet aus Antons Gesicht, das sich in eine harte Maske verwandelt. Er schüttet die Steine zurück in den Beutel und zieht ihn zu.

Rikki hebt seine brüchige Stimme: »Du hast für das Kokain, das ich verloren habe, mehr als genug bekommen.«

Anton nickt nachdenklich. »Ich habe mehr als genug, das stimmt. Aber es ist nicht an dir, zu entscheiden, was mehr ist und was genug. Das tue ich. Und als ich zuletzt über *mehr* und über *genug* nachgedacht habe, bin ich zu dem Ergebnis gekommen, dass mehr besser ist als weniger und dass genug nie genug ist, wenn du verstehst, was ich meine.«

Rikki seufzt. »Kann ich jetzt gehen?«

Anton starrt ihn kühl an, dann wendet er sich Hanna zu. »Mir ist da etwas aufgefallen. Du verlierst zur gleichen Zeit zehn Gramm Kokain, in der meine Süße mit irgendwelchen angeblichen Freundinnen auf einen mehrtägigen Kokstrip geht.«

Rikki zuckt die Schultern. »Wovon redest du?«

Anton schnippt mit den Fingern. »Hanna!«

Sie hält den Blick noch einen Moment auf den Fernseher gerichtet, dann hebt sie den Kopf. »Ja?«

Anton zeigt drohend auf Rikki: »Hast du den Stoff von ihm bekommen? Sag mir die Wahrheit! Hast du diesem Trottel einen geblasen, um das Zeug zu kriegen? Versorgt er dich? Raus damit!«

Rikki steht still da und wartet ab.

Hanna wirft Anton einen Blick zu, als sei er der größte Idiot unter der Sonne, dann nickt sie in Rikkis Richtung. »Redest du von dem nackten Wurm da? Von diesem Loser, der Fernseher klaut, um seine Schulden abzustottern? Du machst wohl Witze. Ich hole keinem einen runter für Dope, damit das klar ist, und ich würde eher einen Hund ficken, als auch nur in die Nähe von so einer Flachpfeife zu kommen. Ist das deutlich genug für dich?«

Anton starrt sie an, zugleich wütend und sprachlos. Dann bricht er in Lachen aus. Die Klone lachen ebenfalls, nur Rikki weiß nicht, ob er erleichtert oder beleidigt sein soll.

»Ich liebe diese Frau!«

»Kann ich jetzt gehen?«, erkundigt sich Rikki.

»Aber sicher, mein Freund.« Anton breitet die Arme aus und geht auf Rikki zu. »Komm, lass dich umarmen!«

»Was …?« Rikki wollte sich schon nach seiner Unterhose bücken. Anton lächelt breit, dann versetzt er Rikki ansatzlos einen Kopfstoß mitten ins Gesicht. Es knackt laut in dessen Nase, seine Beine geben nach, Rikki stöhnt auf und fällt kraftlos zu Boden.

»Du tust dir jetzt leid, aber nur, weil du nicht weißt, wie

viel Glück du hast, du Dieb!« Anton steht über Rikki und blickt drohend auf ihn hinab.

»Ja.« Rikki liegt zusammengekrümmt am Boden und hält sich mit beiden Händen die gebrochene Nase. Zwischen seinen Fingern strömt Blut hervor.

»Idiot!« Anton versetzt ihm einen Tritt, dann setzt er sich zu Hanna aufs Sofa. Die Klone zerren Rikki nach draußen und werfen ihm seine Klamotten hinterher.

Über den Boden zieht sich eine Blutspur.

»Und, was ist passiert?« Anton streicht Hanna über den Rücken, dann schüttelt er eine Zigarette aus dem Päckchen und steckt sie sich in den Mund.

Hanna nimmt ein grünes Weingummi. »Sie vermuten, dass sie nicht allein auf der Insel sind. Irgendwas Mysteriöses geht da vor.«

»Okay.« Anton macht das Feuerzeug an, lässt es brennen und tut so, als würde er konzentriert auf den Fernseher schauen.

Tick. Tack.

Der Bauer bastelt am Pick-up, der junge Mann spielt wie am Vortag mit dem Stierkalb auf der Hauswiese.

Ríkharður geht auf den Hofplatz, bleibt aber stehen, als der Hund anschlägt. Er bellt laut, doch nicht unbedingt aggressiv. Der Bauer fährt herum, einen großen Engländer erhoben wie eine Schlagwaffe. Er streckt den breiten Rücken und mustert den Fremden mit einem Blick, der alles andere als freundlich ist. Einen kurzen Moment verrät das wettergegerbte Gesicht unverstellte Angst, dann weicht sie einem gewöhnlicheren Misstrauen und etwas, das man einfach mürrischen Unwillen nennen könnte.

Der Hund bellt weiter mitten auf dem Hofplatz. Ríkharður hebt die Hand und lächelt dem Bauern entschuldigend zu. »Ich wollte dich nicht erschrecken.«

Der Bauer macht eine drohende Handbewegung gegen den Hund: »Kusch!«

Der Hund senkt den Kopf, jault leise und trottet davon. Ríkharður steht nach wie vor am selben Fleck. Er stellt fest, dass der junge Kerl mit dem Stierkalb auf ihn aufmerksam geworden ist. Der Bauer legt den Engländer weg und nimmt einen schmutzigen Lappen. Langsam geht er auf den Besucher zu und wischt sich dabei den Schmutz von den riesigen Pranken. »Du kannst dich gleich wieder vom Acker machen, mein Freund. Uns fehlt nichts und wir kaufen nichts.«

Der Bauer ist etwa fünfzig Jahre alt, hat rötliche Haare, Sommersprossen und eine kräftige Nase, abstehende Ohren und dicke Lippen. Er hat einen Sonnenbrand, und oben auf dem Kopf, wo die Haare schon dünner werden, schält sich die Haut. Seine dunklen Augen sind blutunterlaufen, aus den Nasenlöchern sprießen Büschel bräunlicher Haare, seine Zähne sind schief und schlecht gepflegt.

Ríkharður schüttelt den Kopf: »Ich bin kein Vertreter.«

»Was zum Teufel bist du dann?« Die barsche Stimme ist von einer schwachen Fahne umnebelt.

Der junge Mann interessiert sich für den Besucher. Langsam führt er den Stier über den Hof auf Rikki und den Bauern zu. Er trägt Jeans, Gummischuhe und ein gelbes T-Shirt mit *Cheerios*-Aufdruck, die Hosenbeine hat er in grau melierte Wollsocken gesteckt. Der Hund folgt ihm wie ein Schatten.

Ríkharður stellt seine Tasche ab und zieht ein zusammengefaltetes Blatt Papier aus der Hosentasche. »Ich habe in Eskifjörður diesen Aushang gesehen, und ich bin auf der Suche nach Arbeit für den Sommer.«

Der Bauer steckt den Lappen in eine Tasche seines Overalls, nimmt das Blatt und faltet es auseinander. »Du hast dich im Hof geirrt, Kollege. Das ist eine Anzeige von dem Pack auf Stóri-Hóll.«

Ríkharður nickt. »Sie haben schon jemanden eingestellt. Darum habe ich gedacht, ich versuche mein Glück mal hier.«

Der Bauer kneift die Augen zusammen. »Hat er dich hergeschickt?«

»Wer?«

»Na, Þórður auf Stóri-Hóll. Wer denn sonst?«

Ríkharður schüttelt den Kopf. »Ich bin aus eigenem Antrieb hier. Kein Mensch schickt mich hier- oder dahin.«

Der Bauer gibt ihm den Zettel zurück. »Mag sein, dass es sich der Großbauer und Bezirksvorsteherarschkriecher Þórður leisten kann, Aushilfen einzustellen, aber seine Heuwiesen hatten auch nicht drei Winter hintereinander Frostschäden so wie unsere. Ich fürchte, du wirst dir woanders etwas suchen müssen.«

»Schade.« Ríkharður steckt den Zettel wieder ein, dann sieht er sich um. »Mir gefällt nämlich dein Hof. – Wie, hast du noch gesagt, heißt du?«

»Ich habe gar nichts gesagt«, erwidert der Bauer. »Aber mein Name ist Jónatan, wo du schon danach fragst.«

»Grüß dich, Jónatan. Ich heiße Ríkharður, genannt Rikki.«

Sie geben sich die Hand. Die Pranke des Bauern ist rau wie Fels und heiß wie eine Motorhaube im Sonnenschein.

Rikki seufzt. »Ich hatte mich schon darauf gefreut, hier zu arbeiten, Jónatan. Bei tüchtigen und anständigen Leuten. Ehrlich gesagt hat mir der andere Hof, dieses Stóri-Hóll, oder der Bauer dort, dieser Þórður, gar nicht gut gefallen. Unter uns, er hatte so was Ausweichendes im Blick. Als hätte er ein schlechtes Gewissen oder etwas zu verbergen. Weißt du, was ich meine?«

Jónatan öffnet den Mund zu einem breiten Grinsen. Im Oberkiefer fehlen ihm zwei Zähne, unten drei. »Aufmerksam blickt das Auge des Gastes, kann ich dazu nur sagen. Und ob der ein schlechtes Gewissen hat! Dieser Emporkömmling und Privilegienreiter, dem alles in den Schoß gefallen ist und der sich den Rest von anderen unter den Nagel gerissen hat.«

Rikki grinst. »Verstehe.«

Jónatan zückt eine Schnupftabakdose und nimmt eine reichliche Prise, dann hält er Rikki die Dose hin: »Möchtest du?«

»Gern.« Rikki nimmt mit den Fingerspitzen ein paar Körnchen und schiebt sie sich in ein Nasenloch.

»Wer ist das, Papa?« Der junge Mann ist bei ihnen angekommen. Er ist nicht gerade zierlich, fast zwei Meter groß, und wiegt schätzungsweise hundertzwanzig Kilo. Kräftig gebaut wie sein Vater, aber ein hellerer Typ mit weichen Konturen und glattem, schulterlangem Haar. Trotz der Größe ist er von geradezu birnenförmiger Gestalt. Die Hüften sind breiter als die Schultern und das Gesicht rund wie der Vollmond. Die Augen sind groß und blau, die Nase kurz, die Lippen stehen in einer Schnute vor.

»Das ist nur ein Mann, der Arbeit sucht«, sagt der Bauer.

»Was ist mit dir passiert?«, fragt der junge Riese.

Rikki versteht die Frage nicht gleich, dann fällt ihm die Schlägerei im Café *Kósý* ein. Er lächelt verlegen und streicht mit der Fingerspitze über die geschwollene Augenbraue.

»Frag nicht so blöd, Óskar!«, schreit der Bauer, dann lächelt er Rikki entschuldigend an. »Du musst entschuldigen, er ist ein bisschen zurückgeblieben. Hat bei der Geburt nicht genug Sauerstoff bekommen.«

»Schon in Ordnung.« Rikki lächelt Óskar zu. Der ist vor Scham flammrot und steht stocksteif da. »Ich habe auch in Reyðarfjörður nach Arbeit gefragt und das dafür bekommen.«

»Echt?«, fragt Óskar und saugt die Luft ein. »Ich will nicht nach Arbeit fragen.«

»Versuch ein Mal nachzudenken, bevor du was sagst, Junge«, sagt der Bauer.

»'tschuldigung, Papa«, murmelt der Sohn.

»Ist das dein Stier?«, fragt Rikki.

»Ja!«, sagt der junge Mann und tritt stolz einen Schritt zur Seite. »Er heißt Hannibal. Nicht wie der Menschenfresser im Film, sondern wie der Heerführer von früher. Hannibal ist fast zwei Jahre alt und er ist mein bester Freund.«

»Super!«

Der Hund schnuppert um Rikki herum, traut sich aber nicht ganz in seine Nähe.

Jónatan schnaubt: »Dein bester Freund? Sei doch nicht so bescheuert! Stiere sind keine Schmusetiere. Kapier das doch endlich!«

»Entschuldige, Papa.« Seine Stimme klingt kindlich und passt in keiner Weise zu dem massigen Körper, in dem sie steckt.

»Eine echte Geistesleuchte, dieser junge Mann«, sagt Jónatan aufgeräumt. »Ich weiß nicht, was ich verbrochen habe, dass ich diese Last jeden Tag mit mir herumschleppen muss.«

»Ein Arbeiter würde dir schon das Leben erleichtern, oder?«

Jónatan winkt ab. »Ich kann mir keinen Arbeiter leisten, so einfach ist das. Die Wiesen sind vom Frost kaputt, alle Maschinen mehr oder weniger im Eimer, und es sieht ganz danach aus, dass ich im Herbst Heu zukaufen muss.«

»Ich verstehe.«

»Es wäre typisch, wenn ich es am Ende noch zu überhöhtem Preis von diesem Arschloch Þórður auf Stóri-Hóll kaufen müsste«, setzt Jónatan hinzu.

»Þórður, das Arschloch«, bekräftigt Óskar pflichtschuldig.

»Du sollst nicht fluchen!« Jónatan versetzt Óskar mit der flachen Hand einen Schlag hinter die Ohren. »Soll ich dir den Mund mit Seife auswaschen?«

»Nein!«, jammert Óskar.

Jónatan sieht Rikki an, als hätte er ihn ganz vergessen. Plötzlich verwandelt sich sein Ärger in geheuchelte Fröhlichkeit. »Früher hat er ständig Nägel gekaut. Weißt du, was ich gemacht habe?«

»Nein.«

Der Bauer lacht lauthals. »Ich habe seine Griffel in Kuhpisse getaucht. Jedes Mal, wenn er dran kauen wollte, hat ihn der Gestank abgeschreckt.«

»Ich verstehe.«

Óskar lächelt einfältig. »Und dann wurde ich mal in einen dunklen Verschlag gesperrt, weil ich die Katze totgemacht habe. Aber es war nur aus Versehen.«

Jónatan läuft vor Wut rot an und versetzt seinem Sohn wieder einen Schlag. »Willst du wohl still sein, Bursche!«

Rikki schaut weg, als würde er nichts mitbekommen.

»'tschuldige, Papa.« Óskar reibt sich den Nacken. Seine Stimme klingt kühl, und seine Augen verdunkeln sich. Von einem Moment auf den anderen verzerrt sich das unschuldige Kindergesicht zu einer furchterregenden Grimasse.

Auf der Weide brüllen Kühe.

Die Sonne knallt Rikki direkt auf den Scheitel. Der Schweiß bricht ihm auf der Kopfhaut aus und läuft ihm über die Stirn. Er zwinkert mit den Augen und sieht nachdenklich den Stier an. Er ist nicht den ganzen Weg hierhergekommen, um gleich wieder aufzugeben.

Er wird nicht mit leeren Händen zurückkehren, kommt gar nicht infrage.

»Bist du aus Reykjavík?« Jónatan putzt sich mit einem blauen Taschentuch die Nase.

»Ja, ich bin in der Hauptstadt geboren und aufgewachsen, aber mein Vater stammt aus Siglufjörður.« Rikki schüttelt eine Zigarette aus dem Päckchen und steckt sie in den Mundwinkel.

»Meine Schwester hat auch in Reykjavík gewohnt«, sagt Óskar stolz. Sofort verdüstert sich sein Gesicht wieder. »Aber sie ist tot.«

»Tatsächlich?«, fragt Rikki.

»Óskar«, mahnt Jónatan vorwurfsvoll.

»Entschuldige, Papa«, murmelt sein Sohn schuldbewusst.

Rikki schüttelt den Kopf, als würde er eine unausgesprochene Frage beantworten. »Das Stadtleben habe ich seit Langem satt. Deshalb bin ich hier. Ich suche Ruhe, Frieden und anständige Arbeit bei normalen Menschen.«

Jónatan grunzt vor Wohlgefallen. »Schade, dass ich nichts für dich tun kann.«

»Kommt Zeit, kommt Rat.« Rikki bietet dem Bauern die letzte Zigarette aus dem Päckchen an. »Rauchst du?«

»Papa hat aufgehört«, verkündet Óskar. »Mein Opa ist an Lungenkrebs gestorben. Der hat ihn aufgefressen!«

»Halt die Klappe, Junge!« Jónatan steckt sich die Zigarette in den Mund und lässt sich von Rikki Feuer geben. »Danke!«

»Keine Ursache.« Rikki bläst den Rauch aus. Er bemerkt eine undeutliche Bewegung hinter den Gardinen im Haus.

Jónatan schaut mit Behagen auf die Zigarette. »Ah, das ist doch was Feines!«

»Mama sagt, Zigaretten sind schädlich.«

»Und habe ich dir nicht gesagt, das Maul zu halten?«, fragt der Bauer.

Rikki tippt die Asche ab. »Ich verstehe dich also richtig, dass du mir keinen Job anbieten kannst?«

»Leider.« Jónatan spuckt einen Tabakkrümel aus. »Ich müsste die Traktoren überholen und das Stalldach erneuern, aber das kann ich auch nicht. Am Ende werde ich diese beschissene Murkserei aufgeben müssen.«

»Beschissene Murkserei«, echot Óskar.

Rikki wirft einen besorgten Blick auf den Stier. »Und wenn ich ohne Lohn arbeite? Für Kost und Logis. Wie hört sich das an?«

Jónatan schüttelt den Kopf. »Tut mir leid. Jedes zu stopfende Maul macht hier einen Unterschied. Essen gibt es nicht umsonst. Vielleicht ist das Leben Milch und Honig in der Stadt, aber nicht hier auf dem Land, so viel steht fest.«

»Verstehe.« Rikki holt tief Luft, dann geht er mit der Zigarette zwischen den Fingern der Rechten auf den Stier zu. »Ein Bilderbuchtier hast du da, Óskar.«

»Ja.«

Der Stier weicht zurück, aber Óskar zieht am Strick und hält ihn fest. Rikki streckt die linke Hand aus und krault den Stier im Nacken. Der lässt den Kopf sinken. Rikki tritt noch näher heran, da leckt ihm das Tier die Knie.

»Sei vorsichtig«, murmelt der Bauer. »Das ist ein Biest von zweihundertfünfzig Kilo mit dem Gehirn einer Stubenfliege.«

»Sind Stubenfliegen schlau, Papa?«, fragt Óskar.

Jónatan lacht hämisch. »O ja, mein Kleiner, die sind genauso scharfsinnig wie du.«

»Ich bin nicht dumm«, flüstert Óskar. »Ich bin besonders. Das ist nicht dasselbe.«

Jónatan seufzt.

Rikki krault noch immer mit der linken Hand den Stier. Er dreht die glühende Zigarette in der Rechten so, dass sie vom Handrücken verdeckt wird. »Schätze, ich mache mich mal langsam auf den Weg.«

»Im nächsten Fjord gibt es zwei Milchbetriebe«, sagt Jónatan. »Vielleicht hast du da mehr Glück.«

»Ja, wer weiß.« Rikki drückt sich vorsichtig gegen den Bullen, stellt sich auf die Zehenspitzen und lehnt sich mit angespannten Muskeln zwischen die beiden furchterregenden Hörner, dann konzentriert er sich und bohrt dem Tier die Zigarette ins linke Ohr.

Der Stier schlägt aus, brüllt fürchterlich auf und wirft so abrupt den Kopf hoch, dass Rikki emporgehoben und in hohem Bogen über das Tier hinweggeschleudert wird. Er landet mit dem Rücken auf dem harten Boden.

»Hannibal, nein!«, schreit Óskar. »Papa! Papa!«

»Halt ihn fest!«, sagt Jónatan. »Nicht loslassen!«

Rikki rappelt sich auf. Er ist unversehrt, tut aber so, als sei er schwer verletzt. Er hält sich das rechte Knie und verzieht schauspielreif das Gesicht, während er beobachtet, was weiter passiert. Der Stier dreht völlig durch, und Vater und Sohn haben größte Mühe, ihn festzuhalten, er bockt und springt zur Seite, wirbelt Erde und Staub auf und schüttelt den Kopf, als wolle er ihn abwerfen.

»Au, au, au!«

Óskar hält den Führstrick fest umklammert, während Jónatan versucht, das Biest zu packen. Der Stier tobt wie von Sinnen, und die beiden schweben offensichtlich in großer Gefahr. Der Hund läuft im Kreis, winselt und bellt abwechselnd und scheint vor Angst ganz außer sich zu sein.

Rikki weicht langsam zurück, als das Geschehen plötzlich gefährlich nah kommt. Der Stier wirbelt mit Gebrüll herum, Jónatan und Óskar fliegen beiseite wie Puppen, und als der Stier auf Rikki losgeht, um ihn niederzutrampeln, weicht er geschickt aus und läuft zum Haus.

Im selben Moment öffnet sich die Haustür, und die Bäuerin erscheint.

»Pass auf, Óskarchen! Jónatan, kümmer dich um den Jungen! Was ist hier eigentlich los? Ist das Vieh durchgedreht?« Sie ist klein und schmal, trägt Hausschuhe, dicke Strumpfhosen und ein braunes Latzkleid.

»Ruhig, Hannibal, ruhig«, jammert Óskar und hält den Strick fest.

»Geh ins Haus, Frau!«, brüllt Jónatan, blaurot im Gesicht. »Rein mit dir, bevor du auch was abbekommst!«

Die Frau gehorcht und zieht sich ins Haus zurück.

»Nun hilf uns schon, Mann!«, kommandiert Jónatan.

»Ich?« Rikki setzt ein schmerzverzerrtes Gesicht auf, stützt sich an der Hauswand ab und hebt den rechten Fuß, als könne er ihn nicht aufsetzen.

»Ja, du, verdammt noch mal!«

»Aber ...?« Rikki flucht im Stillen, dann humpelt er vorsichtig auf den Hofplatz, wo sich der Stier im Kreis dreht. Jónatan und Óskar, heftig durchgebeutelt und fast am Ende ihrer Kräfte, sind kurz davor aufzugeben.

»Versuch, ihn am Schwanz zu kriegen! Pack ihn am Schwanz!«, brüllt Jónatan heiser.

»Nein, Hannibal, nicht!«, bettelt Óskar mit unterdrücktem Schluchzen im Hals. »Sei brav! Mach Papa nicht böse!«

»Schnauze, Junge!«

Rikki greift halbherzig nach dem Schwanz, hält aber Abstand von dem wild gewordenen Stier. Óskar rutscht der Nylonstrick durch die Hand, und er schreit auf, als er ihm die Handflächen verbrennt. Durch den fehlenden Zug ruckt der Stier zurück. Er geht fast rückwärts zu Boden, doch dann macht er einen gewaltigen Satz nach vorn und stößt den Bauern in die Hüfte.

»Hannibal, nein!«, kreischt Óskar hysterisch.

Jónatan wird zur Seite geschleudert, er landet hart auf der Erde und stößt einen dumpfen Schmerzensschrei aus. Drinnen im Haus schreit die Frau auf und klopft mit geballten Fäusten gegen die Scheibe des Küchenfensters.

»Papa, hast du dir wehgetan?«, fragt Óskar mit Tränen in den Augen.

»Scheiße!« Der Bauer jammert und flucht abwechselnd. Rikki steht mucksmäuschenstill, der Stier zögert, da nutzt Óskar die Chance, springt seinen Kopf an und packt beide Hörner. Er stößt einen Kriegsschrei aus, der ins Falsett überschlägt, und wirft den Stier mit einer schnellen Drehung zu Boden. Das Tier fällt auf die Seite, tritt einige Male um sich, gibt aber bald auf. Es brüllt jämmerlich, streckt die lange Zunge aus dem Maul und prustet wie ein Wal.

»Ich hab ihn, Papa! Ich hab ihn. Ruhig, mein Guter! Ganz ruhig, Hannibal! Es ist vorbei. Alles ist gut«, sagt Óskar.

Rikki hinkt vorsichtig ans Hinterende des Stiers, bückt sich und umfasst lose den Schwanz des Tieres.

»Himmel, Arsch, verdammte Scheiße!« Jónatan rappelt sich auf und faucht vor Wut und Schmerzen. Er spuckt auf den Boden und humpelt Richtung Stall davon.

»Gott sei Dank!«, ist aus dem Haus zu hören.

»Wo gehst du hin, Papa?«, fragt Óskar. »Soll ich ihn noch weiter festhalten?«

»Ja, du Drecksbengel! Halt dein gottverfluchtes Ungeheuer fest und untersteh dich ja nicht, es loszulassen!« Jónatan bleibt stehen und blickt über die Schulter. »Ich hole den

Traktor. Dieses Monster wird auf der Stelle geschlachtet, bevor es noch jemanden umbringt.«

»Nein, Papi! Nein!«, schreit Óskar.

»Und ob! Und du wirst mir dabei helfen«, brüllt Jónatan außer sich. »Das wird dir eine Lehre sein.«

»Nein!« Óskar fängt hemmungslos an zu heulen, der Rotz blubbert ihm aus der Nase. »Nicht, Papa. Tu das nicht, bitte nicht! Er ist mein Freund.«

»Halt jetzt endlich dein ungewaschenes Maul!« Jónatan schwingt sich auf den kleineren Traktor und lässt den Motor an. Es ist ein alter *Ford* mit Frontlader. Der Dieselmotor schnauft und poltert, aus dem Auspuff steigt eine schwarze Qualmwolke auf. Der Bauer hebt die Schaufel auf Schulterhöhe und fährt über den Hofplatz bis an den Stier heran.

»Papa?« Óskar ist tränenüberströmt, aus der Nase fließt ihm der Rotz, seine kindliche Stimme zittert und bebt.

»Sei still!« Jónatan greift den Strick und knotet ihn an die Öse an der Oberkante der Schaufel. Zwischen Schaufel und Stier sind weniger als zwei Meter Nylonseil.

»Das darfst du nicht tun. Er ist doch unser neuer Bulle, das hast du selbst gesagt.« Óskar hält mit der einen Hand den Stier und zieht mit der anderen am Strick.

Rikki hält sich in sicherer Entfernung und beobachtet die Szene.

»Er ist ein Menschenfresser. Wir können keinen Stier halten, der Menschen anfällt, Óskar. Das weißt du ganz genau.« Jónatan verzieht das Gesicht, als er wieder auf den Traktor steigt, er hat sichtlich Schmerzen in der Hüfte.

»Aber das tut er nicht. Es hat ihn nur irgendwas erschreckt, Papa. Er hat sich bloß erschrocken«, schnieft Óskar.

Jónatan gibt Gas. »Geh zur Seite, Junge!«

»Nein!«

»Wie du willst.« Jónatan legt den Rückwärtsgang ein und setzt zurück. Das Seil strafft sich, der Stier kommt auf die Beine, und Óskar kann gerade noch zur Seite springen, bevor er von ihm umgerannt worden wäre.

»Papa!« Óskar fuchtelt mit den Armen, packt abermals den Schwanz des Bullen und versucht, ihn festzuhalten. Doch vergeblich, der Traktor rollt weiter, der Stier brüllt und stemmt sich dagegen. Doch der Traktor schleift ihn in einer Staubwolke weiter – und Óskar, der an seinem Schwanz hängt, ebenfalls.

»Nein, nein!«, kreischt der Junge.

Der Hund jault und bellt abwechselnd. Rikki steht an der Hauswand und reibt sich das Knie. Jónatan hält vor dem Kuhstall, neben der Tür, vor der am Vortag der Milchlaster stand. Dahinter befindet sich die Milchkammer. Jónatan stellt den Motor ab, klettert vom Traktor und öffnet das Doppeltor, dann winkt er Rikki heran.

»Fass mal mit an!«, ruft er.

Rikki hinkt über den Hofplatz. Der Staub legt sich allmählich, der Stier steht reglos da, doch Óskar rennt herum, schlägt sich selbst gegen den Kopf und gibt undefinierbare Laute von sich, eine Mischung aus unterdrückten Schreien und Schluchzern.

»Hör auf damit, Bengel! Mach dich lieber nützlich!«, ruft ihm sein Vater zu. »Geh und hol das Gewehr!«

»Nein!«, ruft Óskar zurück. Sein Gesicht ist puterrot, er schnaubt vor Zorn.

Jónatan hebt die Faust. »Hol die Flinte, oder es setzt was!«

Óskar stampft mit dem Fuß auf, er überquert den Hof und verschwindet um die Ecke des Wohnhauses.

Rikki wirft einen Blick in die Milchkammer. Sie ist weiß gestrichen und in der Mitte steht ein großer runder Stahltank. Durch Glasröhren fließt Milch aus dem Stall in den Tank. In der rückwärtigen Wand befinden sich ein Fenster und eine geschlossene Tür. Hinter dem Fenster ist es stockdunkel.

»Siehst du den Flaschenzug da?« Jónatan zeigt auf einen Flaschenzug an der Wand. Von ihm hängt eine Kette herab, deren Ende in einer Holzkiste darunter liegt.

Rikki nickt, er stöhnt leise auf und fasst sich ans linke Knie. Als er seinen Fehler bemerkt, greift er ans andere.

Jónatan zeigt auf einen eisernen Haken an dem Stahlträger über ihnen. Der Haken sitzt mit Rollen auf der Schiene.

»Häng den Zug für mich an dem Haken da ein!«

Rikki humpelt über den tadellos sauberen Fußboden, fasst den Flaschenzug und hebt ihn von seinem Nagel. Die Kette rasselt. Das Ganze ist recht schwer, aber er trägt es ohne große Anstrengung.

»Ich würde es selbst tun, aber die Hüfte bringt mich um.« Jónatan wischt sich Schweiß von der Stirn. Er ist bleich und seine Hände zittern.

»Und mich macht mein Knie fertig«, erwidert Rikki.

»Welches denn?«, fragt Jónatan spöttisch.

»Beide«, knurrt Rikki. Er hinkt mit dem Flaschenzug im Arm durch die Milchkammer, die Kette hinter sich her schleppend, hebt den Flaschenzug hoch und befestigt ihn an dem Haken.

Óskar erscheint mit dem Gewehr in den Händen. Er weint nicht mehr, ist aber immer noch rot im Gesicht und verquollen um die Augen. »Tu das nicht, Papa! Ich flehe dich an. Nicht meinen besten Freund töten!«

Jónatan reißt ihm die Waffe aus der Hand. »Jetzt hör endlich mit deinem Gewinsel auf, du Schwachkopf! Du weißt so gut wie ich, dass ich das Vieh abknallen muss.«

»Aber …«

»Schnauze!« Jónatan wirft seinem Sohn einen bösen Blick zu, dann hinkt er mit dem Gewehr nach draußen.

Óskar hält sich die Augen zu und tritt von einem Fuß auf den anderen, als müsse er dringend aufs Klo. »Wäre nur Hanna hier, meine Schwester. Sie könnte Papa aufhalten. Sie war die Einzige, die ihn stoppen konnte.«

»War das so?«, erkundigt sich Rikki.

Óskar nickt. »Sie konnte ein wahnsinnig böses Gesicht machen, wenn sie richtig wütend war. Dann wurden ihre Augen ganz schwarz. Und wenn sie Papa mit den schwarzen Augen ansah, tat er, was sie verlangte. Sie brauchte nicht einmal was zu sagen, nur …«

Peng!

Der Büchsenknall hallt in der Milchkammer wider, der Hund heult auf, dem Stier knicken die Beine weg, und er fällt in den Staub.

»Nei-ein!« Óskar hält sich die Ohren zu, presst die Augen zusammen und kreischt, so laut er kann.

Jónatan stapft herein und bringt seinen Sohn zum Schweigen, indem er ihm mehrere Ohrfeigen verpasst, dann reicht er ihm das rauchende Gewehr. »Hör mit diesem Mädchengehabe auf und bring das Gewehr zurück!«

Óskar sieht seinen Vater kalt an, dann nimmt er die heiße Waffe in Empfang.

»Und du fahr den Flaschenzug aus!« Damit hinkt Jónatan wieder nach draußen. Rikki fasst die Kette und folgt dem Bauern mit dem Flaschenzug bis zum Ende des Stahlträgers. Dort stößt er gegen einen Widerstand, Metall schlägt auf Metall, und die Kette schwingt.

Jónatan löst den Strick aus der Öse an der Traktorschaufel und streift dem Stier das Halfter ab. Das Tier liegt auf der Seite, mit einem Loch in der Stirn, das Maul steht offen und die Zunge hängt heraus. Der Schädel liegt in einer Blutlache, von dem sichtbaren Augapfel ist nur das bläuliche Weiß zu sehen.

»Hinter der Tür steht eine Zinkwanne. Bring sie her!«

Rikki holt die Wanne. Darin liegen ein langes Haumesser, zwei große eiserne Haken und ein paar kleinere Messer. Óskar kommt mit langsamen Schritten über den Hof, gebeugt und mit leerem Blick starrt er vor sich hin wie ein Zombie.

Jónatan nimmt die Machete und schneidet die Halsschlagader des toten Bullen auf, um ihn auszubluten, dann säbelt er schnaufend weiter, bis er den Kopf vollständig abgetrennt hat. »So!«

Der Bauer humpelt zur Wanne, nimmt eins der Messer und macht sich daran, an den Knien die Beine des Tieres abzutrennen. Der Rinderschädel liegt mit aufgerissenem Maul im Staub, der Bauer wirft die Unterschenkel einen nach dem anderen daneben.

Rikki sieht zu, wie der Bauer den Stier zerlegt, wirft aber ab und zu einen Blick auf Óskar, der sich ein wenig abseits in stiller Qual windet, ein Riesenbaby mit gebrochenem Herzen.

»Jetzt schnappt euch ein Messer, wir ziehen ihm zusammen das Fell ab.« Jónatan macht sich auch gleich an die Arbeit und schlitzt an den Beinstümpfen die Haut auf. Ein unangenehmer Kadavergestank macht sich breit, der sich mit dem schon vorhandenen durchdringenden Blutgeruch mischt.

Rikki zögert, nimmt dann jedoch ein Messer und hinkt zu dem kopflosen Rumpf. »Was soll ich tun?«

»Mach einfach das Gleiche wie ich, aber pass auf, dass du kein Loch in den Rumpf machst. Die Haut muss unversehrt bleiben.«

»Alles klar.«

Óskar schüttelt sich, dann stapft er wieder in Richtung des Wohnhauses davon.

»Wo willst du denn hin?«, fragt sein Vater.

Óskar bleibt stehen, dreht sich aber nicht um. »Ich gehe weg. Ich ertrage das nicht.«

»Kein Stückchen wirst du weggehen«, bestimmt Jónatan.

Óskar erzittert am ganzen Leib, dann übergibt er sich.

»Was für eine Zimperlichkeit, verflucht noch mal!« Jónatan humpelt zu seinem Sohn, versetzt ihm einen Schlag in den Nacken und zieht ihn gegen seinen Willen zum blutigen Schlachtplatz.

Óskar windet sich und würgt, er ist so blass, dass die Haut um seine Augen fast bläulich wirkt. »Papa …«

»Nix Papa!« Jónatan drückt ihm ein Schlachtermesser in die Hand, dann schlagen sie den Bullen weiter aus der Haut.

Der Gestank wird immer schlimmer, Óskar schwankt und würgt manchmal, schafft es aber immer wieder, alles hinunterzuschlucken.

»Hier!« Jónatan wischt sich Schweißperlen aus dem blassen Gesicht und reicht Rikki einen der beiden Eisenhaken. Dann treiben sie die Haken gemeinsam durch die Hinterläufe des Stiers. Anschließend hängen sie beide Haken in die Kette ein und hieven den Rumpf mit dem Flaschenzug in die Höhe. Die Kette klirrt, Zahnräder drehen sich, und schnell baumelt der kopflose Rumpf mit dem gelösten Fell am Rücken in der Luft.

Sie häuten den restlichen Teil, die schwere Haut wird zur Seite geworfen. Jónatan kippt die Wanne aus und stellt sie unter den Rumpf, dann schlitzt er die Bauchhöhle auf. Die Eingeweide stürzen dampfend in die Wanne und der Gestank wird unerträglich.

»Will nicht …!« Óskar wirft das Messer fort und rennt mit heißen Tränen in den Augen und Schnodder auf der Wange davon.

»Komm her, Bursche!«, kommandiert der Bauer.

Aber Óskar hält nicht an, sondern läuft nur noch schneller zu dem Streifen Weideland, auf dem er vor einer halben Stunde noch mit seinem Stier gespielt hat, und verschwindet aus ihrem Sichtfeld.

»Schwachköpfiger Idiot!«, schimpft Jónatan kurzatmig vor Anstrengung und Ärger, bis zur Hüfte in Blut gebadet. »Na ja, was soll man machen? Er kommt zurück, wenn er sich wieder eingekriegt hat. Er kommt immer zurück.«

Rikki nickt, ohne genau zu wissen, was er da bekräftigt. Große, schwarze Fliegen, angelockt vom Schlachtgeruch, summen um das stockende Blut.

Tick. Tack.

Hanna nimmt den Bus hinab in die Stadt. Sie trägt einen Jogginganzug und einen gelben Daunenanorak darüber, die Baseballkappe tief in die Stirn gezogen, einen kleinen Rucksack über der Schulter. Die Fäden wurden gezogen, aber im Mundwinkel ist noch ein heller Fleck mit kleinen Vertiefungen zu sehen. Abgesehen von ein paar Jugendlichen ist der Bus leer.

Es ist ein Uhr mittags.

Sie schaut aus dem Fenster und sieht die Umgebung vorbeifliegen. Sie fährt gern mit dem Bus. Es erinnert sie immer an ihre allererste Busfahrt, als sie für eine Woche ganz allein von Uxavellir nach Eskifjörður zu ihrer Tante Stína fuhr. Elf war sie damals, hatte noch Zöpfe und Sommersprossen auf der Nase. Stína war die Schwester ihrer Mutter, sie hieß eigentlich Kristín, war Lehrerin und unverheiratet. Vor drei

Jahren kam sie bei einem Autounfall auf den Kanaren ums Leben. Sie war gebildet, hatte einen weiten Horizont und sogar im Ausland gelebt, drei Jahre in Kopenhagen. Hannas Eltern konnten sie nicht leiden, besonders ihr Vater nicht. Er sagte, sie sei arrogant und würde ihre Nase in jedermanns Angelegenheiten stecken, doch das stimmte gar nicht.

Wie auch immer, es war Sommer, ihr Vater wurde wegen eines Bandscheibenvorfalls im Landeskrankenhaus in der Hauptstadt behandelt und Onkel Lárus kümmerte sich um den Hof. Hanna war eigentlich eingeteilt, täglich von morgens bis abends bei der Heuernte zu helfen, aber ihre Mutter hatte sich dazu durchgerungen, ihr eine Woche freizugeben, unter der Voraussetzung, dass sie dem Vater nichts davon erzählte.

Der Aufenthalt in Eskifjörður war ebenso schön wie kurz. Stína hatte Sommerferien und verwöhnte ihre Lieblingsnichte rund um die Uhr. Sie gingen am Meer spazieren, machten Picknick und besuchten das Schwimmbad. Einen Tag schüttete es wie aus Kübeln. Da blieben sie zu Hause, backten Kuchen und tranken heiße Schokolade, spielten Karten, malten Bilder und erzählten einander Witze und Geschichten. Stína hatte eine weiße Katze, die einst wild gewesen war. Hanna dachte sich eine kleine Geschichte aus, in der die Katze die Hauptfigur war. Stína ermunterte sie, die Geschichte aufzuschreiben, und das tat sie und zeichnete noch ein paar Bilder dazu.

Die Geschichte spielte an einem einzigen Tag und hieß einfach *Der Tag des Kätzchens Kisa*. Sie spielte in der Umgebung einer Ortschaft oder auch einer Stadt. Sie hatte Ähnlichkeiten mit Eskifjörður und auch mit Reykjavík – jedenfalls so, wie Hanna sich die Hauptstadt vorstellte, ohne jemals dort gewesen zu sein. Die Geschichte beginnt in aller Frühe, eine weiße Katze erwacht. Sie hat kein

Zuhause, ist wie gesagt eine streunende Katze und hat die Nacht auf einem roten Briefkasten in einer ruhigen Wohnstraße verbracht. Der Himmel ist blau, die Sonne scheint und so weiter. Die kleine Kisa döst noch, da hört sie eine muntere Melodie, die langsam näher kommt. Jemand pfeift ein Lied, es ist der freundliche Briefträger. Er ähnelt dem Postboten Páll, den Hanna aus der Zeichentrickserie kennt. Der Sonnenschein hat ihn in gute Laune versetzt, er streichelt die kleine Kisa und wirft die Post in den Briefkasten, bevor er weitergeht. Kisa ist jetzt hellwach und will gerade in den neuen Tag springen, als sie etwas hört – jemand ruft um Hilfe. Es ist eine winzig kleine Spinne, die im Rinnstein dagegen ankämpft, in den Gully gespült zu werden. Kisa rettet die Spinne und bringt sie auf ihrem Rücken zurück in den Wald, wo sie hingehört. Kisa widerfahren noch weitere spannende Abenteuer, unter anderem begegnet sie im Wald Elfen, am Ufer einigen ausgehungerten Strandläufern und einer fetten alten Forelle in einem Bach. Die Forelle kennt einen Strauch, der über den Bach hängt und genügend Beeren trägt, um die Strandläufer satt zu machen. So geht die Geschichte immer weiter, Kisa lernt etliche komische Käuze kennen, die alle in irgendwelchen Schwierigkeiten stecken, aber auch stets Lösungen für die Probleme anderer wissen. Nur für das große Problem der kleinen Kisa haben sie keine Lösung; sie sucht dringend einen gutherzigen Besitzer, der ihr ein festes Dach über dem Kopf und genug zu essen gibt, und wenn es nur ein mageres Stückchen Käse wäre. Es ist Abend geworden, die Sonne ist untergegangen, und es wird dunkel im Wald. Kisa begibt sich lieber in die hell erleuchtete Stadt, über ihr hält der Mond Wache, und in den Fenstern der Häuser brennt Licht. Einsam und hungrig streift Kisa durch die Straßen. Wo mag das Schicksal sie hinführen? Plötzlich dringt eine vertraute Melodie an ihr Ohr. Sie bleibt stehen und lauscht. Ist es nicht dieselbe Melodie, die am Morgen der Postbote gepfiffen hat? Doch, aber diesmal pfeift niemand, sondern die Melodie wird auf einem Blechinstrument gespielt, und sie klingt auch nicht fröhlich, sondern bedrückt von Einsamkeit und Trauer. Kisa läuft den Tönen nach, sie kommen aus der offenen Terrassentür eines heimeligen Hauses. Sie schleicht sich hinein. Drinnen sitzt ein junger Mann auf einem Stuhl in einem großen Zimmer und spielt Trompete. Es ist kein anderer als der Briefträger! Natürlich trägt er nicht mehr die Uniform. Mit traurigem Gesicht spielt er das Lied zu Ende und wischt sich eine Träne aus dem Auge. Unvermittelt erblickt er die kleine Kisa, und da leuchtet sein Gesicht auf. »Bist du das?«, sagt er freundlich und ist froh, Gesellschaft bekommen zu haben. Er lädt Kisa in seine Wohnung ein, streichelt ihr den Rücken und stellt ihr ein Schälchen Milch hin. Kisa schnurrt und schließt die Augen; endlich ist sie in einen sicheren Hafen gekommen.

In Gedanken versunken schaut Hanna aus dem Busfenster.

Schlaflose Augen richten sich starr auf die Vorhänge, die sich im Wind bewegen, der durch das offene Fenster hereinstreicht. Das Herz gefriert und die kühle Milch im Schälchen wird warm.

Die Liebe ist eine Katze, die kommt und geht, wie es ihr gefällt …

Am Busbahnhof Hlemmur steigt sie aus und geht die Njálsgata hinauf. Es herrscht Nordwind und ist entsprechend klar und kalt. Die Sonne blendet, die Stadt ist von Sand und Staub erfüllt.

Die Häuser in der Straße sind alt und ein wenig marode, das ganze Viertel ziemlich heruntergekommen. Hanna blickt sich um, ehe sie in einem dunklen Hauseingang verschwindet und eine Kellertreppe hinabeilt in ein eiskaltes Dunkel, das nach Abfall und Katzenpisse stinkt. Mit einem Schlüssel, der hinter einem morschen Stück Holz verborgen war, öffnet sie eine bekritzelte Tür.

»Ich bin's!« Sie schließt die Tür und schaltet in dem engen Vorraum das Licht ein. Ein schmaler Flur führt in die Wohnung. Hanna nimmt das Basecap ab und hängt es an einen Feuerlöscher, der mit einer Halterung an der Wand befestigt ist.

»Bist du da?«

In der kleinen Wohnung ist es stickig – alle Fenster sind geschlossen und die Heizkörper bis zum Anschlag aufgedreht. Im Schlafzimmer ist es dunkel, doch im Wohnzimmer fällt gedämpftes Tageslicht durch grüne Gardinen.

Rikki liegt auf einem alten Sofa, eine Decke bis zum Kinn hochgezogen und einen Laptop auf dem Schoß. Er hat ein Pflaster auf der gebrochenen und geschwollenen Nase und kräftige Veilchen um beide Augen. Er schaut nicht auf, als Hanna hereinkommt.

»Hi!«

Rikki gibt keine Antwort.

Hanna wirft Rucksack und Anorak auf einen Sessel voll schmutziger Wäsche, dann geht sie in die Kochecke und schaut sich das Chaos von Fast-Food-Verpackungen, schmutzigen Tellern, schmierigen Gläsern und unzähligen leeren Bierdosen an.

Sie schaltet das Radio ein, nimmt zwei Plastiktüten und kippt Müll und Essensreste in die eine, die leeren Dosen in die andere.

»Du brauchst das nicht zu machen«, murmelt Rikki.

»Den Gestank hier hält man ja nicht aus.« Hanna leert einen überquellenden Aschenbecher und reißt ein Fenster auf.

Sie saust durch die Wohnung und sammelt schmutzige Socken auf. »Wann hast du zum letzten Mal die Waschmaschine angeworfen?«

»Ist das nicht egal?« Rikki klappt den Computer zu und setzt ihn auf dem Fußboden ab.

Hanna zieht Gummihandschuhe an, gibt Abwaschmittel auf die Spülbürste und dreht den Wasserhahn am Spülbecken auf. »Ich bin nicht gekommen, um zu streiten.«

»Sondern um zu putzen?«

»Nein, aber ...« Sie krempelt die Ärmel hoch und wäscht ab, als würde die Welt untergehen.

Geschirr klappert, und Wasser spritzt in alle Richtungen. Aus dem Radio kommt rhythmische Popmusik.

»Aber was?«, fragt Rikki.

»Ach, nichts.«

Sie nimmt ein Glas, spült es mit Getöse und stellt es kopfüber ins Abtropfgestell.

Rikki richtet sich auf dem Sofa auf. »Seit du gekommen bist, hast du mich nicht ein einziges Mal angesehen.«

»Blödsinn!«, sagt Hanna, ohne sich umzudrehen, und versteift sich. Als sie nach einem Teller greift, rutscht er ihr aus der Hand und zerbricht auf dem Boden. Sie zuckt zusammen und stößt einen gellenden Schrei aus.

»Hanna?«

Sie hält sich an der Kante der Arbeitsplatte fest und beugt sich über die Spüle. »Was denn?«

Rikki hebt seine näselnde Stimme an. »Hör damit auf! Komm her und sieh mich an!«

Hanna dreht sich um, streift die Gummihandschuhe ab. In ihren Augen schimmern Tränen, ihre Unterlippe bebt. »O Gott, vergib mir!«

»Dir vergeben?«, fragt Rikki verwundert.

»Oh, mein lieber Rikki!« Heulend läuft Hanna zum

Sofa, wirft sich auf die Knie und ergreift seine Hände. »Ich habe das Kokain genommen. Ich bin damit abgehauen, ich habe dich Flachpfeife genannt, ich bin erbärmlich, erbärmlich!«

Er streicht ihr übers Haar. »Sag nicht so was! Du bist nicht erbärmlich. Manchmal kann ich dich nur nicht verstehen.«

»Du bist so lieb.« Hanna zieht die Nase hoch, wischt sich die Tränen ab. »Viel zu gut für mich.«

»Nein.« Rikki seufzt. »Wir wissen beide, dass das nicht stimmt.«

»Doch«, beharrt sie trotzig wie ein kleines Mädchen.

Er lächelt breit, unrasiert und mit traurigen Augen.

»Hast du mich vermisst?« Hanna schlägt die Decke zurück, streichelt ihm den nackten Bauch und macht sich an seiner Unterhose zu schaffen. »Hast du dich einsam gefühlt?«

»Nicht«, sagt Rikki. »Ich bin nicht in Stimmung.«

»Bist du sicher?« Sie setzt eine Unschuldsmiene auf und schiebt gleichzeitig ihre tastenden Finger in seine Unterhose.

»Hanna!«

»Ja?« Sie zieht ihm die Unterhose herunter und berührt sein steif werdendes Glied, streichelt es auf und ab.

Er stöhnt und legt die Hand über die Augen. »Du bist furchtbar.«

»Furchtbar schlecht oder furchtbar gut?«, flüstert sie.

Rikki streckt den Arm aus und spielt mit ihren Haaren, dann drückt er sanft ihren Kopf nach unten. »Gut«, sagt er, »du bist ein gutes Mädchen. Zu gut für mich.«

Hanna nimmt sein Glied in den Mund. Sie schließt die Augen und bewegt den Kopf auf und ab. Rikki grunzt genüsslich, presst mit der Hand ihre Schulter und zieht an ihren Haaren.

Hanna spült sich im Badezimmer mit Wasser und Zahncreme den Mund aus und spuckt ins Waschbecken. Im Radio läuft ein alter Hit von Justin Timberlake.

»Warum hast du das Koks genommen?«, ruft Rikki aus dem Wohnzimmer.

Hanna trocknet sich das Gesicht ab, sie stellt sich in den Türrahmen und zuckt die Schultern. »Ich weiß es nicht. Ich hatte Langeweile, nichts zu tun. Du hast gesagt, du wärst in einer Viertelstunde wieder da. Inzwischen hatte ich schon eine Stunde gewartet. Anton rief an, aber ich bin nicht ans Telefon gegangen. Ich war genervt, ich hatte Angst. Ich hab mich selbst angewidert, das Leben hat mich angekotzt, alles zusammen.«

»Okay«, murmelt Rikki. Er liegt auf der Couch, befriedigt, aber auch noch verärgert.

»Dann habe ich das Tütchen mit dem Koks entdeckt. Du hattest es nicht gut genug versteckt. Damit hatte ich zwei Möglichkeiten: Ich konnte zu Anton zurückgehen und mich von ihm für etwas fertigmachen lassen, von dem ich nicht einmal wusste, worum es sich handelte, oder …« Sie zuckt wieder mit den Schultern.

»Verstehe«, murmelt Rikki. »Aber das waren volle zehn Gramm. Ich hatte hoch und heilig versprochen …«

»Jaja, ja.« Hanna geht durchs Zimmer, nimmt ihren Rucksack und öffnet ihn. »Ich weiß, was ich getan habe. Ich weiß auch, was das für Folgen hatte. Das brauchst du mir nicht zu erklären, okay?«

»Okay«, knurrt Rikki säuerlich.

Hanna holt Joghurt, Fladenbrot, Butter und Leberwurst aus dem Rucksack und legt alles auf den Tisch. »Komm und iss was Anständiges! Von dem ganzen Schnellfraß kriegst du Magengeschwüre.«

Rikki setzt sich auf und blickt sich nach seinen Sachen

um. »Du hast getan, was du getan hast, aber immerhin hast du ihm nicht verraten, woher du das Zeug hattest. Danke dafür!«

»Nichts zu danken.« Hanna schraubt eine Espressokanne auseinander, füllt das Unterteil mit Wasser und das Metallsieb mit gemahlenem Kaffee.

Rikki streift eine Trainingshose und ein T-Shirt über. »Doch, er hätte mich sonst umgebracht.«

»Nein.« Hanna stellt die Kanne auf die Herdplatte und schaltet sie ein. »Er hätte uns beide umgebracht.«

»Ja, wahrscheinlich.« Rikki kommt barfuß angehumpelt und lässt sich am Küchentisch nieder. »Der Typ ist ein Monster.«

Sie nickt verlegen. »Ich weiß.«

»Doch egal, was er dir antut«, sagt Rikki kühl, »du kriechst immer wieder zu ihm zurück.«

»Ich habe ihn wütend gemacht, du musst das verstehen«, sagt sie mit zittriger Stimme. »Außerdem kann ich ihn nicht verlassen. Er erlaubt es nicht.«

»Er ist ein Teufel.«

»Anton war nicht immer so schlimm.« Hanna stellt Teller auf den Tisch und setzt sich ebenfalls. »Ich meine, er war schon immer rabiat und ein Angeber, aber er hat sich verändert, nachdem er Florida-Jim kennengelernt hat.«

Rikki öffnet einen Joghurtbecher. »Wer ist Florida-Jim?«

»Der Typ, der ihn mit Stoff versorgt.« Hanna reicht Rikki einen Teelöffel. »Er ist hier in Island aufgetaucht, hat Anton gezeigt, wie man das Zeug streckt, das er ihm schickt, wie man es aufbackt und Kekse draus macht.«

»Verstehe«, sagt Rikki.

Hanna lächelt. Einmal hat sie sie erwischt, Anton und Jim, wie sie bis über die Ohren mit dem Backen beschäftigt waren. Sie trugen weiße Maleroveralls und Mundschutz. In der Küche häuften sich Berge von reinem Kokain und dem Zeugs zum Strecken, da standen Digitalwaagen, Messbecher und Backformen herum. Drei große Rührmaschinen liefen auf Hochtouren und in fünf Mikrowellenherden backten weiße Kekse. Durch die Dämpfe von dem ganzen Dope war fast kein Sauerstoff mehr in der Küche und weißes Pulver schwebte in der Luft wie Nebel. Die beiden waren schon Stunden zugange, mit Eifer und Konzentration, ihre Haut war rot und geschwollen, und sie waren von den Dämpfen dermaßen high, dass es zum Fürchten und Lachen zugleich war. Als Anton Hanna bemerkte, lachte er laut auf, sprang in einem Satz mit beiden Beinen auf den Tisch und krähte: »Ich bin der böse Schneemann!«

Hanna muss kichern, als sie sich an die Szene erinnert.

Rikki schaufelt sich den Joghurt in den Mund. »Was ist so lustig?«

»Ach, nichts.« Hanna wischt das Lächeln weg. »Nur so. Jedenfalls strömte dann die Kohle von euch Dealern nur so herein. Anton kaufte das Haus und den Wagen, er wurde gierig und paranoid und heuerte diese Bodyguards an.«

»Die Klone«, brummt Rikki.

Hanna nickt und dreht unbewusst ihren Verlobungsring. Den verehrte Anton ihr vor einem halben Jahr in Paris. Auch wenn er sie vorher acht Stunden im Hotelzimmer warten ließ, während er sich mit irgendwelchen Arabern traf. Doch dann spazierten sie an der Seine entlang, Anton kniete nieder und machte ihr einen Antrag – mit Notre-Dame im Hintergrund. Sie war noch nie so glücklich wie damals. Sie verlor völlig die Kontrolle über sich und heulte vor Freude, sie war dermaßen außer sich, dass Anton leicht ungeduldig wurde. Doch dann bekam sie sich wieder ein, und er beruhigte sich. Er bezahlte einen Straßenkünstler dafür, sie zu zeichnen, flippte jedoch aus, als er das fertige Bild sah; seiner Meinung nach sah es Hanna kein bisschen ähnlich. Der Künstler blieb stur, Anton nahm das Bild und schlug es ihm über den Kopf. Für einen Moment schien die Welt den Atem anzuhalten, dann platzten sie beide vor Lachen, weil es sie an eine Szene in *Tom und Jerry* erinnerte.

Hanna beißt sich auf die Unterlippe. Die Erinnerung ist lustig, sie möchte gern lachen, aber dann würde sich Rikki, unsicher und eifersüchtig, wie er ist, bestimmt aufregen. Ein verwundetes Tier am Rand der Savanne. Männer sind wie Kinder, nichts als Triebe und Reflexe.

Liebt sie denn Anton noch?

Nein.

Oder …?

Doch, manchmal schon. Aber er befasst sich nicht mehr mit ihr. Als wäre sie ihm egal. Es kommt ihm bloß darauf an, dass sie lieb und brav ist und zur Verfügung steht, wenn ihm danach ist, zu reden oder zu ficken.

Sie dreht den Ring so, dass der Diamant zur Handinnenseite weist. Anton macht ihr Geschenke, beachtet sie aber nur, wenn er Sex will.

Er ist ein Vieh.

Ein Stier.

Sie steht auf, als der Kaffee kocht. Sie nimmt zwei Tassen und füllt sie mit dem siedend heißen Espresso. »Und dann noch die Anabolika.«

»Richtig«, sagt Rikki.

Sie reicht ihm den Kaffee. »Damit pumpen sie sich voll, als ob es kein Morgen gäbe. Dieses Gift verändert die Menschen, das steht fest.«

Rikki nickt und nippt an seinem Espresso.

»Es ist, wie es ist.« Sie greift unbewusst an ihre Halskette und lächelt flüchtig. »Anton ist ein rücksichtsloser Psychopath, und ich bin an ihn gekettet, unglücklich und voller Angst bis ans Lebensende. Feierabend.«

»Ja, mag sein. Wir werden sehen.« Rikki erwidert das Lächeln und zeigt dann auf ihre Kette: »Was ist das eigentlich für ein Schlüssel?«

»Der hier?« Hanna lässt ihn los und zuckt die Schultern. »Ein Schlüssel halt. Einer, mit dem man einen Käfig öffnet, zum Beispiel.«

»Einen Käfig?«

»Ja.« In ihren Augen funkelt es spöttisch auf. »Ich habe um mich herum einen Käfig gebaut, damit ich nicht wegfliegen, nicht abhauen kann. Die Gitterstäbe sind aus Wut, Hass und Scham. Ich rüttele an ihnen und schreie mich heiser, bis ich fast ausraste. Dabei trage ich die ganze Zeit den Schlüssel um den Hals. Ich weiß wohl, dass er da ist, aber ich tue so, als würde ich ihn nicht sehen, denn die Freiheit schreckt mich noch mehr als das Gefängnis.«

Rikki reißt die Augen auf. »War das jetzt ein Gedicht oder so was?«

Hanna lacht. »Ja. Wie hat es dir gefallen?«

Rikki schüttelt den Kopf. »Keine Ahnung. Mit so was kenne ich mich nicht aus.«

»Ich mache nur Spaß.« Sie zwinkert ihm zu. »War nur Quatsch.«

»Okay.«

Hanna schiebt Fladenbrot und Leberwurst in seine Richtung. »Iss! Du hast abgenommen.«

»Ja, Mama.«

Hanna wird knallrot.

Rikki öffnet einen Brotkasten auf dem Tisch und wühlt in dem Durcheinander von Tütchen und Briefchen darin: Haschisch, Kokain, Gras, Ecstasy, Molly-Kristalle. Er findet etwas Marihuana und Zigarettenpapier. »Glaubst du, du kommst irgendwann von ihm los?«

Hanna grinst jämmerlich. »Du weißt, dass ich das möchte. Du weißt, ich würde es tun, wenn ich könnte. Aber ...«

Rikki dreht sich einen Joint und nickt. »Er lässt es nicht zu. Eher würde er dich umbringen. Ich weiß.«

»Und das meine ich ernst, er würde mich kaltmachen und in ein anonymes Grab werfen«, sagt sie mit Nachdruck. »Und dich würde er ebenfalls umbringen, das weißt du auch.«

»Ja.« Er leckt über den gummierten Rand und streicht über den geklebten Saum.

»Und darum«, seufzt Hanna, »sollten wir die wenige Zeit nutzen, die uns bleibt, und nicht von Dingen quatschen, die sich nie ereignen werden, okay?«

Rikki sucht nach einem Feuerzeug und findet eins in der Vase auf der Fensterbank. »Aber wenn, ich meine, *wenn* du fliehen würdest, würdest du es dann zusammen mit mir tun?«

»Ja«, haucht sie. »Sicher. Ich liebe dich doch, du Dummkopf. Aber sag so etwas nicht. Ich mag nicht von Hirngespinsten fantasieren.«

Rikki zündet den Joint an und inhaliert den intensiven Rauch. »Vielleicht sind es keine Hirngespinste.«

»Was willst du damit sagen?«

»Nehmen wir mal an, wir beschließen, gemeinsam abzuhauen.« Er stößt den Rauch aus und reicht ihr den Joint. »Wohin würden wir gehen?«

Bei der Vorstellung allein wird sie blass. »Wir müssten weit weg. Am besten auf einen anderen Kontinent. Nach Asien oder Afrika.«

Er nickt. »Gesetzt den Fall, wir fliehen zusammen, setzen uns ins Ausland ab. Was fehlt uns dazu?«

Sie guckt ihn an, zieht am Joint. »Unsere Pässe? Tickets? Geld für die Tickets und Devisen?«

»Hast du keinen Pass?«

»Doch.«

»Ich habe auch einen.« Er übernimmt wieder den Joint, inhaliert tief. »Geld für Tickets habe ich ebenfalls und ausreichend Devisen, das ist nicht das Problem.«

Hanna schlingt die Arme um sich. »Du machst mir Angst. Wir fliegen nirgendwohin. Wir wollen doch nicht sterben. Warum sagst du so etwas?«

»Was uns fehlt, ist der Lebensunterhalt.« Er reicht ihr den Joint. »Etwas, von dem wir an unserem Ziel leben können.«

»Wovon sprichst du?« Sie zieht an der Tüte.

Rikki starrt sie mit unterdrücktem Zorn an. »Gesetzt den Fall, wir könnten zusammen fliehen, meinetwegen nach Asien, könnten uns ein Haus kaufen und für immer wie die Könige leben – wärst du dann bereit?«

Hanna sieht ihn an, das Entsetzen steht ihr ins Gesicht geschrieben.

»Oder hast du zu viel Angst?«

Sie schüttelt den Kopf. »Ich würde es tun. Ich will nur nicht über solche Hirngespinste diskutieren, das habe ich dir schon gesagt.«

»Hast du die Diamanten gesehen?« Er nimmt einen tiefen Zug. Die Glut leuchtet auf, seine Augen weiten sich und die Augäpfel treten vor.

Sie beißt sich auf die Lippe. »Ich habe den Beutel gesehen.«

»Ich war vorhin mal im Netz.« Er reicht ihr den Rest der Kippe. »Hab mir ein paar Seiten angeschaut, mich informiert.«

Sie nimmt einen kleinen Zug, schluckt den Rauch. »Und?«

»Ich weiß nicht genau, wie viel Karat die größten Steine haben, aber ich bin sicher, dass der Gesamtwert von dem, was in dem Beutel ist, nicht unter zwanzig Millionen liegt.« Rikki bekommt den letzten Zug, dann zerdrückt er den Rest des Joints im Aschenbecher.

»Echt?«

Er nickt. »Weißt du, wo Anton ihn aufbewahrt?«

»In seinem Safe«, antwortet sie. »Und ich kenne den Zugangscode, dank den Chicago Bulls.«

»Wie das?«

Hanna grinst, dann beißt sie sich wieder auf die Lippe. »Das ist eine lange Geschichte, aber auf jeden Fall weiß ich, wie man den Safe öffnet. Keine Sorge.«

Rikki fasst sie bei den Händen. Sie sind eiskalt. »Das sind meine Steine. Es sind unsere Steine. Wenn wir sie wiederkriegen, können wir abhauen und ein neues Leben anfangen.«

Hanna schluckt. »Wir? Du meinst, wenn *ich* sie beschaffe, wenn ich sie Anton *stehle*.«

»Ja.« Rikki drückt ihre Hände. »Sie gehören ihm nicht. Sie gehören *uns*.«

Hanna zieht ihre Hände zurück. »Das ist egal. Anton meint, sie gehören ihm. Und er hat sie. Es wäre reiner Selbstmord, zu versuchen, sie ihm wegzunehmen.«

»Hast du Schlaftabletten?«

Hanna nickt.

»Du könntest ihm abends heimlich ein paar in seinen Drink mischen, oder nicht?«, schlägt Rikki sanft vor. »Irgendwann nach Mitternacht.«

»Möglich«, flüstert sie.

»Wenn er eingeschlafen ist, schnappst du dir die Diamanten und schleichst dich hinaus. Ich besorge die Tickets. Wir fahren nach Keflavík zum Flughafen und nehmen die

Frühmaschine nach Amsterdam. Da verticken wir die Steine und können fliegen, wohin wir wollen. Wir werden um die halbe Erde geflogen sein, bevor er aufwacht.«

»Du erzählst keinen Scheiß?«

Er legt die Hände auf den Tisch, die offenen Handflächen nach oben. »Mein voller Ernst. Wenn du willst, fangen wir ein neues Leben an. Wir können auch heiraten, wenn du das möchtest. An irgendeinem Traumstrand. Wie findest du das?«

»Oh, Rikki!« Sie legt ihre Hände in seine und lässt es zu, dass er sie drückt.

Er lächelt. »Ist das ein Ja?«

Sie zittert heftig. »Ich glaube schon, ja! Aber ich habe auch Angst, Rikki. Grässliche Angst.«

»Es wird alles gut gehen«, sagt er. »Das verspreche ich dir.«

»Okay.« Sie holt tief Luft.

»Dann gib mir bei nächster Gelegenheit deinen Pass.«

»Wozu?«, fragt Hanna. »Traust du mir nicht?«

»Doch, natürlich.« Er setzt sein Sonntagslächeln auf. »Ich besorge die Tickets und die Devisen und kümmere mich um alles andere. Es ist einfach sicherer, wenn sämtliche Papiere zusammen in einer Hand sind. Außerdem könnte Anton Verdacht schöpfen, wenn du auf einmal anfängst, mit deinem Pass herumzulaufen, verstehst du?«

Hanna nickt. »Okay, machen wir's so. Kein Problem. Wann wollen wir die Sache durchziehen?«

»Bei der nächsten Gelegenheit«, sagt Rikki. »Wir haben keine Zeit zu verlieren. Ich erkundige mich nach Flügen und gebe dir dann Bescheid. Vielleicht schon nächsten Donnerstag. Wollen wir den anpeilen?«

Sie sehen sich in die Augen, sind jedoch so high, dass sie sich kaum klar sehen. Der Trip umwabert sie warm und weich wie Baumwolle.

»Ich liebe dich so sehr«, flüstert sie.

»Ich liebe dich auch.«

Das Licht brummt wie eine Biene. Alles dreht sich, es juckt sie und sie brechen in ein albernes Kichern aus. Im Radio läuft der neueste Hit von Miley Cyrus: *I came in like a wrecking ball. I never hit so hard in love. All I wanted was to break your walls. All you ever did was wreck me.*

Tick. Tack.

Rikki schrubbt sich in dem sehr einfachen Badezimmer die Hände. Es ist Abendbrotzeit, aber die Sonne steht noch hoch am Himmel. Er trocknet sich die Hände ab und schnuppert an ihnen. Noch immer nimmt er den Geruch der fleischrosa Innenseite der Tierhaut wahr, einen beizenden Geruch von Tod, den er anscheinend nicht mehr loswird, sofern er sich nicht nur einfach in seiner Nase festgesetzt hat.

Oder in seinem Gedächtnis.

Vor vielen Jahren hat er einen Winter gearbeitet, in einer kleinen Fischfabrik in einem Ort im Westen. Damals filetierte er den lieben, langen Tag Lumb, einen Fisch von so gummiartiger Konsistenz, dass man ihn kaum schneiden kann. Rikki hatte den durchdringenden, sauren Gestank des Fischs von morgens bis abends in der Nase. Bei der Arbeit lief ständig das Radio und zu der Zeit stand in sämtlichen Hitlisten ganz oben dieses unsägliche, weinerliche *More Than Words* von Extreme.

Monate später hockte er übermüdet und vollgekifft in einer Bar in der Reykjavíker Innenstadt. Es war Sommer, vier Uhr morgens, weder Tag noch Nacht – bloß laute Musik, zuckende Lichter und er komplett zugedröhnt. Er saß an einem Tisch in einer dunklen Ecke, schwitzend und halb paralysiert, und wusste nicht, wo er herkam und wo er hinwollte. Die Menge in der Bar verschmolz zu einer einzigen Masse und die Musik auch.

Da lief auf einmal die Kühlhausballade: *More than words to show you feel. That your love for me is real.* Im selben Moment wurde der Raum von dem schweren, sauren Geruch nach Lumb erfüllt, so heftig, dass er sich beinah erbrochen hätte.

Die Frau des Hauses klopft an die Badezimmertür. »Das Essen ist gleich fertig.«

»Ich komme«, antwortet Rikki.

Jónatan hat darauf bestanden, dass er mit ihnen zu Abend isst. Nach all der Hilfe komme gar nichts anderes infrage. Rikki nahm die Einladung natürlich an. Er braucht mehr Zeit und ein Dach über dem Kopf.

Vielleicht kann er auch noch eine Übernachtung herausschlagen.

Er dreht erneut das warme und das kalte Wasser auf und wäscht sich noch einmal. Er rubbelt die schon gereizte Haut kräftig mit Schmierseife und bearbeitet die Handflächen mit den Fingernägeln. Er dreht den Kaltwasserhahn zu und hält die Hände unter das heiße Wasser, bis der Schmerz nicht mehr auszuhalten ist.

Der Spiegel beschlägt.

Rikki schließt die Badezimmertür hinter sich. Auf der einen Seite liegt die Waschküche, auf der anderen ein kurzer Flur. Die Familie scheint regelmäßig den Eingang durch die Waschküche zu benutzen. Da hängt Arbeitskleidung an Haken, da schläft der Hund in seinem Korb. Der Vordereingang ist zweifellos besseren Anlässen vorbehalten und wird wahrscheinlich nur an Feiertagen benutzt oder wenn vornehme Besucher kommen.

Im tapezierten Flur hängen einige gerahmte Fotos, darunter das Konfirmationsbild eines blonden Mädchens. Es trägt ein weißes Kleid, weiße Handschuhe und hält ein weiß eingebundenes Gesangbuch. Sein Haar ist vollkommen glatt, wie das einer Barbiepuppe, die Nase fein, die Lippen blass. Das Mädchen ist bildhübsch, aber sein aufgesetztes Lächeln erreicht nicht die blauen Augen. Sie wirken fern, distanziert, überschattet, wie ein blauer Spätsommerhimmel mit Unwetterwolken im Hintergrund.

Die Holzdielen unter dem Balatumbelag knarren. Die Frau, einen Topfdeckel in der einen Hand, eine Bratengabel in der anderen, blickt auf. Aus einem großen Topf steigt Dampf auf, der Geruch von siedendem Fett und ungesalzenem Fleisch erfüllt die Küche.

»Nimm Platz!« Die Frau heißt Rósa. Sie bewegt sich flink und hat einen flüchtigen, ausweichenden Blick. Ihre Hände sind mager und sehnig, das Gesicht von einem Netz roter Äderchen überzogen, das graue Haar trägt sie zu einem dicken Zopf geflochten.

»Danke.«

Der Küchentisch steht am Fenster. Auf den Fensterplätzen sitzen sich Vater und Sohn gegenüber. Jónatan blättert im *Bauernblatt*. Auf dem mit einem rot karierten Wachstuch bedeckten Tisch befinden sich blaue Gläser, Teller und Besteck. Die gelben Gardinen vor dem Fenster sind beiseitegezogen. Durch das Fenster sieht man den Hofplatz, dahinter die Wellblechhütte und die Berge in der Ferne.

Rikki hinkt zum Tisch und setzt sich neben den Bauern.

»Wie geht es deinem Knie?«

»Nicht gut. Und bei dir?«

Jónatan brummt: »Die Hüfte tut verdammt weh. Mit dem linken Bein kann ich kaum auftreten.«

»Du hast Glück gehabt, dass er dich nicht umgebracht hat«, sagt die Frau.

Óskar schenkt sich Milch ein. Seine Hände zittern, seine Augen sind vom Weinen gerötet und so geschwollen, dass er nur aus schmalen Schlitzen guckt. Sein Gesicht ist eine seltsame Mischung aus einem drei Monate alten Baby und Orson Welles im mittleren Alter.

Jónatan blättert eine Seite um. Auf der folgenden Doppelseite steht ein Interview mit einer Bäuerin und ihrer Tochter von einem großen Milchbauernhof im Eyjafjörður. Die Tochter ist etwa zwanzig, hat ein offenes, freundliches Gesicht und ist gut entwickelt. Óskar legt den Kopf schief und bewegt die dicken Lippen.

»Was machst du denn da?«, fragt Jónatan. »Du kannst doch überhaupt nicht lesen.«

»Nur gucken«, murmelt Óskar, dann blickt er Rikki an und macht ein nicht zu deutendes Gesicht, als würde er plötzlich etwas begreifen oder sich an etwas erinnern, von dem nur sie beide wüssten.

»Gefällt sie dir?«, fragt Jónatan spöttisch.

Óskar würdigt ihn keines Blickes, doch Rikki registriert, dass er die großen Fäuste ballt. Er hat vielleicht den Verstand eines Kindes, aber sein Gemüt ist anscheinend ebenso groß wie der Körper, in dem es steckt.

»Selbst wenn du es hinbekämst, sie in einen dunklen Winkel zu locken, wüsstest du wohl kaum, was du mit ihr anstellen solltest, oder?«, fragt der Bauer.

Die Augen des Jungen verfinstern sich, sie sehen aus wie schwarze Löcher in dem blassen, schlaffen Gesicht, das an geschmolzenes Wachs denken lässt.

»Kein Streit jetzt«, sagt Rósa und kommt mit einer großen Platte. »Die Zeitung weg!«

Jónatan legt die Zeitung auf die Fensterbank. »Ah, guck mal, Óskar, dein Lieblingsessen, Fleisch, frisch aus der Schlachtung!«

Rósa knallt die Platte mitten auf den Tisch. Darauf liegen das Herz und die Zunge des Stiers, beides grau wie Beton. Um die unappetitlichen Fleischbrocken liegen gekochte Kartoffeln, klein geschnittene Möhren und Rüben.

Óskar wird noch blasser, er würgt und schluckt.

»Es gibt auch Soße.« Rósa holt eine Schüssel mit heller Soße, die eingedickte Brühe von dem Gesottenen, auf der Fettaugen schwimmen. »Bitte sehr, der Gast zuerst.«

»Bedien dich, Ríkharður«, sagt der Bauer.

»Danke, danke!« Rikki nimmt Messer und Gabel zur Hand und schneidet sich ein Stück von der Zunge ab, die immer noch besser aussieht als das glibberige Herz. Dazu nimmt er drei Kartoffeln, Möhren und etwas Soße.

»Du kannst ruhig mehr nehmen«, fordert ihn Rósa auf.

»Das reicht erst einmal.« Rikki lächelt entschuldigend.

Jónatan zielt mit dem Besteck: »Herz oder Zunge, Óskarchen?«

Óskar schüttelt den Kopf. »Ich will nicht … Ich kann das nicht essen.«

»Stell dich nicht so an!« Jónatan säbelt ein mächtiges Stück von dem riesigen grauen Herzen mit Fettadern ab und klatscht es seinem Sohn auf den Teller. »Wenn du deine eigenen Tiere nicht essen kannst, dann kannst du nicht auf dem Land leben, kapiert?«

Óskar schüttelt sich. »Ich kann das, aber nicht Hannibal. Den kann ich nicht essen.«

Jónatan füllt ihm Gemüse und Soße auf. »Wenn du dir zu fein bist, das zu essen, was deine Mutter auf den Tisch bringt, dann ist es vielleicht das Beste, du ziehst aus.«

»Nun iss schon«, sagt Rósa.

»Ausziehen?« Óskar zwinkert mit den geschwollenen Lidern.

»Ja, wenn wir dir nicht gut genug sind.« Jónatan nimmt

sich vom Herzen und von der Zunge. »Aber da du dich nicht selbst versorgen kannst, müsstest du in die Irrenanstalt.«

Rikki schneidet die Zunge in kleine Stücke und taucht sie in die Soße.

»Irrenanstalt?«, fragt Óskar näselnd.

»Nun iss mal«, sagt die Mutter gleichmütig dazwischen.

Jónatan nickt. »Im Süden gibt es große Häuser voller Menschen wie du. Man nennt sie Insassen, und dort arbeiten weiß gekleidete Pfleger, die sie baden und füttern.«

»Du machst nur Spaß, Papa.«

Jónatan stößt Rikki mit dem Ellbogen an. »Das stimmt doch, nicht? Gibt es in der Stadt nicht Behindertenheime?«

Rikki wirft Óskar einen schnellen Blick zu. »Es gibt Einrichtungen für Menschen wie dich, das stimmt schon, aber sie sind bei Weitem nicht schlecht, und soweit ich weiß, geht es allen dort gut.«

Jónatan nickt. »Habe ich doch gesagt. Da werden die Schwachsinnigen in große Häuser gesperrt. Da kommst du hin, wenn du das Essen deiner Mutter nicht essen willst.«

Óskar wischt sich eine Träne von der Wange. »Kommt ihr auch da hin?«

Jónatan schmatzt auf einem fetten Bissen. »Nein, mein Freund. Wir müssen uns um die Tiere kümmern.«

»Ich will nicht in so ein Heim«, sagt Óskar kläglich.

»Heulst du etwa?«, fragt Jónatan.

»Nein«, murmelt der Junge.

Jónatan ballt die Fäuste, atmet tief ein, dehnt den Brustkorb, atmet wieder aus und entspannt sich.

Rikki steckt sich das kleinste Stück Fleisch in den Mund, gefolgt von einer halben Kartoffel und einer kleinen Möhre. Sein Magen krampft sich zusammen.

»Iss jetzt, Óskar«, sagt seine Mutter sanft, aber mit scharfem Unterton in der weichen Stimme.

Óskar betrachtet sein Essen, dann sticht er mit der Gabel in einen Bissen, hebt sie an und lässt sie wieder sinken. »Ich kann nicht.«

»Entweder isst du das jetzt allein«, knurrt sein Vater leise, »oder ich helfe dir dabei. Das kannst du dir aussuchen.«

Rikki kaut. Das Fleisch hat die Konsistenz von schleimigem Gummi. Er spült den Bissen mit einem Schluck Wasser hinunter.

Óskar lässt das Fleisch von der Gabel rutschen und nimmt stattdessen eine Kartoffel. Er würgt, schluckt und trinkt danach in einem Zug sein Glas Milch aus.

»Du musst auch das Fleisch essen«, beharrt sein Vater.

Rikki räuspert sich. »Was ich sagen wollte, ich habe mir vorhin die Bilder angesehen, die im Flur hängen. Darunter war ein Konfirmationsbild von einem blonden Mädchen. Ist das eure Tochter? Die, die nach Reykjavík gezogen ist?«

Jónatan grunzt missbilligend, Rósa wird stocksteif und stellt sich taub. Beide tun so, als hätten sie die Frage nicht gehört.

Óskar reißt die geschwollenen Augen auf. »Sie ist meine Schwester. Sie heißt Jóhanna, aber wir nennen sie immer Hanna. Sie ist die beste Schwester auf der ganzen Welt, aber sie ist trotzdem gestorben.«

Rósa fällt richtiggehend in sich zusammen, schrumpft zu einem Häufchen aus leblosem Haar und traurigen Augen.

»Bursche!«, faucht Jónatan.

Rikki nickt. »Richtig, du hast mir schon davon erzählt, Óskar, dass deine Schwester gestorben ist. Mein Beileid.«

»Danke«, wispert Rósa.

Óskar rutscht auf seinem Platz hin und her wie ein Schüler, der unbedingt sein Wissen loswerden will. »Sie ist vom Balkon gefallen und …«

Jónatan haut auf den Tisch. »Óskar! Vor Fremden sprechen wir nicht darüber.«

»Entschuldige, Papa.«

»Iss das Fleisch!«

»Aber ...«

»Jetzt!«

Óskar spießt ein ganz kleines Bröckchen auf und schiebt es in den Mund. Er schließt die Augen, kaut kurz, fängt aber sofort an zu zittern. Er spuckt das Fleisch zurück auf den Teller und stürzt so ungestüm aus der Küche, dass er dabei fast seine Mutter umwirft.

»Was machst du, Kerl?«, schreit Jónatan auf. »Spuckst du etwa Essen aus? Komm sofort her! Was ...?«

Óskar rast durch den Flur ins Bad, stößt einen halb erstickten Schrei aus und übergibt sich.

Jónatan haut abermals auf den Tisch. »Kotzt er etwa das Essen wieder aus?!«

»Beruhige dich«, raunt Rósa leise. »Der arme Junge ist vielleicht krank.«

Rikki seufzt. »Es tut mir leid. Ich hätte nicht nach eurer Tochter fragen sollen. Ihr müsst entschuldigen.«

Rósa nickt.

»Wir sollten die Bilder abhängen«, murrt Jónatan verärgert. »Das sollten wir endlich tun.«

»Wie schmeckt das Fleisch?«, fragt Rósa verlegen.

Rikki ringt sich ein Lächeln ab. »Sehr gut. Ich habe nur keinen richtigen Appetit. Ich habe große Schmerzen im Knie, kann kaum auftreten.«

»Wo wir gerade von Schmerzen reden.« Jónatan verzieht das Gesicht. Er ist leichenblass und Schweiß steht ihm auf der Stirn. »Könntest du mir eine Schmerztablette holen, Alte? Ich habe ein Stechen in der Hüfte, das runter bis in die Zehen und rauf bis in die Schulter ausstrahlt.«

»Selbstverständlich!« Rósa springt geradezu auf und eilt davon. Kurz darauf sind von oben Geräusche zu hören.

Während er Fleisch in sich hineinschaufelt, ächzt Jónatan immer wieder.

Rikki tut so, als würde auch er essen.

»Langsam glaube ich, ich habe mir etwas gebrochen«, stöhnt Jónatan schließlich und schiebt den Teller von sich.

»Du solltest dich besser hinlegen«, sagt Rikki.

Jónatan schnauft wie ein Wal. »Ja, aber das Bett steht oben, und ich weiß nicht ...«

»Hier, mein Lieber!« Rósa kommt mit einem Röhrchen starker Schmerztabletten herbeigeeilt. Sie entnimmt zwei Tabletten und gibt sie ihrem Mann.

»Danke.« Jónatan spült die Tabletten mit Wasser hinunter, gibt ein tiefes Stöhnen von sich und schließt kurz die glänzenden Augen. »Ich müsste nach oben, aber ...«

»Óskar und ich helfen dir natürlich«, sagt Rikki.

»Das werden wir sehen«, meint Jónatan und fasst den Besucher ins Auge. »Sag, musst du nicht allmählich los?«

Rikki nickt. »Ja, eigentlich schon, aber mir tut das Knie dermaßen weh, dass ich mir kaum zutraue, bis zur Straße zu laufen. Außerdem ist schon Abend und kaum noch ein Auto unterwegs. Wenn mich keiner mitnimmt, stecke ich in der Patsche.«

»Jaja«, brummt Jónatan. »Rósa würde dich natürlich nach Eskifjörður bringen, aber der Wagen ist kaputt.«

»Ihr könnt wirklich von Glück sagen, dass der Stier euch nicht umgebracht hat«, wirft Rósa ein.

Óskar erscheint wieder in der Tür, mit hängenden Schultern und düsterem Blick schleicht er langsam durch die Küche.

»Komm her und iss deinen Teller leer!«, kommandiert Jónatan.

Óskar wirft seinem Vater kurz einen Blick zu und geht mit abweisender, kalter Miene weiter, ohne etwas zu erwidern.

»Komm her!«

»Du bist ein Mörder«, murmelt der Junge, bevor er die Küche wieder verlässt. Er sieht zum Fürchten aus, scheint nicht nur geistig zurückgeblieben, sondern auch seelisch krank zu sein.

»Was hast du gesagt?«, ruft ihm Jónatan nach.

»Ruhig, ruhig«, besänftigt Rósa.

»Hast du nicht gehört, was er gesagt hat?«, fragt Jónatan aufgebracht.

»Er hat es nicht so gemeint«, sagt Rósa.

Drückendes Schweigen legt sich über die Anwesenden. Von oben sind Schritte zu hören, dann knallt eine Tür.

»Könnte ich vielleicht hier übernachten?«, fragt Rikki nach einer kurzen Pause.

»Ich weiß nicht«, murrt Jónatan.

Rósa rutscht auf ihrem Stuhl hin und her. »Wir sind keine Übernachtungsgäste gewohnt.«

»Es wäre ja nur für eine Nacht. Ich könnte auch in der Scheune schlafen.«

Jónatan schnaubt. »Wir wollen uns nicht nachsagen lassen, dass hier Leute hinaus in die Scheune geschickt werden.«

»Gibt es kein Gästezimmer im Haus?«, erkundigt sich Rikki.

»Nein, keins«, antwortet Jónatan kühl.

Rósa schaut aus dem Fenster. »Es ist jedenfalls trocken und sieht nicht so aus, als würde es so bald anfangen zu regnen.«

»Na ja, dann werde ich mich wohl besser auf den Weg machen«, sagt Rikki.

Jónatan nickt dazu.

»Vielen Dank fürs Essen!« Sobald Rikki sich erhebt, setzt er ein schmerzverzerrtes Gesicht auf.

»Nichts zu danken«, sagt Rósa leise.

Rikki nimmt seinen Teller und das Besteck und hinkt damit zur Spüle. Plötzlich stöhnt er jämmerlich auf, bleibt stehen und lässt dabei schauspielerisch gekonnt das Messer fallen.

»Geht es?«, fragt Rósa.

»Ja«, ächzt Rikki. Er bückt sich nach dem Messer, verzieht das Gesicht und hüpft auf einem Bein zur Spüle. »Es ist bloß das Knie. Ich glaube, ich habe einen Bluterguss im Gelenk. Ich kann es kaum beugen.«

Jónatan beobachtet jede seiner Bewegungen mit Argwohn.

»Wollen wir ihn nicht im Wohnzimmer auf dem Sofa schlafen lassen?«, fragt Rósa ganz leise.

»Meinetwegen«, knurrt Jónatan.

Tick. Tack.

Dienstagabend, Viertel vor elf. Vierundzwanzig Stunden sind es bis Mittwochabend, dann noch einmal sechs Stunden bis Donnerstagmorgen. Und dann wird sie mit Rikki nach Holland fliegen. Hanna beißt sich auf die Unterlippe. Mittwochabend wird sie es tun, in gut vierundzwanzig Stunden, so gegen eins, vielleicht etwas später. In der Nacht auf Donnerstag. Sie gehen meist spät zu Bett und schlafen bis mittags. Morgen jedoch wird Anton früher einschlafen, ob es ihm gefällt oder nicht. Dann wird sie ihm ein Schlafmittel ins Glas rühren. Sie hat schon fünf Schlaftabletten zerstoßen und das Pulver in etwas Aluminiumfolie aufgehoben. Das Einzige, was sie noch tun muss, ist, sich nichts anmerken zu lassen, den Cocktail anzurühren und auf ihr Glück zu vertrauen.

Die Ruhe bewahren. Ganz normal bleiben. So tun, als …

»Ist irgendwas?«, fragt Anton mit vollem Mund. Schmatzend kaut er auf den geräucherten Schweinerippchen in süßer Grillsoße, eine Serviette in den Ausschnitt seines Muskelshirts gestopft.

»Nein, nein, alles in Ordnung.« Sie wirft ihm ein Lächeln zu und trinkt einen Schluck Bier.

»Du bist irgendwie abwesend. Willst du deinen Salat nicht aufessen?«

»Doch. Oder …« Sie schiebt den Cäsarsalat von sich. »Eigentlich bin ich satt. Ich hätte nicht vorher die Zwiebelringe essen sollen.«

Er rülpst. »Nein. Genau.«

Anton verdient Millionen im Monat und hat mehrere Hunderttausend bar in der Tasche, aber wenn sie zum Essen ausgehen, läuft er immer amerikanische Schnellrestaurants wie *Friday's* oder *Ruby Tuesday* an. Auch was er anzieht, kauft er immer noch im Sportgeschäft und würde deshalb in die guten Restaurants gar nicht eingelassen werden, selbst wenn er mit einem Bündel Geldscheine winkte. Ihn lässt das völlig kalt. Er hasst Snobismus, erträgt weder Schweigen noch klassische Musik und kann Sushi, Fischgerichten und Fusionsküche nichts abgewinnen.

Hanna schaut heimlich auf ihr Handy. Es ist bald elf Uhr. Noch vierundzwanzig Stunden plus zwei, dann ist es so weit. Dann wird sie ihm den Drink mixen. Sobald Anton das Bewusstsein verliert, wird sie die Steine nehmen und aus dem Haus schleichen. Dann wird sie Rikki anrufen, und er wird sie abholen kommen. Er wird alles, was sie brauchen, im Auto haben: Pässe, Tickets und das bisschen Gepäck, das sie mitnehmen. Sie werden direkt zum Flughafen fahren und dort warten.

So ist es am sichersten.

Sobald der Flughafen geöffnet wird, checken sie ein. Dann bleiben nur noch Sicherheits- und Passkontrolle sowie das Abtasten nach Waffen. Haben sie das hinter sich, sind sie frei.

Der Duty-free-Bereich wird vor ihnen liegen wie ein neonbeleuchtetes Himmelreich.

»Was denn?«, fragt Anton barsch.

»Wie, was denn?«, fragt Hanna zurück.

»Du hast gerade bis über beide Ohren gegrinst«, sagt er sauer. »Was ist denn so lustig?«

»Ach, nichts«, antwortet Hanna. »Sigga hat mir nur was erzählt, das Mädel, das mir die Haare schneidet. Ihr Typ ist ein echter Vollpfosten. Willst du die Geschichte hören?«

»Nein, danke.« Anton wischt sich mit der Serviette den Mund ab und wirft sie auf den Teller. »Wollen wir noch etwas trinken?«

»Ja, gern, wenn du willst.«

Anton pfeift den Kellner herbei. »He, noch zwei! Das Übliche.«

Der Kellner nickt.

»Sollen wir noch irgendwo in eine Bar gehen?«, fragt Anton. »Willst du vielleicht tanzen oder so?«

»Ja, schon, aber macht nicht alles um eins zu?«

»Im *Prikið* gibt's eine Afterparty.« Anton grinst. »Und wenn nicht, sorge ich dafür, dass noch eine steigt.«

»Okay.« Hanna zwingt sich ein Lächeln ab.

Vor einem Jahr hat sie Antons Brutalität noch bewundert, diese ungehobelte, tierische Gewalt. Dieses riesige Ego.

Sie fiel ihm buchstäblich zu Füßen, bekam weiche Knie und seufzte vor Bewunderung, vor Unterwerfung.

Jetzt schaudert es sie nur noch.

Ihr Verlobter ist ein Tier, eine gut riechende Bestie. Eitel, egozentrisch, ein schlechter Charakter. Dumm, misstrauisch, gnadenlos. Ein Teufel in Menschengestalt.

Ein brutaler Affe im Muskelshirt mit Barbecuesoße am Kinn.

»Und morgen geht's in die Staaten«, sagt er nach einer kurzen Pause. »The big USA.«

Ihr Magen zieht sich zusammen. »Was soll das heißen?«

»Hatte ich dir davon nicht erzählt?«

»Wovon?«

Anton stochert sich Essensreste aus den Zähnen. »Wir fliegen nach Florida. Ich muss Jim treffen. Ein bisschen Geschäftliches besprechen, du weißt schon.«

Hannas Lider flackern, ihr Mund ist plötzlich ausgetrocknet. »Wir? Heißt das, du und ich oder du und die Jungs?«

»Me and you, Baby.« Anton zwinkert ihr zu. »Die Jungs halten unterdessen den Laden hier am Laufen. Es sind nur drei Tage, aber wir werden bestimmt auch Zeit haben, an den Strand zu gehen. Warst du schon mal in Malibu?«

»Nein, ich …« Hanna räuspert sich. Ihr Herz hämmert, vor ihren Augen dreht sich alles. »Du hattest mir gar nichts davon gesagt.«

Anton zuckt die Schultern. »Jetzt weißt du's. Wenn du keinen Bikini hast, kannst du morgen noch einen kaufen. Keinen Stress.«

»Ich …« Sie hat Mühe, nicht zu heftig zu atmen. »Ich glaube, ich habe meinen Pass verloren.«

»Ach!«

»Ja, ich habe ihn neulich gesucht und konnte ihn nirgends finden. Dann hab ich es wieder vergessen, weil ich nicht verreisen wollte. Ich hatte ja keine Ahnung, dass ...« Hanna gestikuliert gestresst, kann kaum noch sprechen.

»Nur mit der Ruhe, Schätzchen.« Anton tätschelt ihr den Handrücken. »Wir besorgen dir morgen einen vorläufigen Reisepass. Der Flug geht erst am Nachmittag. Kein Problem.«

»Wirklich?«

Er rülpst laut. »Ja.«

Der Kellner bringt die Drinks, Gin Tonic für sie, Rum-Cola für ihn. »Bitte sehr!«

»Danke.«

»Darf ich dann vielleicht die Rechnung bringen?«

Anton wirft ihm einen bösen Blick zu. »Du bringst die Rechnung, wenn ich sage, dass du sie bringen sollst, kapiert?«

»Ja, selbstverständlich, Verzeihung!«, stammelt der Kellner, ein junger Bursche um die zwanzig. »Es ist nur so, dass wir bald schließen ...«

»Verpiss dich!«

»Ja, selbstverständlich.«

»Idiot!« Anton nimmt einen Schluck.

Hanna trinkt in einem Zug das halbe Glas leer. Der kühle Rausch beruhigt ihre flatternden Nerven.

Muss jetzt nicht alles noch heute Nacht passieren? Sie verabreicht Anton das Schlafmittel, schnappt sich die Steine und verschwindet. Rikki holt sie ab, sie verstecken sich einen Tag lang irgendwo. Geht das nicht? Es muss gehen! Anton wird sie suchen, aber er wird sich nicht von seiner Reise nach Florida abhalten lassen.

Oder?

Das ändert nichts. Sie müssen sich doch vierundzwanzig Stunden lang verstecken können, vielleicht irgendwo auf

Reykjanes, in der Nähe des Flughafens. Ruhig atmen! Dann am Donnerstagmorgen checken sie ein.

Kein Problem.

Sicherheitskontrolle, Duty-free-Shop.

Ja.

Es sollte klappen. Es muss klappen! Sie muss bloß noch Rikki Bescheid sagen.

Das ist alles.

Sie lächelt Anton zu. »Wollen wir nicht einfach nach Hause fahren und es uns gemütlich machen? Ich meine, wo wir doch morgen nach Florida fliegen. Bisschen ausruhen und so.«

»Bist du müde?«

Sie zwinkert ihm zu. »Nein, überhaupt nicht, aber wozu sollen wir im *Prikið* tanzen gehen, wenn wir eine ganze Nacht am Strand von Malibu durchmachen können?«

Anton lacht. »Da hast du recht.«

Hanna leert ihr Glas in einem Zug.

Anton nimmt sein Handy. »Ich rufe die Jungs an, damit sie uns nach Hause shuttlen, okay?«

Hanna nickt. Ihr ist so kalt, dass ihre Hände zittern. Sie versteckt sie unter dem Tisch.

Anton spricht durchs geöffnete Seitenfenster zu den Klonen, dann klopft er aufs Autodach. Der *Chrysler* verschwindet in der Nacht, Anton folgt Hanna zum Haus und öffnet die Tür. Die Alarmanlage pfeift.

»Wo fahren sie hin?«, erkundigt sich Hanna.

Anton tippt den Sicherheitscode ein. »Arbeiten, was sonst?«

»Okay.« Sie sind allein zu Hause, besser könnte es nicht sein. Ihr Herz pocht in der Brust. »Was möchtest du jetzt tun?«

Anton geht ins Wohnzimmer, lässt sich aufs Sofa fallen und schaltet den Fernseher ein. »Weiß nicht. Ich habe neulich ein paar Kriegsfilme runtergeladen. Wir können uns vielleicht ein, zwei davon ansehen.«

»Gut. Warum nicht?« Hanna steht zögernd da und dreht ihr Handy in der Hand. »Soll ich uns vielleicht was zu trinken machen?«

»Ja, gut.« Er nimmt die Fernbedienung und zappt durch die Senderliste.

»Was möchtest du? Eine Bloody Mary?«

»Ja, gern.«

»Okay.« Hanna setzt sich Richtung Küche in Bewegung. Sie will Rikki eine SMS schicken und dann die Drinks mixen.

»He!«

Das Herz krampft sich ihr zusammen. »Ja?«

Anton beobachtet sie aus schmalen Augenschlitzen. »Musst du dein Handy mit dir herumschleppen? Willst du noch jemanden anrufen?«

Hanna tut so, als würde sie nicht begreifen, dann schaut sie ihr Handy an und lacht auf. »Ach Gott! Mir war gar nicht bewusst, dass ich es in der Hand halte.«

»Genau«, brummt Anton. »Man könnte glauben, du bist mit dem Ding verwachsen.«

»Sorry, bloß Gewohnheit.« Hanna legt das Handy auf den Couchtisch, zwinkert Anton zu und geht eilig in die Küche.

»Ich will meine Mary stark und spicy!«, ruft Anton.

»Kein Problem, Schatz!« Hanna flucht leise, beruhigt sich etwas und holt zwei Gläser aus einem Oberschrank.

Sie füllt Eiswürfel in die Gläser. Es bleibt noch genügend Zeit. Sie wird Rikki bei der nächsten Gelegenheit benachrichtigen, spätestens wenn Anton eingeschlafen ist. Sie gießt Wodka über das Eis, reichlich in das eine Glas, deutlich weniger in das andere. Im Kühlschrank steht eine Packung Tomatensaft. Sie füllt die Gläser zur Hälfte damit auf und würzt mit Selleriesalz und Tabasco, reichlich das eine Glas, deutlich weniger das andere.

»Hast du schon einen Film ausgesucht?«, ruft sie.

»Ja, vielleicht«, ruft Anton aus dem Wohnzimmer.

Hanna öffnet abermals das Eisfach im Kühlschrank, schiebt einen Beutel mit tiefgekühltem Obst zur Seite und holt ein schmales Briefchen aus Alufolie heraus, das sie ganz hinten versteckt hatte. Die Folie ist eiskalt, sie faltet sie mit zitternden Fingern auseinander, so nervös, dass sie zu ersticken glaubt. In der Folie ist weißes Pulver, fünf zerstoßene Schlaftabletten. Genug, um ein Nashorn zu betäuben.

Sie kippt den Inhalt in das eine Glas, rührt mit dem Finger um und wirft die Folie in den Mülleimer.

»Kommst du?«, ruft Anton.

Sie zuckt zusammen. »Ja, ich suche noch nach dem Sellerie.«

»Lass ihn weg!«

»In Ordnung, Schatz.«

Hanna gießt mehr Tomatensaft in die Gläser und rührt mit dem Stiel eines Holzlöffels um. Sie nimmt die Gläser, ihres mit der linken Hand, seins mit der rechten, und geht langsam ins Wohnzimmer, ganz ruhig, mechanisch, lächelnd.

»Hier, einer extra spicy für einen extra spicy Kerl.« Sie reicht ihm das Glas mit dem Schlafpulver und lässt sich mit dem anderen in der Hand auf dem Sofa nieder. »Was hast du gesagt, welchen Film wir sehen?«

»Ich habe gar nichts gesagt«, antwortet er kühl.

Sie nippt an ihrem Glas, versucht, die Hand dabei ruhig zu halten. »Hast du schon probiert? Ist er zu stark geworden?«

Anton hält ihr sein Glas hin. »Hier, probier selbst!«

»Wieso?« Hanna tut erstaunt, klappt aber vor Angst bald zusammen.

»Weil ich es sage.«

»Traust du mir etwa nicht?«, fragt sie.

»Du benimmst dich in letzter Zeit ziemlich komisch.« Er betrachtet seinen Drink, dann schüttelt er den Kopf. »Nein, ich traue dir nicht. Ich habe auch keinen Grund dazu. Deswegen nehme ich dich mit nach Florida.«

Hanna nimmt all ihren Mut zusammen. Jetzt kommt es drauf an.

»Ach, komm, sei nicht paranoid!« Sie stellt ihr Glas ab, reißt ihm seins aus der Hand und stürzt ein Viertel des Inhalts hinunter.

»Langsam, langsam!« Anton klopft ihr leicht auf die Schulter und nimmt ihr das Glas wieder ab. »Ich habe nur Spaß gemacht. Du brauchst deswegen nicht die Drama Queen zu geben.«

Sie wischt sich den Mund ab. »Ich weiß nie, wann du Spaß machst und wann nicht.«

»Ich weiß.« Er grinst kalt und probiert einen Schluck. »Ui, der ist echt stark!«

»Vielleicht zu stark«, murrt sie.

»Nein, überhaupt nicht.« Er tätschelt ihr den Oberschenkel. »Perfekt gemixt. Genau so was habe ich gebraucht.«

»Gut.« Hanna setzt ein Lächeln auf. Ihre Kehle brennt vom Tabasco, der Wodka wirkt wie ein flüssiges Betäubungsmittel, und in ihrem Magen rumort das Schlafpulver, das langsam ins Blut übergeht.

Was soll sie tun?

Anton zappt weiter durch die gespeicherten Filme. Hanna gibt vor, es sich an seiner Seite gemütlich zu machen.

Wie schnell wirkt das Mittel?

Anton nimmt einen zweiten Schluck und schmatzt auf dem Nachgeschmack herum.

»Du, ich muss mal«, sagt Hanna.

»Schon wieder?«, fragt er ungehalten. »Warst du nicht erst im Restaurant pinkeln?«

Sie küsst ihn auf die Wange. »Doch, aber ich habe nicht so eine Partyblase wie du. Außerdem will ich mir was Bequemeres anziehen.«

»Okay«, brummt er, ohne den Blick vom Bildschirm zu nehmen.

Hanna erhebt sich auf etwas unsicheren Beinen. Sie sieht zu ihrem Handy am Tischende. Ihr Herz klopft heftig. Soll sie versuchen, heimlich danach zu greifen?

Nein, sie wagt nicht, das Risiko einzugehen.

»Beeil dich«, murmelt Anton.

»Bin gleich zurück.« Hanna geht ins Bad und schließt hinter sich ab. Sie geht zur Toilette, klappt den Deckel auf und erbricht ohne das geringste Geräusch den Inhalt ihres Magens.

Sie spült, trocknet sich den Schweiß von der Stirn und spült den Mund aus. Ihr ist ein wenig schwindelig und ihre Lippen fühlen sich taub an. Hoffentlich vom Wodka und nicht vom Schlafmittel.

»Kommst du?«, ruft Anton.

»Ja, gleich.« Sie läuft aus dem Bad ins Schlafzimmer, kleidet sich rasch aus, wirft die Sachen einfach auf den Boden und zieht ein knappes Spitzenhöschen und ein kurzes Seidennegligé mit Spaghettiträgern an, beides schwarz.

Barfuß tippelt sie zum Nachttisch, öffnet eine Schublade, schiebt ein paar große und kleinere Dildos zur Seite und holt eine Tube Gleitgel heraus.

»Hanna!«, ruft Anton hörbar verärgert.

»Ich komme, ich komme«, flötet Hanna, dabei schlägt

ihr das Herz bis zum Hals. Sie eilt zu Anton, richtet unterwegs mit einer Hand das Haar, in der anderen hält sie die Tube hinter dem Rücken.

»Wird auch Zeit«, knurrt Anton, als sie ins Zimmer tritt. Er wirft ihr nur einen flüchtigen Blick zu, doch als er sieht, was sie anhat, schaut er mit sichtlichem Vergnügen noch einmal hin.

»Hallo, was geht denn hier ab?«, fragt er leicht nuschelnd und grinst. Sein Glas ist leer, er hat die Bloody Mary ausgetrunken. »Was hast du da hinter dem Rücken?«

Hanna baut sich verführerisch auf, legt den Kopf schief und malt mit dem großen Zeh Kreise auf den Boden. »Geheimnis!«

»Zeig's mir!« Anton steht vom Sofa auf, schwankt auf schweren Beinen. Er ist neugierig, aber auch argwöhnisch. Er bekommt gern Pakete, kann es aber nicht abwarten, sie zu öffnen.

Hanna zeigt ihm die Tube, klimpert mit den Wimpern und leckt sich über die Lippen. »Ist es nicht schon länger her, seit du mich durchs Hintertürchen besucht hast?«

»Böses Mädchen!« Anton grunzt vor Begeisterung, nimmt Hanna in die Arme und schiebt sie ins Schlafzimmer. Seine Augen klappen auf und zu und er schwankt hin und her. »Wie viel Wodka hast du mir eigentlich in den Drink getan?«

»Drei Schuss.« Hanna küsst ihn auf die Wange.

»Ich merke richtig was.« Anton stößt sie auf das Doppelbett, zieht sein Shirt über den Kopf und lässt es auf den Boden fallen. »Mir dreht sich alles, ich …«

»Komm!« Hanna klopft mit der Hand auf die Matratze. »Leg dich zu mir, ich ziehe dir die Hose aus.«

»Okay.« Anton legt sich auf den Rücken und guckt benommen zur Decke. Hanna setzt sich rittlings auf ihn und öffnet seinen Gürtel mit fahrigen Fingern, die nur ihrem eigenen Willen zu gehorchen scheinen und weich wie Pudding sind.

Was ist eigentlich los?

Hanna schaut auf, holt tief Luft und versucht, einen klaren Kopf zu bekommen. Über dem Bett hängt eine Fahne der Chicago Bulls. Der riesengroße Stierschädel glotzt sie wütend an, bereit, zu verwunden, auf die Hörner zu spießen, in den Staub zu stampfen.

Ihr Herz klopft in weiter Ferne, als begehrte jemand Einlass. Etwas pocht in ihr.

Tock. Tock.

Herzklopfen.

»Komm rein«, flüstert Hanna.

Anton ist eingeschlafen. Sie muss hier raus. Auf der Stelle, sofort. Ihr Kopf ist voll Watte, es juckt sie überall, krabbelnde Käfer. Sie knistert in trockenem Feuer, braucht Wasser, ein ganzes Schwimmbad. Sie muss sich übergeben, muss dieses Zeug auskotzen.

Sie lehnt sich zur Seite.

Nicht so schnell!

Arme rudern durch die Luft, alles ist verschwommen, der Stier stößt zu, sie dreht sich, bricht zusammen.

Alles wird schwarz.

Tick. Tack.

Irgendwo tickt eine alte Uhr. Es ist nach Mitternacht, aber der Himmel draußen ist noch gerötet, als loderte in der Ferne ein Feuer. Die längsten Tage des Jahres. Rikki liegt unter einer Decke auf einer alten Couch, guckt in die Luft und wartet. Neben ihm auf dem Fußboden steht seine Tasche.

Tick. Tack.

Das Zimmer ist klein und mit Möbeln, Nippes und Pflanzen vollgestopft, die alle viel zu groß geworden sind, sich in sämtliche Richtungen ausbreiten und bizarre Schatten auf die hellgelben Wände werfen. So als wäre das Zimmer voller langbeiniger Riesenspinnen, die totenstill darauf warten, dass er die Augen schließt, bevor sie ihn anspringen und ihm ihr Gift injizieren. Die Möbel sind alt und verwohnt, aus Teak oder lackiertem Weichholz, gehäkelte Deckchen auf den Tischen, verschlissene Hussen auf Couch und Sesseln. An den Wänden hängen Bilder, Zierteller und sonstiger Kitsch, über den sich Kletterpflanzen ranken. Auf dem Boden ein dicker Teppich, der Geruch von Staub und Teaköl in der Luft.

Tick. Tack.

Das Ticken der Uhr klingt in der Stille der Nacht immer lauter. Manchmal fiept es in den Wasserleitungen, oder es knackt im Dach, wenn die Außentemperatur weiter fällt. Der Hund jault leise in der Waschküche, wahrscheinlich träumt er schlecht. Rikki schließt die Augen, öffnet sie wieder und schaut weiter an die gelb gestrichene Decke. Da hängt ein bronzierter fünfarmiger Kronleuchter, auf jedem Arm sitzt eine kerzenförmige Glühbirne unter einem verstaubten Glasschirm. Den ganzen Abend waren von oben Knarren, Schritte und Stimmen zu hören.

Tick. Tack.

Jónatan hatte sich gleich nach dem Abendessen hingelegt; er hatte starke Schmerzen, war steif wie ein Brett und leichenblass. Rósa machte den Abwasch und räumte die Küche auf. Óskar ließ sich nicht blicken. Rikki sah sich im uralten Fernseher die Nachrichten und irgendeine langweilige Klamotte an. Gegen zehn brachte Rósa eine Decke und wünschte ihm eine gute Nacht. Seitdem liegt er auf der

Couch, guckt an die Decke und wartet – wach und konzentriert.

Tick. Tack.

Halb eins. Seit knapp einer Stunde ist niemand mehr oben herumgelaufen. Es knarrt kein Bett und keine Bodendiele mehr, es ist gänzlich still im Haus, abgesehen vom Ticken der Uhr und dem gelegentlichen Jaulen des Hundes. Die Sonne sinkt hinter die Berge, der Himmel wird dunkler, das Feuer wird zu gerinnendem Blut.

Rikki schlägt die Decke zurück und erhebt sich lautlos wie ein Geist. Er nimmt seine Taschenlampe heraus und schleicht auf Socken durch das Wohnzimmer. Er leuchtet in jede Ecke und unter alle Möbel, betrachtet sämtliche Gegenstände von allen Seiten, inspiziert auch die Rückseite des Fernsehers und sieht sogar unter den Blumentöpfen nach.

Nichts.

Er rückt die Töpfe wieder zurecht. Die Pflanzen bewegen sich, grün, dick, massig, wie die Tentakel eines gesichtslosen Ungeheuers.

Rikki schleicht durch den Flur in die Küche. Da öffnet er Schränke und Schubladen nur halbherzig, weil er es für unwahrscheinlich hält, das, was er sucht, dort zu finden. Er schleicht weiter, öffnet die Tür zur Waschküche aber lieber nicht, als er dahinter leises Knurren hört. Er schleicht zurück zum Vordereingang. Die Waschküche muss warten. Vielleicht kann er sich am Morgen darin umsehen, bevor er sich verabschiedet und auf den Weg macht.

In der Diele stehen ein Sessel und ein kleiner Tisch mit einem altmodischen Telefon, zwei Schränke, eine Standuhr und ein Bücherregal. Die Standuhr im Barockstil ist schwarz und geformt wie ein schmaler Sarg, mit Schnitzereien und weiß abgesetzten Ornamenten. Das Zifferblatt hinter dem gewölbten Glas ist aus Kupfer, wie die Zeiger, und hat römische Zahlen. Bestimmt ist die Uhr älter als hundert Jahre, in ihrem Inneren schwingt ein schweres Pendel, das das Uhrwerk antreibt. Tief in dem schwarzen Kasten drehen sich Zahnräder mit langsamem, metallischem Klicken.

Tick. Tack.

Die Schränke sind aus Teakholz. In ihnen befinden sich ein feines Service, Silberbesteck, zusammengefaltete Tischdecken und Stoffservietten. Hinter den Büchern im Regal ist nichts, nur Staub und tote Fliegen.

Unter der Treppe befindet sich ein kleines Kabuff. Rikki steckt einen Finger in ein Loch in der dreieckigen Tür und zieht sie auf. Er hockt sich auf die Fersen und leuchtet hinein. Ein alter Staubsauger, ein Putzeimer, Lappen, Putzmittel in Flaschen, Schmierseife und ein paar unbenutzte Mausefallen.

Rikki knipst die Taschenlampe aus, richtet sich auf und späht die Treppe hinauf. Vorsichtig tritt er auf die unterste Stufe und hält den Atem an. Er hatte bemerkt, dass einige der Stufen knarrten, als die Hausbewohner nach oben gingen.

Aber welche? Er schleicht die Treppe hinauf wie eine Katze, tritt nur am Rand auf die Stufen und verteilt so gleichmäßig wie möglich sein Körpergewicht. Wenn sich ein Knarzen andeutet, verharrt er, verlagert das Gewicht und überspringt die Stufe. Er atmet durch die Nase, sein Herz hämmert, und ihm bricht der Schweiß aus.

Rikki kommt auf Zehenspitzen oben an, wartet ein paar Sekunden ab, richtet sich dann auf und atmet aus. Das Obergeschoss ist um einiges kleiner, als er dachte; lediglich ein kurzer Flur und drei geschlossene Türen. Über dem Treppenaufgang ist eine kleine Gaube mit geteiltem Fenster. Von da hat man Ausblick auf das offene Gelände hinter dem Haus. Zur einen Seite liegt ein größeres Zimmer, zur anderen zwei kleinere. Er vermutet, das größere Zimmer ist das der Eltern, eins der beiden kleineren das von Óskar und das dritte wahrscheinlich das ehemalige Zimmer der verstorbenen Hanna.

Die Tür zum elterlichen Schlafzimmer steht einen Spalt weit offen. Schwere Atemzüge und ein röchelndes Schnarchen dringen heraus. Von allen Räumen im Haus ist das Elternschlafzimmer das unzugänglichste, aber es ist gerade der Raum, den er unbedingt durchsuchen muss. Drachen sind dafür bekannt, auf ihren Horten zu liegen, und der ungehobelte Bauer Jónatan ist der Drache auf diesem Hof.

Das Schnarchen erreicht seinen Höhepunkt, bricht dann urplötzlich ab. Die nachfolgende Stille ist weniger willkommen.

Rikki überlegt es sich anders, das Elternschlafzimmer soll noch warten. Vielleicht schlafen die beiden noch fester ein, fallen in Tiefschlaf, oder wie das heißt. Er durchquert den Flur, bleibt zwischen den beiden Zimmern am anderen Ende stehen. Die rechte Tür ist schmutziger als die linke, außerdem kleben Reste von *Star-Wars*-Aufklebern am rechten Türrahmen. Die Türblätter sind dünn, die Türbeschläge altmodische Messingklinken mit einem Schlüsselloch darunter. Er fährt mit den Händen am Rahmen abwärts: Die Tür öffnet nach außen zum Flur, nicht ins Zimmer.

Er legt die Hand auf den linken Türgriff und drückt ihn sacht nach unten, gleichzeitig drückt er mit der anderen Hand die Tür leicht an, damit sie nicht knackt, falls sie verzogen sein sollte. Mit angehaltenem Atem öffnet er die Tür. Ein leises Quietschen der Scharniere. Rikki schiebt sich ins Zimmer, schließt die Tür und schaltet die Taschenlampe ein.

Er reißt die Augen auf, er könnte in einem Museum gelandet sein oder eher noch in einem verlassenen Haus. In dem Zimmer steht alles an seinem Platz, und dieses alles ist seit vielen Jahren nicht berührt worden und von einer dicken Staubschicht bedeckt. Rikki stellt sich mitten in den Raum, dreht sich langsam um die eigene Achse, und ihm klappt vor Verwunderung der Mund auf. Dann muss er ein Husten unterdrücken.

Auf dem Boden ist Laminat verlegt, darauf sieht er seine eigenen Fußabdrücke. An der Decke hängt ein rosa Leuchter, an der Rückseite der Tür ein Poster von Miley Cyrus als Hannah Montana.

Rikki lässt den Lichtstrahl systematisch durch das Zimmer wandern. Er beleuchtet ein gemachtes Bett mit einer Unzahl von Stofftieren auf der Tagesdecke, einen schmalen Kleiderschrank, eine weiße Kommode mit einigem Kleinkram darauf, einen kleinen Bücherschrank und einen Nachttisch mit Schublade. Er öffnet den Kleiderschrank, guckt in die Schubladen, kramt in einer Schale mit Haargummis, Nadeln und Spangen. Bald wird ihm klar, dass vor ihm schon jemand das Zimmer durchsucht haben muss. Die Sachen im Kleiderschrank wurden beiseitegeschoben, die Matratze liegt schräg auf dem Bettgestell und von den Kuscheltieren liegen etliche auf dem Bauch, manche Bücher stehen verkehrt herum im Regal und Spuren auf dem staubigen Boden lassen erkennen, dass die Möbel vorgezogen und anschließend wieder an die Wand gerückt wurden, als habe jemand auch hinter ihnen nachgesehen.

Wer aber hat das Zimmer durchsucht? Und wonach? Hier hat jemand nach etwas gesucht, das Hanna versteckt hat, und zwar schon vor Jahren, bevor sie nach Reykjavík gezogen ist.

Auf dem Nachttisch liegt ein Bilderrahmen mit dem Gesicht nach unten. Ein frei stehender Rahmen, der aber umgefallen ist. Rikki dreht ihn um. Das Glas hat einen Sprung, dahinter nur ein heller Hintergrund, kein Bild.

Seltsam.

Rikki stellt den Rahmen zurück auf den Nachttisch, er

schaltet die Taschenlampe aus, tritt leise wieder auf den Flur und schließt die Tür. Er steht reglos da und lauscht in die Stille. Plötzlich vernimmt er ein Stöhnen und leises Gemurmel, im Schlafzimmer wird eine Nachttischlampe eingeschaltet. Ein schwacher Lichtkeil fällt durch den offenen Türspalt auf den Boden. Ein Bett knarrt. Rikki erstarrt, gleichzeitig stellen sich ihm die Haare im Nacken auf.

Steht da jemand auf?

Rikki will rasch die Treppe hinab, aber er hält inne, als sich im Schlafzimmer ein Schatten regt. Schnell öffnet er die Tür zum nächsten Zimmer, schiebt sich hinein und schließt die Tür hinter sich. Umgeben von tiefer Dunkelheit und völligem Schweigen, versucht er, ruhig zu atmen. Er legt ein Ohr an die Tür und lauscht, hört aber nichts.

Er wartet, reglos wie eine Statue, atmet durch die Nase und versucht sich zu entspannen, doch da geht auch hinter ihm Licht an. Ihm bleibt fast das Herz stehen, das Blut gefriert ihm in den Adern. Er spannt alles an, schließt die rechte Hand fest um die Taschenlampe – auf alles gefasst.

Nur ruhig!

»Was machst du da?«, fragt Óskar in voller Lautstärke, ängstlich, aber eher noch vorwurfsvoll oder wütend.

Rikki dreht sich um, steckt die Taschenlampe im Rücken in den Hosenbund und lächelt, während er den Zeigefinger an die Lippen legt. »Pst, wir wollen Mama und Papa nicht wecken.«

Der Junge starrt ihn mit leerem Ausdruck oder vielleicht drohend an.

Rikki setzt ein Lächeln auf.

»In Ordnung«, sagt Óskar schläfrig. Er richtet sich im Bett auf.

Rikki zieht einen Stuhl unter dem Schreibtisch vor und setzt sich. Auf dem Schreibtisch liegt ein Puzzle mit fünfhundert Teilen in völligem Durcheinander. Auf einem Bord darüber stehen ein Batmobil, eine glänzende Stierfigur mit Reitgerte, der Schädel eines Kleintiers und ein Modell des Raumschiffs *Millennium Falcon* aus *Star Wars*.

»Kannst du nicht schlafen?«, erkundigt sich Rikki.

Óskar schüttelt den Kopf und lässt sich wieder auf sein feuchtes Kopfkissen sinken. Er hat offensichtlich viel geweint. »Ich bin so traurig. Wegen Hannibal. Und auch wütend. Wegen Papa. Er durfte das nicht tun, was er getan hat. Das war gemein. Sehr gemein.«

Rikki beobachtet Óskar, der mit leerem, aber auch wildem Blick an die Decke starrt. In seinen Augen liegt eine abgrundtiefe Unterströmung, ein unberechenbares Durcheinander, aus dem man nicht leicht klug wird.

»Vielleicht war er überzeugt, das Richtige zu tun, verstehst du?«, sagt Rikki. »Vielleicht meinte er, was er tut, sei für alle das Beste.«

Óskar überlegt. »Was gemein ist, ist nie gut.«

»Nein, vielleicht nicht.«

»Das hat meine Schwester immer gesagt.«

Rikki sieht sich in dem spärlich möblierten Zimmer um: ein offen stehender Kleiderschrank, ein Bücherregal, eine Kiste mit Spielzeug. Die Sachen, die Óskar am Tag getragen hat, liegen in einem Haufen auf dem Boden. In der Luft hängen Schweiß- und Fußgeruch sowie ein weiterer heftiger Gestank, der schwer zu identifizieren ist. Als ob in dem Zimmer etwas verwest. Von Sauberkeit hält man auf diesem Hof nicht sonderlich viel, das steht fest.

Im Bücherregal steht eine seltsame Auswahl an Büchern. Im unteren Fach eine Buchreihe in Pastelltönen: *Zuchtbullenregister – Isländischer Bauernverband*, jeder Band mit einer Jahreszahl versehen. Das obere Brett ist fast leer bis auf ein Sparschwein und einige klassische Kinderbücher: *Das schwarze Kätzchen, Die blaue Kaffeekanne, Láki, Stubbur* und so weiter.

»Woran ist deine Schwester gestorben?«, fragt Rikki.

Óskars Miene verdüstert sich. »Sie ist vom Balkon gefallen. Sie ist auf der Erde gelandet und nie wieder aufgewacht.«

»Ich verstehe.«

Óskar richtet sich auf einem Ellbogen auf. »Willst du ein Bild von ihr sehen?«

»Ja, gern.«

Óskar setzt sich auf die Bettkante, hebt am Kopfende die Matratze an und zieht ein altes *Tarzan*-Heftchen hervor. Darin steckt ein Foto, zerknittert und mit waagerechtem Bruch, wo es einmal zusammengefaltet war. Óskar gibt Rikki das Bild. »Hier.«

»Danke!«

Auf dem Foto hält Hanna ihren Bruder als Säugling, höchstens drei Monate alt. Sie selbst ist etwa im Konfirmationsalter und immer noch mit dem gleichen Haarschnitt wie auf dem Bild unten im Flur.

»Das bin ich.«

Rikki nickt. Der kleine Óskar ist in eine hellblaue Decke gewickelt. Seine Schwester hält ihn übervorsichtig, als hätte sie einerseits Angst, ihn zu zerdrücken, und andererseits, sie könnte ihn fallen lassen. Sie sieht ihn mit ungläubigem Gesichtsausdruck an, stolz und ein wenig verschreckt zugleich, wie ältere Geschwister anfangs häufig gucken.

»Warum ist das Bild so zerknittert?«

Óskar nimmt es wieder an sich und versteckt es unter der Matratze. »Es war schon so, als ich es gefunden habe.«

»Mögen deine Eltern nicht über Hanna sprechen?«

Óskar schüttelt den Kopf. »Sie sind so traurig wegen ihr. Genau wie ich wegen Hannibal. Es tut so weh, wenn jemand stirbt.«

»Das stimmt.«

Óskar zuckt und schluchzt leise. Er hat nur eine gerissene Unterhose an, sein Körper ist milchweiß und ganz unbehaart, wie ein übergroßer Säugling.

»Du wirst darüber hinwegkommen«, sagt Rikki, um überhaupt etwas zu sagen. Ihm kommt der Gedanke, sein Mitleid anders auszudrücken, etwa indem er Óskar in den Arm nimmt oder ihm über den Kopf streichelt, aber das ist nicht seine Art.

Er bleibt einfach sitzen und wartet ab.

Óskar zieht die Nase hoch und wischt sich die Tränen von der Wange.

»Wann hast du sie zum letzten Mal gesehen?«, fragt Rikki.

»Als sie kam und sich verabschiedet hat«, sagt Óskar mit weinerlicher Stimme. »Es war nachts. Sie tauchte einfach auf, so wie du eben. Dann verschwand sie und kam nie wieder. Obwohl sie versprochen hat, mich holen zu kommen.«

»War das, als sie nach Reykjavík gezogen ist?«

Óskar nickt.

»Und sie hat einfach nur Tschüss gesagt?«, fragt Rikki. »Mehr nicht?«

»Sie hat gesagt, das Leben sei mehr als Delfine und Regenbögen«, sagt Óskar ernst. »Das bedeutet, ich soll mich von bestimmten Leuten nicht herumkommandieren lassen.«

Rikki seufzt. »Okay, super. Und warum ist deine Schwester mitten in der Nacht abgehauen?«

Óskar denkt nach. »Weil Papa nicht wollte, dass sie geht. Er wollte es auf gar keinen Fall. Er und Mama werden langsam alt, und ich komme mit den Tieren nicht zurecht. Nicht allein jedenfalls. Mir muss jemand helfen.«

»Warst du traurig, als Hanna weggegangen ist?«, fragt Rikki.

Óskar nickt. »Dabei hat sie mir gesagt, ich soll nicht traurig sein. Sie sagte, ich soll ein großer Junge sein und ich darf mir von anderen nichts sagen lassen. Oder so. Und sie hat gesagt, ich soll auf keinen Fall denken, dass sie meinetwegen weggeht. Überhaupt nicht. Sie meinte, es täte ihr leid, dass sie mich nicht mitnehmen kann. Und dann hat sie geweint.«

»Verstehe.«

»Und dann ist sie gegangen.«

Rikki nickt. »Und du hast seitdem nie wieder etwas von ihr gehört, richtig? Kein Anruf von ihr, kein Brief oder sonst was?«

Óskar schaut zur Seite, zieht wieder die Nase hoch. »Hanna hat mir eine Geheimwaffe gegeben und gesagt, ich darf Mama und Papa nichts davon erzählen.«

Rikki horcht auf. »Eine Geheimwaffe?«

Óskar grinst breit. »Ja. Willst du wissen, was für eine?«

»Ja.«

»Aber du musst versprechen, es keinem zu sagen. Mama und Papa dürfen es nicht wissen. Sonst ist es keine Geheimwaffe.«

»In Ordnung, versprochen.«

Óskar zeigt zum Bücherregal. »Gib mir mal ein Buch.«

»Welches denn?«, fragt Rikki ungeduldig.

»Irgendeins. Ist egal. Mama hat mir früher manchmal vorgelesen, aber das tut sie seit langer Zeit nicht mehr.«

Rikki zieht ein Buch der Reihe *Der kleine Láki* aus dem Regal. »Das hier?«

»Ja, das ist gut.« Óskar schlägt das Büchlein auf und fährt sich mit der Zunge über die Lippen. »Es. War. Einmal. Ein kleiner Erd…elf.«

Rikki beugt sich vor und liest mit.

Mit einem triumphierenden Lächeln blickt Óskar auf. »Guck, hier siehst du Láki!«

Rikki betrachtet die Zeichnung auf der gegenüberliegenden Seite. Sie zeigt einen kleinen Elfen mit wuscheligen schwarzen Haaren, spitzen Ohren, Schwanz und Fingern, die wie Krallen aussehen. Darunter steht: *Hier siehst du Láki.*

»Und jetzt ist Láki quietschlebendig hier drin«, sagt Óskar und tippt sich an die Schläfe. »Weil ich die Wörter gelesen habe, verstehst du? Am Anfang ist es schwer, da sind die Wörter groß und klobig, so wie ich, aber dann geht es leichter, die Wörter werden lebendig und hoppeln herum wie Kaninchen. Sie werden zu Bildern, und ich verstehe alles, was sie mir zeigen.«

»Ist klar«, sagt Rikki genervt. »Aber du hast was von einer Geheimwaffe gesagt.«

Óskar klappt stolz das Büchlein zu. »Das ist es doch: Ich kann lesen! Hanna hat es mir beigebracht. Es hat lange gedauert, aber irgendwann konnte ich es plötzlich. Sie hat mir aber eingeschärft, Mama und Papa nichts davon zu verraten. Sie hat gesagt, das ist meine Geheimwaffe.«

»Okay.« Rikki kann seine Enttäuschung kaum verhehlen. »Klasse! Du bist echt tüchtig.«

»Manchmal frage ich Mama oder Papa, was in der Zeitung steht«, sagt Óskar. »Oft erzählen sie mir dann was anderes, als da steht. Das heißt, dass sie Lügner sind.«

»Okay«, sagt Rikki und seufzt.

Óskar gibt ihm das Buch zurück. »Ich möchte dir noch etwas anderes zeigen.«

»Nämlich was?«

»Siehst du das Buch da hinten, das gelbe da?«

»Noch ein Buch? Wow«, spottet Rikki. Er stellt den *Kleinen Láki* wieder an seinen Platz und zieht eine Ausgabe aus der hellgelben Reihe aus dem Regal: *Zuchtbullenregister.*

Óskar schlägt das Buch auf und sagt: »Du musst unseren ganzen Stolz sehen!« Er blättert, bis eine Seite, die offenbar schon hundert Mal aufgeschlagen wurde, fast von allein aufklappt. »Guck, diesen Stier hat mein Papa einmal gehabt.«

Rikki nimmt das aufgeschlagene Buch. Óskar zeigt auf ein Foto auf der rechten Seite. Es zeigt einen schwarzen Stier mit riesigen Hörnern. Das Bild wurde von der Seite aufgenommen. Der Stier hat den Kopf gedreht und blickt den an, der die Kamera hält. Im Hintergrund sind die Berge hinter dem Hof zu erkennen.

Unter dem Bild steht der Name des Tieres: *Uxi von Uxavellir – 07011.*

Dann folgen der Stammbaum, die Bewertung und abschließend die Gesamtpunktzahl: 113.

»Papa ist wahnsinnig stolz auf ihn. Er hat das Bild vergrößern lassen. Es hängt in seinem Büro.«

»Büro?«, horcht Rikki auf. »Wo ist das?«

»In der Milchkammer.«

Rikki nickt gedankenverloren. Ja, natürlich. Die Tür in der Wand hinter dem Milchtank.

»Ich habe gedacht, vielleicht würde Hannibal …« Óskar bricht ab, weil ihm die Stimme versagt und Tränen in die Augen treten.

Rikki klappt das Buch zu und stellt es zurück. Als er sich umdreht, fällt sein Blick auf etwas im Schatten unter dem Bett. Etwas schmutziges Pelziges auf einem braunen Stück Pappe.

»Was ist das da?«, fragt er.

»Wo?« Óskar zieht die Nase hoch.

»Was ist das denn?« Rikki bückt sich, fasst die Pappe und zieht sie unter dem Bett hervor. Sie entpuppt sich als ein leerer Mehlsack. Darauf liegt der Kadaver einer schwarzen Katze, von Erde und Schlamm bedeckt. In dem toten Körper stecken zwei Stahlstifte – mit Kupferdrähten umwickelt, die an einer Neun-Volt-Batterie befestigt sind.

Der Verwesungsgeruch wallt auf.

»Ach, die Katze«, sagt Óskar und grinst entschuldigend. »Die habe ich ganz vergessen.«

»Was machst du mit einer toten Katze unter deinem Bett?«, fragt Rikki, dem es hochkommt.

»Ich habe sie ausgegraben, weil ich sie wieder zum Leben erwecken wollte«, erklärt Óskar. »Ich war so traurig, als sie gestorben ist. Ich glaube, die Batterie ist leer. Ich habe sie aus einem Rauchmelder ausgebaut.«

»Bäh, ist das eklig!« Rikki schiebt den Mehlsack wieder unters Bett. Der Kopf der Katze schlenkert hin und her, offenbar ist das Genick gebrochen. Das Weiß der Augäpfel und der Eckzähne schimmert in dem dunklen Klumpatsch des Kopfes auf.

»Die Arme«, murmelt Óskar weinerlich.

»Es ist spät geworden.« Rikki erhebt sich. »Wollen wir nicht versuchen zu schlafen?«

Óskar wischt sich mit einer Hand die Tränen ab und legt sich wieder hin. »Doch, sollten wir.«

»Wir sehen uns morgen«, sagt Rikki. »Mach jetzt das Licht aus!«

Óskar tastet nach dem Lampenkabel, dann klickt ein Schalter und das Zimmer wird dunkel. »Gute Nacht!«

Rikki öffnet die Tür, tritt leise in den Flur und schließt die Tür hinter sich. Den Gestank hat er noch in der Nase. Im Elternschlafzimmer brennt Licht, aber er hört weder Stimmen noch andere Geräusche.

Er lässt ein paar Minuten verstreichen – nichts, keine Bewegung, kein Laut. Vielleicht hat einer der beiden vergessen, die Nachttischlampe wieder auszuschalten, und ist eingeschlafen.

Rikki zieht die Taschenlampe aus dem Hosenbund, schaltet sie aber nicht ein, und tastet sich zum Treppenaufgang. Im Schlafzimmer hustet jemand. Jónatan. Der Bauer knurrt und murmelt etwas im Halbschlaf, das Bett knarrt, als er sich umdreht.

Rikki wartet ein, zwei Minuten, bevor er vorsichtig, Stufe für Stufe, die Treppe hinabsteigt, aus der Dunkelheit in ein vages Dämmerlicht. Mit einer Hand hält er sich leicht am Handlauf fest, in der anderen hat er die Taschenlampe. Noch fünf Stufen, noch vier; wenn er sich richtig erinnert, knarrt die dritte Stufe von unten. Vorsichtig steigt er über sie hinweg, ganz leise quietscht die nächste Stufe beim Auftreten, im selben Augenblick erlischt das Licht in der Küche.

Rikki erstarrt in der Bewegung, ein Schauer läuft ihm über den Rücken. In der Küche war Licht. Wer …?

Leise Schritte nähern sich, ein dunkler Schemen nimmt Konturen an, die Frau des Hauses erscheint im Treppenaufgang. Sie ist blass wie eine Leiche, ihr müdes Gesicht besteht fast nur aus großen, starrenden Augen. Ihr Haar ist aufgelöst, und sie geht barfuß in einem kurzen ärmellosen Nachthemd, das einmal rosa war, im Lauf der Jahre aber ausgeblichen ist. Ihre nackten Unterschenkel sind dünn wie Besenstiele, bläulich und von Krampfadern überzogen. Sie hält eine Flasche mit einer klaren Flüssigkeit in der Hand, presst die dünnen Lippen zusammen und schaut Rikki an, als sei er der Tod persönlich.

»Was machst du da?« Sie schaut die Taschenlampe in seiner Hand an, dann die Treppe hinauf. »Was hattest du oben zu suchen?«

»Ich habe Óskar weinen gehört.«

»Und?«

Sie verbirgt die Flasche hinter dem Rücken.

»Ich habe bloß nach ihm gesehen. Mich ein Weilchen zu ihm gesetzt.«

Rikki stellt fest, dass Rósas Nachthemd kein wirkliches

Nachthemd ist, sondern ein altes T-Shirt. Auf der Brust steht ein Schriftzug, der einmal mit silbernen Pailletten bestickt war, von denen die meisten jetzt fehlen: *PORNSTAR.*

»Der kriegt sich wieder ein«, sagt die Frau kühl.

»Bestimmt.«

»Das hier ist ein Bauernhof, kein Streichelzoo«, legt sie nach. »Das muss der Junge auf die eine oder andere Art kapieren.«

»Klar.«

Von oben ist trockenes Husten zu hören, danach jämmerliches Stöhnen. Jónatan.

»Entschuldige mich«, flüstert Rósa. »Ich muss mich um meinen Mann kümmern. Es geht ihm hundeelend.«

»Na klar.« Rikki tritt zur Seite.

»Deinem Knie geht es wohl wieder besser«, stellt sie fest.

»Ja, ein wenig«, flüstert Rikki.

»Das ist doch gut.« Rósa steigt mit der Flasche im Arm die Treppe hinauf, bleibt aber auf halber Höhe stehen und dreht sich noch einmal um. »Geh zu Bett! Ich mag es nicht, dass Fremde bei uns durchs Haus schleichen.«

Als Rikki die Augen aufschlägt, ist der neue Tag schon angebrochen. Sonnenschein erfüllt den Raum, Staubkörnchen tanzen durch die Luft, es duftet nach Kaffee und er hört Kühe muhen. Im Haus ist es still, abgesehen vom leisen Ticken der Standuhr. Er schlägt die Decke zurück und setzt sich auf dem weichen Sofa auf. Er hat dumpfe Kopfschmerzen, einen trockenen Hals und ihm tut das Kreuz weh.

Er steht auf und tappt durch die Küche zum Badezimmer, wo er auf die Toilette geht, sich den Mund ausspült und sich kaltes Wasser ins Gesicht spritzt. Aus dem Spiegel blickt ihm ein ernstes und müdes Gesicht entgegen. Seine Bartstoppeln sind gewachsen, die Schwellungen dagegen zurückgegangen. Sein blaues Auge wechselt die Farbe wie ein teuflischer Regenbogen. An diesem Morgen ist es hellbraun und grünlich.

Wieder in der Küche, stopft er sich ein süßes Schmalzteilchen in den Mund. Gierig kaut er das trockene Gebäck, schraubt den Deckel von der Thermoskanne und spült den Bissen mit einem lauwarmen Schluck direkt aus der Kanne hinunter. Sein Magen knurrt. Er hat in den letzten Tagen wenig gegessen. Er stopft sich ein paar von den Gebäckteilchen in die Jackentasche und nimmt noch einen Schluck Kaffee.

Am Fenster surren ein paar fette Schmeißfliegen. Von oben hört er es wieder husten. Rikki geht in den Flur und lauscht, leise steigt er die Treppe hinauf und klopft an die Schlafzimmertür.

»Wer ist da?«

Rikki öffnet die Tür.

»Was willst du?«, fragt Jónatan barsch. Er setzt sich auf, rot und geschwollen, in einem weißen Unterhemd, das wie eine Wurstpelle eng an seinem fülligen Oberkörper liegt. Sein Haar ist zerzaust, die Augen sind blutunterlaufen. Auf dem Nachttisch steht die Flasche, die ihm Rósa in der Nacht gebracht hat. Sie ist nahezu leer. In dem ungelüfteten Zimmer hängt ein starker Körpergeruch, gemischt mit Alkoholdunst.

»Ich wollte mich nur verabschieden.« Rikki sieht sich um. Es gibt wenig zu sehen, doch in dem Zimmer stehen eine Kommode und ein großer Kleiderschrank samt zwei Nachtschränkchen. Rikkis Blick saugt sich an der Kommode fest. Sie ist alt und dunkel, hat viele große und kleine Schubladen. Auch die Nachtschränke haben Schubladen. Vielleicht enthalten sie irgendwelche Wertgegenstände, Schmuck und dergleichen.

Womöglich sogar Diamanten.

»Mach's gut«, brummt Jónatan. »Wie du siehst, habe ich's noch immer ziemlich an der Hüfte. Du findest selbst raus.«

Rikki nickt. »Nur, brauchst du jetzt nicht doch einen Arbeiter, wo du selbst im Bett liegst? Muss nicht auch bald Heu gemacht werden?«

»Ich kann mir keinen Arbeiter leisten! Wie oft soll ich dir das noch sagen?«, brüllt Jónatan.

Rikki zuckt die Schultern.

»Ich habe mir nichts gebrochen. Bin morgen oder übermorgen wieder fit. Mähen ist kein Problem.«

»Na gut, das ist …« Rikki verstummt, als er das Gewehr erblickt, es lehnt in der Ecke hinter dem Nachttisch des Bauern.

Jónatan knurrt: »Geh jetzt! Ich bin müde.«

Rikki tritt hinaus auf den Hof, stellt seine Tasche ab, schnickt eine Zigarette aus der Schachtel und zündet sie an. Mit hängendem Kopf und hängender Zunge kommt der Hund angetrabt. Die Sonne steht hoch am Himmel, es regt sich kein Lüftchen. Rikki nimmt einen Zug, behält den Rauch lange in der Lunge und bläst ihn dann durch die geweiteten Nasenlöcher aus.

Das große Stalltor steht offen. Im Halbdunkel drinnen bewegen sich die Köpfe der Kühe. Durch das Rohrleitungssystem über den Ständern läuft euterwarme Milch. Das Melken dauert lange. Im Anschluss treibt Óskar die Kühe auf die Weide.

Rikki klemmt die Zigarette zwischen die Lippen und blinzelt durch den Rauch, während er seine Tasche aufnimmt. Er krault den Hund hinter den Ohren und geht dann los.

Als die ersten Kühe in den Sonnenschein hinaustrotten, ist der Gast verschwunden. Als hätte ihn die Landschaft verschluckt.

Tick. Tack.

Jónatan zieht eine Schublade in seinem alten Schreibtisch auf und holt ein paar Magazine heraus, dänische, auf den Titelseiten nackte Frauen. Er schlägt ein Magazin auf, blättert darin.

Hanna hat solche Angst, dass sie kaum zu atmen wagt. Was macht er nur? Träumt sie vielleicht bloß?

»Guck mal!« Ihr Vater zeigt auf eins der Bilder. Darauf treiben es zwei ältere Männer mit einem jungen Mädchen. Der eine hat ihr seinen Schwanz in den Mund gesteckt, der andere nimmt sie von hinten. Die Beine des Mädchens sind gespreizt, ihre Spalte ist zu sehen, die Augen hat sie geschlossen.

Hanna wird schlecht.

Jónatan atmet heftig, als sei er außer Atem. »Ich weiß, dass du dir die Hefte heimlich angesehen hast.«

Hanna versucht zu schlucken, aber ihr Hals ist wie abgeschnürt. »Stimmt nicht«, presst sie hervor.

»Lügnerin!« Er legt das Heft aus der Hand, zeigt auf die Pritsche. »Setz dich da hin!«

Sie wagt nicht, ihm nicht zu gehorchen.

»Du bist mittlerweile ein großes Mädchen.« Er setzt sich neben sie. »Gehst du nicht schon in den Konfirmationsunterricht?«

Sie nickt.

»Der Pfarrer hat keine Ahnung vom Leben«, brummelt Jónatan. Er legt seine riesige Pranke auf ihr Knie und schiebt sie langsam höher.

Hanna erstarrt.

»Du hast doch schon manchmal Blut im Höschen.«
Seine Stimme ist so rau wie seine grobe Hand, die sie drückt
und kneift.

Sie kann nichts erwidern, ihr Hals zieht sich zusammen.
Es war auch keine Frage, sondern eine Feststellung. Ihr surrt
der Kopf, sie kann nicht klar denken, ihr wird schwindlig
und flau, sie muss auf die Toilette.

Jónatan grunzt, er begrapscht ihre kleinen Brüste.

»Papa, nicht …«

Er versetzt ihr eine Ohrfeige, ein heller Blitz zuckt durch
ihren Kopf, dann stürzt sie in die Dunkelheit.

Er nimmt sie, macht mit ihr, was er will, wonach ihm
gerade ist. Sie ist lediglich toter Lehm, geformt nach dem
Willen ihres Schöpfers. Er dringt in sie ein. Etwas zerreißt
in ihr, der Schmerz ist wie ein großes, stumpfes Messer.
Sie würgt, krampft die Hände zusammen, dreht und wendet den Kopf und schluckt ihre Schreie hinunter wie bittere
Medizin.

Sie achtet darauf, ihn nicht anzusehen, schaut zur Seite,
an die Decke, auf das Bild an der Wand. Auf den preisgekrönten Bullen, der breitbeinig über ihr steht, sabbernd und
mit leerem Blick. Sie sieht ihm in die Augen. Der Bulle starrt
zurück.

Wie ein blöder Gott.

Das Abendessen ist fertig. Sie waschen sich die Hände und
setzen sich an den Tisch. Das Radio läuft: Nachrichten und
Wetter. Das Fenster ist beschlagen, Essensgeruch hängt in
der Küche.

Gebratener Fisch, der in zerlassener Butter schwimmt.

Ihre Mutter wirkt müde, leidet unter Ödemen und
Krampfadern. Ihr Vater ist schweigsam und macht ein fins-

teres Gesicht. Leise klappert das Besteck, der Sprecher leiert die Nachrichten herunter.

Keiner sagt etwas.

Blicke wandern umher, Münder schmatzen, Finger hantieren.

Hanna hat keinen Appetit. Sie nimmt sich trotzdem eine kleine Portion, um keine vorwurfsvollen Blicke und bösen Bemerkungen zu ernten. Sie quält sich einen Bissen hinunter, ihr Magen krampft sich zusammen, Übelkeit wallt in ihr auf. Sie fühlt sich so schlecht, dass sie sterben möchte. In ihr herrscht eine tödliche Stille, ein schreckliches Geheimnis, das sich ausdehnt und explodieren möchte, aber in sich selbst erstickt und zu eiskalter Finsternis wird, die sich in trockenen Sand verwandelt, in dem sie versinkt wie in Treibsand.

Sie verkrampft sich und presst die Schenkel zusammen, aber es ist zu spät.

Etwas Nasses fließt aus ihr heraus.

Der Samen ihres Vaters.

Die Unterhose saugt ihn auf.

Er stopft sich ein dickes Stück Fisch in den Mund.

Hanna schüttelt sich und schluckt die bittere Galle hinunter, die ihr die Kehle hinaufschießt.

Festgekettet, eingesperrt in Unkrautzucht, lodernde Hölle aus Hass auf diese Welt und mich selbst. Die Blume, die nicht erblühen darf, Qualen, die niemals enden werden …

Tick. Tack.

Hanna kommt zu sich. Sie liegt auf etwas Hartem und hört ein Brummen. Es rumort in ihrem Schädel. Sie öffnet die Augen, sieht aber nur Nebel.

Wo ist sie? Was ist passiert?

Der Nebel löst sich langsam auf. Am Rand ihres Sichtfelds ist ein dunkler Fleck, der allmählich Gestalt annimmt.

Es ist ein Stier.

Rot und schwarz.

Chicago Bulls.

Ihr Gedächtnis setzt wieder ein. Ihr Herz setzt einen Schlag aus.

Fuck!

Hanna rollt sich auf den Bauch, zieht die Beine an, richtet sich auf. Alles dreht sich, ihr ist schlecht, ihr Körper fühlt sich bleischwer an: eine Tonne welkes Fleisch in knappem Seidennegligé und Spitzenpanty.

Anton liegt auf dem Bett wie ein flach hingestreckter Christus am Kreuz. Die Augen zu, der Mund offen, in tiefer Bewusstlosigkeit. Mehr tot als lebendig, so ohnmächtig, dass sie ihn in Stücke sägen könnte, ohne dass er auch nur mit dem kleinen Finger zucken würde.

Fuck!

Hanna stützt sich an der Wand ab und wankt ins Wohnzimmer. Die Sonne geht auf. Das Telefon liegt noch auf dem Couchtisch. Sie tippt die PIN ein und ruft Rikkis Handynummer an. Es klingelt und klingelt und klingelt.

Komm schon!

Das Klingeln bricht ab.

Fuck! Fuck!

Hanna wippt auf den Füßen und kneift die Augen zusammen, um scharf zu sehen, und schreibt mit Mühe eine SMS – zwei Wörter: *Ruf an!*

Sie schickt sie ab, legt das Handy weg und wankt in die Küche. Sie stirbt vor Durst. Sie öffnet den Kühlschrank, ein kalter Luftzug weht sie an wie ein erlösender Hauch. Tut das gut! Sie nimmt eine Packung Orangensaft und trinkt gleich aus dem Karton.

Danach fühlt sie sich besser, ein wenig besser.

Anziehen.

Sie muss sich anziehen und machen, dass sie wegkommt. Die Diamanten an sich nehmen und verduften, abhauen und nie wiederkommen.

Nachdenken. Keinen Blödsinn jetzt.

Keinen Fehler machen.

Hanna schleicht ins Schlafzimmer. Anton liegt noch immer da wie eine Gliederpuppe. Ihr Herz beginnt zu hämmern, Angst schießt ihr in die Adern. Er wird ausflippen. Er wird sie totschlagen, er wird sie beide mit bloßen Händen umbringen.

Keine Panik jetzt! Nur ruhig bleiben!

Nummer eins: anziehen.

Sie öffnet die mittlere Tür des Kleiderschranks und wühlt in den Fächern. Schwarze Jeans, schwarzer Kapuzenpulli, Lederjacke.

Einfach. Leicht.

Nummer zwei: die Diamanten.

Sie öffnet eine Seitentür des Kleiderschranks, schiebt die Anzüge auf ihren Bügeln beiseite und kniet sich hin. Auf dem Boden des Schranks befindet sich ein großer Safe mit Zahlenschloss.

Sie dreht das Zahlenrad nach links.

23.

Dann nach rechts.

33.

Und noch einmal nach links.

1.

Ein leises Klicken ist zu hören. Michael Jordan, Scottie Pippen, Derrick Rose. Einfacher geht's nicht. Gott segne die *Chicago Bulls*!

Hanna öffnet den Safe. Die Tür ist schwer, innen ist

der Safe viel kleiner als von außen. Das Innere des Würfels ist vollgestopft mit Wertgegenständen: zusammengerollte Geldbündel – isländische Kronen, Euro und US-Dollar. Gold- und Silberschmuck. Wertpapiere und Schuldscheine. USB-Sticks, Sparbücher – und ein schwarzes Stoffsäckchen, in dem es klingelt.

Hanna steckt es in die Hosentasche. Anton stöhnt. Sie hält den Atem an.

Stille.

Sie dreht sich um. Anton schläft noch, aber nicht mehr so tief wie vorher.

Sie muss weg, und zwar sofort! Sie eilt in den Flur, schlüpft in ihre Turnschuhe, setzt eine Sonnenbrille auf und öffnet die Haustür.

Eine tiefrote Morgendämmerung liegt über der Stadt. Die meisten schlafen noch, aber manche Fenster sind auch schon erleuchtet.

Hanna atmet die Morgenkühle ein, dann geht sie los. Der Absprung. Es gibt kein Zurück. Sie hat Anton verraten und ihn verlassen.

Es muss gelingen, sonst ist sie geliefert.

Die Straßen liegen leer da, noch sind die Laternen eingeschaltet, aber die Sonne steigt höher und bald wird es richtig hell: ein neuer Tag, eine neue Zukunft.

Hanna fühlt sich noch ein wenig benommen. Sie geht so schnell, wie sie die Füße tragen, sie schwankt leicht und visiert jeweils einen Punkt in einiger Entfernung an, eine Hausecke, ein geparktes Auto.

Am Ende der Straße leuchten Scheinwerfer auf.

Sie bleibt stehen, versteckt sich hinter einem Baum. Der Wagen rauscht vorbei. Ein weißer *Chrysler 300*, ein Geisterschiff auf Heimatkurs.

Hannas Mund wird trocken, ihr Herz pocht in der

Brust. Sie geht weiter und sieht sich um. Sie erreicht einen Fußweg und biegt ab. Der Weg verläuft quer zu den Straßen von der Anhöhe hinab ins Tal der Elliðaá.

Warum hat Rikki nicht zurückgerufen?

Sie klopft die Taschen ihrer Lederjacke ab, da überläuft es sie plötzlich eiskalt und ihre Nackenhaare richten sich auf.

Nein!

Sie hat das Handy vergessen. Es liegt noch auf dem Couchtisch.

Lieber Gott!

Hanna läuft los. Sie muss zu Rikki, bevor alles auffliegt. Er wohnt nur so weit weg!

So endlos weit.

Tick. Tack.

Der Hund läuft Óskar nach, der seinerseits den Kühen folgt, die in aller Seelenruhe den Schotterweg entlangtrotten. Die Herde bummelt am Wellblechschuppen vorbei, dann biegt die vorderste Kuh nach rechts ab und die anderen folgen ihr über eine kleine Brücke und durch ein offen stehendes Gatter auf eine tiefgrüne Wiese. Die Kühe verteilen sich gemächlich auf der Weide, schnuppern und beginnen zu grasen. Sie muhen leise, schütteln den Kopf und schlagen mit dem Schwanz, um die von ihnen angelockten Fliegen wegzuwedeln.

Der Hund hebt an einem Zaunpfosten das Bein. Óskar schließt das Gatter und kratzt sich am Hintern. Er schaut zum Himmel auf, wo die Sonne im endlosen Blau surrt wie ein Leuchtkäfer, dann geht er denselben Weg zurück. Er murmelt etwas vor sich hin und tritt ab und zu gegen Steinchen am Wegrand. Er breitet die Arme aus und scheint eine

Rede zu halten, oder er singt. Seine Lippen bewegen sich mit übertriebener Mimik, und er fuchtelt mit den Armen in der Luft, nicht unähnlich Mussolini bei seinen Ansprachen vom Balkon.

Überall singen Vögel, Goldregenpfeifer hüpfen an Gräben entlang und Himmelsziegen stürzen sich mit dem charakteristischen Meckern vom Himmel. Aus der Ferne weht ein schwaches Rauschen heran wie von einem leise gestellten Radio, das leise Plätschern der Wellen vom Meer. In unregelmäßigen Abständen rollt auf der Straße ein Auto vorbei. Fliegen surren durch die Luft.

Óskar hat den Hof erreicht. Er bleibt in der Mitte stehen, blickt nach links und nach rechts und schüttelt den Kopf. Er betrachtet den Schauplatz der gestrigen Ereignisse und sieht sie, seinem finsteren Gesicht nach zu urteilen, noch einmal vor sich. Der Hund schnuppert an der Stelle auf dem Boden, wo der Stier geschlachtet wurde. Óskar bohrt mit den Gummistiefeln in der Spur, die entstand, als sie den Stier zum Stall schleiften. Er wirft einen Blick auf die geschlossene Tür der Milchkammer, schüttelt abermals den Kopf und setzt sich wieder in Bewegung. Über den Hofplatz geht er zu dem Wiesenstück, auf dem er mit dem Stier gespielt hat, seinem besten Freund.

Der Hund folgt ihm und legt sich hechelnd ins Gras. Óskar wandert kreuz und quer über die Wiese, spricht mit sich selbst und zuckt die Schultern, als würde er seine eigenen Fragen beantworten. Er bleibt stehen und blickt um sich. Nirgends eine Bewegung zu sehen. Er geht weiter, steigt über den Zaun und verschwindet hinter der Scheune. Hinter dem Hof erstrecken sich Heideland und kahle Schotterflächen. Als Óskar wieder ins Sichtfeld kommt, ist er schon ein gutes Stück vom Hof entfernt. Er folgt einem kleinen Bachlauf und setzt sich bei einer tieferen Stelle auf einen

Stein, unterhalb eines Felsens, der das Gewässer beschattet. Óskar sitzt lange auf dem Stein und führt Selbstgespräche. Manchmal streckt er sich nach dem Felsen, als täte er dort etwas Bestimmtes.

Legt er dort etwas ab?

Oder greift er nach etwas?

Rikki lässt das Fernglas sinken, schließt einen Moment die Augen und wischt sich Schweiß von der Stirn. Die Hofgebäude sind auf einmal nicht größer als Schuhkartons und Óskar sieht in seinem gelben Cheerios-T-Shirt auf dem Stein aus wie ein Kanarienvogel. Rikki knackt mit den Halswirbeln, dann hebt er das Fernglas wieder an die Augen, ändert den Blickwinkel und stellt das Glas scharf. Er betrachtet die Rückseite des Wellblechschuppens, so alt und verwittert, dass er mit seiner Umgebung verschmilzt und so gut wie unsichtbar ist.

Rikki schwenkt das Glas weiter. Erst sieht er nichts als Schotter und Gestrüpp, dann kommt Óskar ins Blickfeld. Er sitzt zusammengekrümmt auf seinem Stein, und sein ganzer Körper bebt von heftigem Weinen. Rikki legt das Fernglas weg. Er setzt sich im Gras auf, schüttelt eine Zigarette heraus und zündet sie an.

Die Sonne steht noch hoch am Himmel.

Tick. Tack.

Der weiße *Chrysler* hält vor dem Einfamilienhaus. Die Klone steigen aus und strecken sich seufzend. Eine lange Nacht geht zu Ende. Sie gähnen und blinzeln in die Sonne. Ein abgedunkeltes Zimmer, ein warmes Bett und der ersehnte Schlaf warten auf sie.

Kolbeinn öffnet den Kofferraum. Egill und Svenni stehen rechts und links neben ihm. Verstohlen sehen sie sich um, bevor jeder seine Sporttasche aus dem Kofferraum hebt. Die Taschen enthalten Geld, Drogen und Waffen.

Die Kofferraumklappe wird zugeknallt. Sie gehen ins Haus, lassen die Taschen fallen und schleudern die Schuhe von den Füßen.

»Hallo?«

Keine Antwort.

Kolbeinn geht in die Küche, öffnet den Kühlschrank und holt drei Dosen Bier heraus. Svenni sieht sich im abgedunkelten Wohnzimmer um und Egill geht in den dunklen Schlaftrakt.

»Anton?«

»Ein Bier?«, fragt Kolbeinn und reicht Svenni eine Dose.

»Danke.«

»Kommt her, schnell!«, ruft Egill. Kolbeinn und Svenni stellen die Dosen ab und stürmen ins Schlafzimmer. Anton liegt leichenblass auf dem Bett, Egill steht über ihn gebeugt.

»Was ist hier los?«, fragt Svenni.

»Der ist total abgeschossen.« Egill versetzt Anton eine Backpfeife. Der gibt nur einen dumpfen Laut von sich und rührt sich kaum.

»Seht mal!« Kolbeinn deutet auf den Kleiderschrank, der ebenso offen steht wie der Tresor darin.

»Fuck!«

»Wo ist Hanna?«

»Gute Frage.«

»Die verfluchte Schlampe!«

»Los, helft mir!«, sagt Egill. »Wir müssen ihn wach kriegen. Ab unter die kalte Brause.«

Sie zerren Anton aus dem Bett. Egill und Svenni packen ihn unter den Armen, Kolbeinn nimmt die Beine, und so schleppen sie ihn ins Badezimmer.

»Shit, ist der schwer!«, beschwert sich Svenni.

»Hundertzwanzig«, knurrt Kolbeinn.

Egill langt in die Duschkabine und dreht das kalte Wasser auf, dann hieven sie Anton mit vereinten Kräften hoch und stellen ihn unter die Dusche. Das kalte Wasser prasselt auf den Bandenchef nieder. Er schnappt nach Luft, flackert mit den Augen und versucht, dem Strahl zu entkommen.

»Haltet ihn fest«, kommandiert Egill. »Lasst ihn nicht raus, bevor er zu sich gekommen ist.«

Anton knurrt und brummt wie ein Tier.

»Noch ein bisschen länger«, sagt Egill.

»Ja, aber …« Weiter kommt Kolbeinn nicht. Anton stößt einen tierischen Schrei aus, dann fliegt die Duschkabine auseinander, Glasscherben, verbogene Metallstreben und Wasser verteilen sich auf dem Boden.

»Okay, das reicht.« Egill stellt das Wasser ab. Kolbeinn und Svenni springen zur Seite.

»Wer …? Scheiße noch mal!«, brüllt Anton. Er schüttelt sich wie ein Hund, schnaubt vor Wut und blickt mit aufgerissenen Augen um sich, ohne etwas zu erkennen.

»Ganz ruhig, wir sind's«, sagt Kolbeinn.

»Ganz ruhig«, wiederholt Svenni.

»Ruhig …?«, grölt Anton. Nass und kalt dreht er sich im Kreis. Er schwankt und sieht alles verschwommen.

»Irgendwas musst du genommen haben«, stellt Egill fest. »Du warst komplett weggetreten.«

»Was?« Antons Augen flackern. Er versucht zu begreifen, klar zu denken.

»Hanna ist nicht da«, sagt Egill. »Und der Safe steht offen.«

»Was?« Antons Augen sprühen Funken. Der Großteil des Schlafmittels, das er noch im Blut hat, verbrennt im

Adrenalinfeuer. Wie auf ein Fingerschnippen wird er wach und erlangt seine Kräfte fast vollständig zurück, sodass er wieder klar sehen kann.

Er stürmt ins Schlafzimmer, bleibt abrupt stehen und starrt den offenen Safe an.

»Fehlt etwas?«, fragt Egill.

»Ja, der schwarze Stoffbeutel«, knurrt Anton durch die zusammengebissenen Zähne. »Der Beutel mit den Diamanten.«

»Glaubst du …?«

Anton nickt. »Das war Hanna. Dieses Miststück!«

Er hat noch nicht zu Ende gesprochen, als im Wohnzimmer ein bekannter Klingelton einsetzt.

»Das ist ihr Handy!« Anton rennt los, die Klone folgen ihm auf den Fersen.

Das Display des Handys auf dem Sofatisch leuchtet auf. Das Klingeln wird stufenweise lauter – ein altmodischer Klingelton, eindringlich und schrill wie ein altes Tischtelefon.

»Ich werd' verrückt!« Anton nimmt das Handy und zeigt es den Klonen. Auf dem Display blinkt eine Festnetznummer und der Name des Anrufers: Rikki.

»Willst du mich verarschen?«, fragt Kolbeinn.

»Der wird sich in die Hose machen, wenn er meine Stimme hört, der Bastard«, stößt Anton hämisch aus und will das Gespräch annehmen.

»Nein«, ruft Egill. »Nicht rangehen!«

»Warum nicht?«, fragt Anton mit wütender Miene. »Ich will, dass er weiß, dass ich weiß. Ich will, dass er sich windet bei dem Gedanken an die unsäglichen Qualen, die ihm bevorstehen.«

Egill schüttelt den Kopf. »Dann kann er noch abhauen. Das wollen wir doch nicht. Lass das Handy einfach klingeln. Wir fahren los und schnappen ihn uns, okay?«

Anton knurrt so wütend, dass seine Stimme bebt. »Na gut, dann so.«

Er starrt das Handy an. Das Klingeln hört auf, das Display wird dunkel. *Missed call.*

»Also los!«, bellt Anton.

»Nein, wir fahren, du wartest hier«, sagt Egill.

»Warum sollte ich hier bleiben?«, schnaubt Anton ungehalten.

Egill bleibt gelassen. »Ganz einfach weil du im Moment noch nicht zu größeren Aktionen imstande bist.«

»Ach, bin ich das nicht? Ich werde …« Anton bricht ab, krümmt sich und übergibt sich auf den Boden. Das Erbrochene ist rot mit weißen Krümeln: Bloody Mary mit zerstoßenen Schlaftabletten.

»Wir bringen ihn dir«, sagt Egill. »Dann übernimmst du. Okay?«

Anton, schweißgebadet und mit Fäden von Erbrochenem am Kinn, wankt und krümmt sich. Er ist immer noch ziemlich durcheinander. »Okay.«

»Gut. Lasst uns gehen!«

Die Klone rennen los, in Kampfstimmung und zu allem bereit.

»Jungs!«, ruft Anton ihnen nach, und sie bleiben stehen. »Wenn ihr Hanna findet …« Anton zittert und kann kaum die Augen offen halten.

»Ja?«

»… dann passiert ihr nichts, klar?!«

Tick. Tack.

Rikki schlägt einen Halbkreis um den Hof. Er tritt nur auf Grasbüschel und große Steine und erreicht den Stall, ohne das leiseste Geräusch zu verursachen.

Er schleicht am Kuhstall entlang und bleibt vor der Tür in dem großen Schiebetor stehen. Er betätigt die Klinke, es knirscht in den Angeln. Die Tür ist nicht abgeschlossen und öffnet nach außen. Rikki steigt über die hohe Schwelle und schließt die Tür hinter sich.

Kling! Etwas scheppert auf den Boden, ihm läuft es kalt den Rücken runter, ihm stockt das Herz.

Was war das?

Rikki schaltet die Taschenlampe ein und leuchtet auf den Zementfußboden. Er entdeckt die innere Türklinke samt dem vierkantigen Dorn. Er leuchtet auf die Tür und schiebt den Metalldorn in das viereckige Loch im Türschloss.

Im Dunkel hinter ihm brummt eine Kuh.

Rikki fährt herum und leuchtet die Umgebung ab, direkt vor ihm liegt der Stall. In der Mitte erstreckt sich ein langer Futtergang mit Boxen zu beiden Seiten. Darin liegen schlafende Kühe, bis auf die eine, die gemuht hat.

Auf der einen Seite liegt der Eingang zur Milchkammer, auf der anderen befinden sich zwei weitere Türen, eine große und eine kleinere. Die große Tür führt in die Scheune, einen großen, viereckigen Raum, der so gut wie leer ist. Neben der Scheunentür hängt an einem Stück Schnur ein Radio. Hinter der kleinen Tür liegt die Futterkammer. Rikki leuchtet hinein. Ratten huschen kreuz und quer über den Boden in ihre Verstecke. An den Wänden aufgereiht stehen Fässer mit Fischmehl und Kraftfutter sowie Salzsteine, an der Wand hängt Arbeitskleidung. Eine einzelne Tonne ohne Deckel steht in der Mitte. Bis über die Öffnung ragt von einem Bord an der Wand eine schmale Holzleiste. Genau über der offenen Tonne ist ein Nagel durch die Leiste geschlagen. Die Spitze des Nagels weist nach oben, ein kleines, hartes Stück Käse ist daraufgespießt. Aus der Unterseite der Leiste ragt das Ende des Nagels.

Rikki leuchtet in die Tonne. Sie ist zur Hälfte mit Wasser gefüllt und darin treiben ein paar tote Ratten. Eine von ihnen lebt noch, liegt aber in den letzten Zügen.

Die Tonne ist eine Falle. Die Ratten wittern den Käse, balancieren über die Leiste, verlieren das Gleichgewicht und fallen ins Wasser, wo sie so lange im Kreis schwimmen, bis sie ertrinken. Wenn eine Ratte abgestürzt ist, schnellt die Leiste wieder in ihre Ausgangslage.

Es knackt im Dach.

Rikki zuckt zusammen und lässt beinahe die Taschenlampe fallen. Er flucht im Stillen und steckt sich erst einmal eine Zigarette an, um die Nerven zu beruhigen. Seine Finger zittern. Die Glut knistert. Er inhaliert, behält den Rauch einen Moment in der Lunge und stößt ihn dann durch die Nase aus.

Er öffnet die Tür zur Milchkammer. Der schwere und unangenehme Geruch von geronnenem Blut und rohem Fleisch schlägt ihm entgegen. Der Rumpf des Bullen hängt noch an der Kette, rosarot mit weißen Streifen. Unter dem Halsstumpf hängt ein schwarzer Tropfen, eine Art Eiszapfen aus Blut.

Rikki schiebt sich an dem massigen Tierkadaver vorbei. Sein Rücken streift den kalten Milchtank. Unter dem Tank summt eine elektrische Pumpe. Die Milch wird in Bewegung gehalten, damit sich keine Haut bildet. Er geht zur hinteren Wand und späht durch das kleine Fenster, kann aber nichts erkennen. Er öffnet die Tür und leuchtet in die Kammer. Ein Schreibtisch, ein Stuhl, ein Regal mit Ordnern und schwarzen Büchern. Er tastet die Wand ab, findet einen Schalter und betätigt ihn. Über dem Schreibtisch leuchtet eine nackte Glühbirne auf. Er schaltet die Taschenlampe aus, tritt ein und lehnt die Tür hinter sich an.

Das Büro des Bauern ist klein und karg, ein länglicher

Raum mit einem Schreibtisch an einem Ende und einer Liege am anderen. Das Fenster befindet sich auf der Seite des Schreibtischs, die Scheibe ist schmutzig, rechts und links hängen grobe Gardinen an einer Stange. Auf dem Tisch liegt ein aufgeschlagenes Buch. Die Seiten sind in Tabellenform unterteilt. Links ist eine Spalte mit dem Datum, daneben stehen Zahlen und irgendwelche Werte, vermutlich Angaben zur Milchleistung und der Qualität der Milch. Die schwarzen Bücher im Regal enthalten ähnliche Angaben und in den Ordnern sind Quittungen über Kraftfutter, Ersatzteile und dergleichen.

Der Schreibtisch hat ein paar Schubladen. Darin liegen Kugelschreiber und Bleistifte, ein Taschenrechner, ein Locher und ein paar noch unbenutzte Notizbücher. Unter ihnen versteckt liegen einige dänische Pornoheftchen, alt und abgegriffen. Der Inhalt ist, gelinde gesagt, äußerst grob: Analverkehr, Gang Bangs, Leder, Sadomaso, Golden Shower und Kaviar und Sex mit Jugendlichen. Offenbar illegales Zeug, keine Massenprodukte wie *Rapport* oder *Hustler*. Wie sie in eine Schublade auf einem Bauernhof in einem entlegenen isländischen Fjord gelangen konnten, ist einigermaßen schleierhaft.

»Perverses Schwein«, knurrt Rikki und wirft die schmuddeligen Hefte zurück.

Er nimmt die Schubladen vollständig heraus und untersucht sie gründlich, er blättert jedes Buch und jeden Ordner durch und zieht am Ende den Schreibtisch von der Wand ab und schaut dahinter nach.

Nichts.

Er richtet alles wieder so her, wie es vorher war. Dabei stellt er fest, dass der Raum von innen verschlossen werden kann: Oben an der Tür ist ein Eisenriegel, der sich in eine Hülse am Türrahmen schieben lässt.

Warum wurde er nicht außen angebracht?

An der Tür hängt ein Kalender aus dem Jahr 1982. Auf dem vergilbten Foto lächelt das Oktobergirl verführerisch in die Kamera, blond und nackt bis auf die Cowboystiefel. Die Brustwarzen stehen steif von den großen Brüsten ab, zwischen den langen Beinen wächst ein tadellos gepflegter Busch. Rikki blättert den Kalender durch, alle Bilder sind von derselben Machart, nackte Variationen des immer gleichen Motivs – geradezu unschuldiger Kinderkram im Vergleich zu dem harten Dreck in den dänischen Magazinen.

Rikki schaut auf und lässt den Blick die Wände entlangwandern, dann richtet sich seine Aufmerksamkeit auf die alte Liege am anderen Ende des Raums. Sie ist mit einem grün melierten Bezug versehen und hat eckige Füße aus Teakholz. Ein dünnes Kissen und eine zusammengefaltete Decke liegen darauf. Die Wand am Kopfende über dem Kissen ist speckig, und genau gegenüber hängt das Foto, von dem Óskar gesprochen hat, eine vergrößerte Aufnahme des Zuchtstiers Uxi von Uxavellir in seiner ganzen Pracht. Das schwarze Fell glänzt, die Hörner sind schön geformt und zugleich Furcht einflößend. Das mächtige Tier ist kompakt wie ein Fels aus lebendigem Fleisch, aus dem geschlossenen Maul hängt ein dünner Geiferfaden, der Blick ist leer. Das Foto ist recht groß und steckt in einem schwarzen Rahmen hinter mattem Glas.

Rikki legt sich auf die Liege, lässt den Kopf auf das Kissen sinken und verschränkt die Hände auf dem Bauch. Die recht harte Liege ist kurz und quietscht. Das Foto von Uxi hängt vor ihm wie ein Fernseher in einem Hotelzimmer.

Was für ein Kult um ein einzelnes Tier!

Rikki dreht den Kopf und schaut aus diesem Blickwinkel unter den Schreibtisch. Da ist nichts. Er wälzt sich halb auf der Liege vor und sieht darunter nach. Staub und Flusen, drei verkorkte Flaschen. Er langt nach den Flaschen.

Zwei sind leer, die dritte ist noch zur Hälfte mit Selbstgebranntem gefüllt. Er nimmt einen Probeschluck; das Zeug ist stark, hat aber einen üblen Beigeschmack, als ob man Wodka mit Nähmaschinenöl versetzt hätte. Er verzieht das Gesicht und würgt, korkt die Flasche zu und schiebt alle drei wieder unter die Liege.

Rikki geht den Bach entlang, denselben Weg, den Óskar am Vortag genommen hat. Sicherheitshalber hat er die Taschenlampe ausgeschaltet. Es ist nicht ganz dunkel und die Augen gewöhnen sich schnell an das Zwielicht. Es dauert nicht mehr lange, bis die Sonne aufgehen und der Himmel die rote Färbung einer vorzeitigen Dämmerung annehmen wird. Für jemanden, der das Dunkel liebt wie Rikki, ist der arktische Sommer etwas ganz und gar Abscheuliches. Er lauscht dem freundlichen Plätschern des Baches, tritt vorsichtig auf und achtet darauf, sich nicht die Zehen an Wiesenhöckern oder Steinen zu stoßen. Er schüttelt sich, hat noch immer den grässlichen Geschmack des Fusels im Mund.

Der Hof ist nun außer Sicht. Rikki schaltet die Taschenlampe ein und sucht nach dem Felsen, bei dem Óskar gesessen hat. Nach einigen Minuten sieht er die tiefe Stelle, und dann trifft sein Lichtstrahl auf einen dunklen Haufen, den er zunächst nicht identifizieren kann.

Der längliche Haufen scheint behaart zu sein. Rikki geht näher und beugt sich hinab. Ein wohlbekannter beißender Geruch steigt ihm entgegen. Im selben Moment erblickt er den Schwanz. Es ist das Fell des Bullen, widerlich und blutverschmiert. Óskar hat es aus irgendeinem Grund hierhergezerrt. Es liegt auf einem Stapel von Stöcken, durch den Rand wurden Löcher gebohrt und durch die Löcher ein Nylonseil gezogen. An vier Stellen wölbt sich das Fell nach oben, dort wo die Beine untergesteckt worden sind.

Ein Freak, dieser Junge! Rikki schüttelt den Kopf, dann fällt sein Blick auf den Kopf des Bullen. Die Augen sind entfernt worden, die kohlschwarze Haut wurde eingeschnitten und an einigen Stellen vom Schädel abgezogen. Die Augenhöhlen starren in das nächtliche Dunkel, und wo die Haut lose herabhängt, heben sich große Zähne und der blutige Schädelknochen hell ab.

Es ist echt ekelhaft! Rikki schüttelt sich und geht weiter. Er schwenkt den Lichtkegel mehr nach links und erkennt den Felsen, nach dem er gesucht hat. Er ist größer, als er ihm im Fernglas vorkam; wahrscheinlich weil das Riesenbaby Óskar Jónatansson daneben gehockt hat.

Rikki pirscht sich an den Felsen heran und traut seinen Augen kaum. Der Fels, offensichtlich ein Lavabrocken, besteht aus lauter Spalten, Höhlen, kleinen Simsen und Vorsprüngen, und in jeder Vertiefung und auf jedem Absatz steht ein kleines Objekt, angefangen von Knochen, hübschen Steinen und Muscheln bis zu kleinen Spielzeugfiguren, Modeschmuck und scheinbar wertvollen Dingen – der tiefdunkle Stein ist ein riesiger Setzkasten.

Hier muss es sein!

Rikki ist ganz aufgeregt. Er legt die Taschenlampe so ab, dass sie den Felsen beleuchtet, und beginnt, systematisch jeden Winkel und jedes einzelne Objekt zu untersuchen.

Knochen, Kleintierschädel, grüne, durchsichtige und rötliche Steine, Muscheln und schwarze Uferkiesel, Lego-Figuren, der Kopf einer Barbiepuppe, Playmo-Spielzeug, jeder erdenkliche Kleinkram aus Plastik, Blech und Holz, einzelne Ohrringe, alte Münzen, Messingringe, billige Halsketten und Armbänder mit unechten Steinen – eine unendliche Ansammlung von Mist und Müll und nichts von echtem Wert! Erst stellt Rikki die Dinge wieder an ihren angestammten Platz zurück, doch irgendwann verliert er die

Geduld und wirft sie achtlos in die Gegend. Er fällt über den Felsen her und leert ihn aus, Mulde für Mulde, Spalte für Spalte, bis nichts mehr übrig ist als schwarzer Fels.

Nichts.

»Schwachsinniger Idiot!« Rikki hebt die Taschenlampe auf und würde sie am liebsten gegen den Felsen schmeißen. Aber er kann sich gerade noch beherrschen, holt einmal tief Luft, flucht leise und schaut enttäuscht und wütend zum Himmel auf.

Im Osten nimmt das Morgenrot zu. Die Dunkelheit löst sich auf, es wird rasch hell, und Rikki muss irgendwo unterkriechen, bevor ihn jemand sieht.

Tick. Tack.

Hanna läuft auf dem Rasenstreifen den Stekkjarbakki entlang Richtung Reykjanesbraut, die Breiðholt von Fossvogur trennt. Im Osten steigt die Sonne auf, verwandelt die Nacht in lange Schatten und vertreibt die Dunkelheit. Der Morgen ist kühl, still und leer, ein ganzer Kosmos voll Gähnen und unausgeschlafener Augen. Die Bewohner der Stadt sind Wiedergänger, sie essen Toastbrot, schalten das Radio ein und schleppen sich aus reiner Gewohnheit weiter, sie steigen ins Auto, legen die Hände aufs Lenkrad, stieren in den Tag, mehr können sie nicht. Sie fahren an Hanna vorbei, die rennt und rennt. Ihr brennt der Hals, die Füße tun ihr weh, die Muskeln zittern, sie schwitzt.

Sie hat die Reykjanesbraut erreicht und folgt ihr etwas langsamer nach Norden, zu erschöpft, um weiter zu rennen. Drei Fahrspuren in jeder Richtung, Autos aus den Vorstadtvierteln rasen Richtung Zentrum, sie hört das Singen der Reifen, Windböen fegen ihr ins Gesicht, Abgase und Staub wirbeln umher.

Ihr Herz rast, die Lunge brennt, der Speichel fließt – Blutgeschmack auf der Zunge.

Hanna kann nicht mehr. Sie geht jetzt am Straßenrand rückwärts und streckt den Daumen raus. Irgendwer muss anhalten, sie braucht einen Lift, die Njálsgata liegt auf einem anderen Planeten, dort, wo der Himmel noch nicht lodert.

Ein Taxi kommt, das Taxischild leuchtet!

Sie hüpft und winkt. Der Fahrer setzt den Blinker, wechselt den Fahrstreifen und kommt heran. Er fährt an ihr vorbei, bremst jedoch ab und hält auf dem Seitenstreifen.

Ja!

Hanna läuft los, betonschwere Füße, die Lungenflügel leere Bälge. Sie reißt die hintere Wagentür auf und lässt sich auf die Rückbank fallen.

»Ich darf hier eigentlich nicht anhalten«, sagt der Fahrer.

Hanna hechelt wie ein Hund. Sie streicht sich eine schweißnasse Strähne aus dem roten Gesicht. »Njálsgata!«

»Njálsgata, sagt sie«, brummt der Taxifahrer. Er blinkt links, schaut in den Seitenspiegel und wartet auf eine Lücke in dem dichten Verkehr.

»Mach schnell!«, sagt Hanna. »Ich hab's eilig.«

»Nur keine Hektik, gute Frau.« Der Wagen setzt sich in Bewegung. »Der morgendliche Verkehr ist nun mal, wie er ist. Ich bringe dich an dein Ziel, so schnell ich kann.«

Hanna lehnt sich zurück, atmet tief durch und versucht, sich zu entspannen.

Der Schweiß läuft in Strömen an ihr herab, ihre Hände zittern und ihre Augenlider flattern. Der Chauffeur blickt in den Rückspiegel und mustert sie kurz. Sie presst die Lippen zusammen und sieht weg.

Ob er sie für einen Junkie hält? Oder fürchtet er, dass sie

kein Geld hat? Will er sich einen blasen lassen? Oder will er mit Sex bezahlt werden?

Widerling!

Sie schaut aus dem Seitenfenster auf die anderen Autos, auf all die Idioten, die auf dem Weg zu ihren idiotischen Jobs sind. Menschen, die überhaupt kein Leben haben und gleichzeitig keine Ahnung, wie gut es ihnen geht in ihrer geistlosen und vorhersehbaren Durchschnittsexistenz.

Der Fahrer nimmt die Ausfahrt auf die Miklabraut, sie fahren nach Westen, die Innenstadt kommt langsam näher.

»Welche Hausnummer in der Njálsgata?« Der Fahrer betrachtet sie im Rückspiegel. Seine Augen sind schleimige Insekten, die sich wie Zellen teilen, sich in Windeseile vermehren und überall auf ihr herumkrabbeln, in ihre Haare, in die Ärmel, in den Halsausschnitt und über ihre Brüste, in die Unterhose, um die Klitoris in die Scheide.

Hanna verzieht das Gesicht und überkreuzt die Beine. »Einunddreißig, glaube ich, bin nicht ganz sicher.«

Der Fahrer glotzt in den Spiegel, zieht sie mit den Augen aus, vergewaltigt sie mit seinen geilen Blicken. »Zwischen Klapparstígur und Frakkastígur?«

Zwischen ihren Beinen?

»Ja.«

Der Fahrer konzentriert sich wieder auf den Verkehr.

Hanna runzelt die Stirn, überlegt. Nein, sie war zu schnell. Die Kellerwohnung liegt zwischen Frakkastígur und Vitastígur. Aber das macht nichts. Sie will jedenfalls keine weitere Unterhaltung mit diesem Fahrer.

Der Verkehr kriecht dahin.

Sie knabbert an den Fingernägeln. Hauptsache, Rikki ist zu Hause. Wenn er nur nicht irgendwo unterwegs ist. Sie hat ihr Handy nicht, und wenn sie ihn nicht gleich antrifft, hat sie ein Problem.

Er muss einfach da sein!

Der Taxifahrer fährt die Njarðargata hinauf, oben auf dem Hügel taucht die Hallgrímskirkja auf. Dann biegt er in den Skólavörðustígur ab, anstatt geradeaus den Frakkastígur hinunterzufahren, weil sie nicht die richtige Angabe gemacht hat.

Fuck!

Er rollt auf die Kreuzung Klapparstígur zu, er blinkt, biegt rechts ab und dann noch einmal nach rechts in die Njálsgata.

»Dann sind wir so gut wie da, richtig?« Er schaut in den Spiegel – Augen wie klaffende Münder.

Hanna räuspert sich. »Eigentlich ja, aber ich habe mich vertan. Es ist ein Stückchen weiter, näher am Vitastígur.«

»Kein Problem, meine Liebe. Macht fast keinen Unterschied.«

Sie nickt. »Stimmt.«

Ihr Herz beginnt zu klopfen.

Sie holt tief Luft, kneift die Augen zu und kreuzt die Finger: Sei zu Hause, sei zu Hause, sei …

»Was zum Donner …!« Der Fahrer tritt an der Kreuzung zum Frakkastígur plötzlich voll auf die Bremse.

Hanna fliegt nach vorn, sie fängt sich am Vordersitz ab und reißt die Augen auf.

In rasender Fahrt kommt ein weißer Wagen den Frakkastígur herabgeschossen und nimmt ihnen die Vorfahrt. Er bremst abrupt und biegt, ohne zu blinken, mit kreischenden Reifen in die Njálsgata ein.

»So ein Arschloch!« Der Taxifahrer hupt, fährt wieder an und folgt dem weißen Wagen.

Hanna wird blass.

Das weiße Auto ist ein *Chrysler 300*.

»Bist du nicht angeschnallt?«, fragt der Fahrer. Seine Augen tauchen wieder im Spiegel auf. Sie lehnt sich zurück und starrt durch die Frontscheibe.

Der *Chrysler* hält auf der rechten Straßenseite an. Drei Männer springen heraus – drei Klone in Tarnhosen und Muskelshirts. Kolbeinn und Egill schwingen Baseballschläger, Svenni hält eine Dose Pfefferspray in der einen Hand und einen Schlagstock mit Elektroschocker in der anderen. Sie blicken um sich, mit zusammengekniffenen Augen und kahl rasiert, dann laufen sie über die Straße, passieren einen schmalen Durchgang zwischen zwei Häusern und erreichen den Keller, in dem Rikki wohnt.

Hanna schnürt es die Kehle zu. Nein!

»Was ist da los?«, murmelt der Taxifahrer.

»Fahr einfach weiter«, sagt Hanna mit zittriger Stimme.

»Ist es denn nicht hier irgendwo?« Der Fahrer mustert die Hausnummern zu beiden Seiten.

»Weiter«, flüstert Hanna heiser. »Fahr weiter! Ich steige hier nicht aus.«

»Ach?« Die Augen im Spiegel, verwundert, misstrauisch. »Wohin willst du dann?«

»Weiter.«

»Weiter?«, fragt er verwundert und klappert mit den Augenlidern.

»Fahr einfach weiter!«, sagt Hanna aufgeregt. Sie hat solche Angst, dass sie nicht klar denken kann. Sie ist so durcheinander, dass ihr schwindlig wird.

»Schon gut, nur ruhig.« Der Fahrer fährt die Straße entlang. »Ich muss aber wissen, wohin ich fahren soll.«

Hanna schluckt, sie kratzt sich am Kopf. »Ich weiß es nicht. Irgendwohin.«

»Irgendwohin?«

»Lass mich doch mal nachdenken, Mann!« Hanna regt

sich auf, damit sie nicht zu heulen anfängt. Nicht heulen, bloß nicht heulen!

»Das ist ja vielleicht ein Theater«, knurrt der Fahrer. Er blinkt nach links und biegt in den Barónsstígur.

Was soll sie machen? Wo soll sie hin? Hanna kramt in den Taschen ihres Kapuzenpullis. Sie findet ein Haargummi, Lipgloss, zwei Hundertermünzen und ein halbes Päckchen Kaugummi.

In der Hosentasche ist ein Säckchen mit Diamanten, sonst nichts.

»Hast du dich entschieden, Schätzchen?«

Hanna guckt auf den Taxameter: 3700.

Was soll sie tun?

»Ich kann ja nicht im Kreis fahren«, sagt der Fahrer aufgebracht.

Sie wird ihn einfach abschütteln; das ist es, was sie tun wird. Sie lässt ihn anhalten und – puff – wird sie verduften.

»Bring mich zu einem Geldautomaten. Schaffst du das?«, fragt Hanna bissig. »Oder ist das zu kompliziert für dich?«

»Hast du kein Geld, oder was?«

»Ich besorge mir Geld am Automaten«, sagt sie kühl.

Der Fahrer blinkt und fährt an den Straßenrand. »Ich nehme auch Karten. Steigst du hier aus, oder ...?«

»Ich habe dich doch gebeten, mich zu einem Geldautomaten zu fahren.«

Der Fahrer schüttelt den Kopf. »Du kannst mir nicht sagen, wo du hinwillst, und das bedeutet, dass ich dich nicht weiterfahren werde. Wenn du eine Kreditkarte hast, akzeptiere ich sie gern. Doch wenn du für die Fahrt nicht bezahlen kannst, muss ich leider die Polizei rufen.«

»Und wenn ich dir einen runterhole?«

»Was?« Die Augen tauchen im Spiegel auf, verwirrt, geil, dumm.

»Soll ich dir einen blasen?« Hanna beugt sich vor. »Du findest mich ganz hübsch, richtig? Ich bin völlig verschwitzt und gestresst, habe kein Geld, stehe womöglich unter Drogen – ein Mädel in Schwierigkeiten, du verstehst schon.«

Der Fahrer stöhnt. »Du hast kein Geld für die Fuhre?«

Hanna streicht ihm mit der Fingerspitze über den Nacken, von der empfindlichen Stelle hinter dem fleischigen Ohr den haarigen Nacken hinab. »Du würdest mir helfen, mir einfach einen Gefallen tun, verstehst du? Du hältst mir die Polizei vom Hals, ich erweise mich dankbar, würde dich einmal ranlassen. Und erzähl mir jetzt nicht, du hättest keinen Bock.«

»Aber …« Der Fahrer atmet schneller.

»Aber was?« Hanna haucht ihm ins Ohr. »Ich bin bloß ein Flittchen, richtig? Ich tu so was jeden Tag, das ist doch offensichtlich. Warum solltest du die Gelegenheit nicht nutzen? Ich bin jung genug, um deine Tochter zu sein, aber das macht nichts. Oder es macht dich sogar noch kribbeliger, ich weiß es nicht.«

Er sperrt die blutunterlaufenen Augen auf.

Sie rückt noch näher. »Dieses geile kleine Luder will, dass du es ihm besorgst. Und du willst es haben, mach mir nichts vor! Du bist total scharf auf so eine kleine Abwechslung, willst mal was erleben. Und außerdem bettelt die Kleine dich die ganze Zeit geradezu an, nicht wahr? Sie ist ganz wuschig, sie ist durcheinander und hat Angst. Richtig oder falsch?«

Der Fahrer zögert, dann nickt er.

»Falsch«, zischt Hanna, wirft sich nach vorn und beißt ihn so fest ins Ohr, dass ihr sein Blut in den Mund und auf die Wange spritzt.

»Ahhh!« Der Fahrer stößt einen Schmerzensschrei aus und versucht, sich loszureißen.

»Du Ekel!« Hanna spuckt ein Stück Ohr aus und wischt sich über den Mund, ehe sie die Tür öffnet und wegrennt.

Der Fahrer brüllt und wirft sich im Sitz vor und zurück. Er hält sich mit der Rechten das blutende Ohr und haut mit der anderen auf die Hupe. Das laute Hupen übertönt sein Schreien, der Wagen wackelt und die Windschutzscheibe beschlägt.

Hanna rennt zur Grettisgata, biegt in den Vitastígur und läuft über den Laugavegur zur Hverfisgata hinunter.

Sie läuft und läuft, ohne sich umzudrehen oder eine Ahnung zu haben, wohin sie laufen soll.

Rikki geht barfuß in der Kellerwohnung auf und ab, er raucht eine Zigarette nach der anderen und wirft ab und zu einen Blick auf sein Handy. Das Haar steht ihm wirr vom Kopf ab, er trägt eine fleckige Trainingshose, sonst nichts. Es ist zehn Minuten her, dass er versucht hat, Hanna zu erreichen. Warum ruft sie nicht zurück?

Er hatte ihren Anruf nicht mitbekommen, weil er sich mit Kopfhörern auf *YouTube* einen Dokumentarfilm über die *Navy SEALs* ansah. Erst als er zur Toilette ging, bemerkte er ihre Nachricht: *Ruf an!*

Er rief gleich zurück. Sie ging nicht dran. Was ist bloß los? Sind sie in Gefahr? Hat Anton vielleicht alles herausbekommen?

Wie denn?

Rikki drückt die Zigarette im übervollen Aschenbecher aus, guckt wieder und wieder auf das Handydisplay. Es ist acht Uhr morgens. In vierundzwanzig Stunden werden sie schon in der Luft sein – wenn alles glattgeht. Die Maschine erreicht ihre Reiseflughöhe, das Dröhnen der Triebwerke lässt um einige Dezibel nach und das Bitte-anschnallen-Zeichen erlischt. Ding!

Es sei denn …

Rikki tigert durch die Wohnung wie ein Raubtier im Käfig. Er zündet sich die vierte Zigarette innerhalb einer Viertelstunde an. Auf dem Küchentisch liegen ihre Pässe, die Tickets und das Reisegeld in einem Umschlag: fünftausend Euro. Alles bereit, aufgereiht wie die Karten einer Patience.

Die Wohnung ist verqualmt, kein Sauerstoff. Die Gardinen sind zugezogen, wie immer. Die Wände drohen ihn zu erdrücken, draußen erwacht die Stadt. Die Sonne steht am Himmel, vereinzelt unterbrechen zuschlagende Türen die Stille, Autos werden angelassen und Fußgänger eilen den Bürgersteig entlang.

Rikki setzt sich aufs Sofa, steht sofort wieder auf und läuft weiter herum, so beunruhigt, dass er den Verstand verlieren könnte. Er guckt aufs Handy, zieht an der Zigarette und bläst den Rauch von sich.

An der Ecke zum Frakkastígur quietschen Reifen. Jemand hupt ungehalten.

Rikki bleibt stehen, horcht.

Ein starker Fahrzeugmotor heult bedrohlich auf und kommt rasch näher, dann kreischen Bremsen unmittelbar vor seinem Fenster.

Nein. Nicht das, nicht jetzt, please! Rikki lässt die Zigarette auf den Boden fallen und tritt sie aus.

Wagentüren werden zugeknallt.

Rikki springt zum Fenster, zieht den Vorhang auf und schaut nach draußen. Seine Nackenhaare stellen sich auf. Der weiße *Chrysler* steht halb auf dem Bürgersteig. Drei Typen hetzen über die Straße. Zwei mit Baseballschlägern.

Fuck!

In drei, vier Sekunden werden sie in seiner Wohnung

stehen. Was kann er tun? Rikki stürzt zur Tür, schlüpft in ein Paar Schuhe und reißt den Feuerlöscher aus der Wandhalterung.

Er entfernt den Sicherungsstift.

Fußgetrappel vor der Tür, das Türblatt zersplittert, als einer der Typen dagegentritt. Es kracht wie ein Gewehrschuss, die Splitter segeln wie in Zeitlupe zu Boden.

Der Flur ist schmal, die drei dringen nacheinander ein, Hass und Wut in den Augen. Rikki geht in die Knie, beißt die Zähne zusammen und richtet den Feuerlöscher auf sie. Er ist bereit zur Attacke: Sein Blut kocht, die Pupillen weiten sich, sein Hirn läuft auf Hochtouren. Svenni ist der Erste. Kolbeinn und Egill folgen dicht hinter ihm, die Muskeln angespannt, die Adern aufgepumpt. Sie halten die Baseballschläger mit beiden Händen und fixieren ihr Opfer, konzentriert und aufgeputscht.

Springerstiefel trampeln, Brustmuskeln spielen, nackte Schultern reiben an der Wand.

Svenni hält ein Pfefferspray in der rechten Hand, einen Elektroschocker in der linken. Er schreitet vorwärts wie ein Soldat und hat offensichtlich vor, Rikki zuerst mit dem Pfefferspray zu blenden, bevor er mit der Elektrokeule zuschlägt.

Eins, zwei und …

Einen Sekundenbruchteil, bevor Svenni sprüht, drückt Rikki den Hebel des Feuerlöschers und ertränkt ihn in einer weißen Pulverwolke. Svenni duckt sich instinktiv, er verliert das Gleichgewicht und den Elektroschocker und landet auf dem Bauch im Flur.

Rikki springt auf, steigt auf Svennis Rücken, reißt den Feuerlöscher hoch und rammt ihn kraftvoll mit dem Boden Kolbeinn ins Gesicht. Er zerschmettert ihm die Nase, eine Wange platzt auf. Kolbeinn taumelt, lässt den Schläger fallen und geht zu Boden.

Egill schreit und holt mit seinem Baseballschläger zum Schlag aus. Rikki lässt den Feuerlöscher fallen, greift nach Kolbeinns Schläger und schwingt ihn durch die Luft. Die Schläger prallen aufeinander. Egill rammt Rikki um, sie landen beide auf Svenni, der keuchend nach Luft ringt.

Egill schlägt und tritt wie von Sinnen um sich, er versucht, Rikki zu packen, doch der entwindet sich geschmeidig dem Griff, rollt zur Seite und springt auf. Egill stürzt sich erneut auf ihn. Rikki versetzt ihm einen mächtigen Kinnhaken und rammt ihm mit voller Kraft das Knie in den Unterleib.

Egill brüllt wie ein Tier und sackt zusammen. Rikki tritt Svenni gegen den Kopf, dann bearbeitet er auch Egill mit Tritten, bis er sich nicht mehr rührt.

»Schwachköpfe!«, ruft Rikki, packt den Feuerlöscher und drischt damit auf die kahl rasierten Schädel ein. Er sprüht mit dem restlichen Pulver um sich, bis das Gerät leer ist, und wirft es dann von sich, völlig außer sich, erschöpft und fertig.

Der blutige Haufen auf dem Boden jammert, windet sich, mit gebrochenen Knochen und von weißem Pulver bedeckt.

Selbst schwer lädiert, mit dröhnenden Kopfschmerzen und bitterem Geschmack auf der Zunge, atmet Rikki tief durch. Er zieht einen Pullover und eine schwarze Jeansjacke über, steckt Pässe, Tickets und Geld ein, steigt über die geschlagenen Eindringlinge hinweg und verlässt die Wohnung.

Die Sonne blendet.

Rikki hinkt hinaus auf die Straße, reißt sich zusammen und läuft los, ohne zu wissen, wo er hinwill.

Noch zweiundzwanzig Stunden bis zum Abflug.

Tick. Tack.

Ungläubig starrt Óskar auf den ausgeräumten Felsen und seine kleinen Schätze, die im Gras, im Staub und sogar im Bach verstreut liegen.

Die Kostbarkeiten seiner Schwesta!

Er fällt auf die Knie und macht sich daran, sie wieder einzusammeln.

»Warst du so böse, Schwesta? Weil ich geweint habe? Ich war so traurig wegen Hannibal, so traurig, dass ich versucht habe, ihn wieder zum Leben zu erwecken. Es hat nicht geklappt. Ich habe versucht, ein großer Junge zu sein und nicht so viel zu weinen, aber es ging nicht. Entschuldige!«

Óskar hebt ein Teil nach dem anderen auf, reibt Schmutz, Nässe oder Grashalme ab und stellt es in den Fels zurück. Seine Augen füllen sich mit Tränen, er wischt sie mit dem Handrücken ab.

»Ich weine nicht, entschuldige! Du weißt, wie Papa ist, wie ungerecht er sein kann.«

Die Sonne steht hoch am klaren Himmel. Der Bach gluckert freundlich und in der Luft liegt ein erfrischender Duft von Gras.

Óskar taucht die Hand in das kühle Wasser und fischt einen Ohrring, drei alte Münzen und einen Ring heraus. Der Kopf der Barbiepuppe ist ein Stück mit der Strömung getrieben und zwischen Steinen hängen geblieben. Óskar drückt das Wasser aus dem künstlichen Blondhaar und küsst den Kopf, bevor er ihn auf dem besten Platz aufstellt.

»So, jetzt ist alles wieder schön. Bist du mir immer noch böse, Schwesta? Ich verspreche, jetzt ein großer Junge zu sein. Ich verspreche, stark zu sein. Stark im Herzen und im Sinn, wie du es mir beigebracht hast …«

»Óskar …!«, tönt es aus der Ferne.

Er duckt sich und flüstert dem Puppenkopf zu: »Ich muss gehen. Mama ruft mich. Bist du mir jetzt wieder gut? Ich bin doch dein lieber kleiner Bruder.«

Óskar fegt in aller Ruhe den Futtergang aus. Der Besen ist breit, das Zusammengefegte häuft sich, die Luft wird von Staub erfüllt. Die Abendsonne fällt schräg durch ein Kunststofffenster auf der Nordseite herein und die Staubkörner tanzen in den Lichtstrahlen. Die Kühe haben sich in ihren Boxen hingelegt. Sie ruhen die müden Beine aus, muhen leise und käuen gemächlich wieder, frisch gemolken, satt und zufrieden nach einem langen Tag in der Sonne.

Das Radio ist eingeschaltet. Es läuft ein Song, der vor Jahren einmal in den Charts stand: *Wrecking Ball* von Miley Cyrus.

I came in like a wrecking ball. I never hit so hard in love. All I wanted was to break your walls. All you ever did was wreck …

Die Musik bricht ab.

Óskar hört auf zu kehren und dreht sich um. Jemand steht am Eingang zur Scheune, halb im Schatten.

»Rikki?«

»Komm mal her!«

Óskar stellt den Besen ab und setzt sich in Bewegung. Rikki geht in die Scheune. Als Óskar im Durchgang erscheint, winkt er ihn zu sich. Rikki sitzt auf einem Heuballen in der fast leeren Scheune. Der Zementfußboden ist mit gelben Halmen übersät, in einer Ecke liegt noch ein ansehnlicher Haufen Heu.

»Was machst du denn hier?«, fragt Óskar erstaunt.

Rikki klopft auf den Ballen. »Setz dich!«

Óskar setzt sich zu ihm.

»Kannst du ein Geheimnis für dich behalten?«, fragt Rikki.

Óskar nickt.

»Ich habe ein bestimmtes Anliegen, das mich auf euren Hof geführt hat.«

»Echt?«

»Ja. Es ist kein Zufall, dass ich hierhergekommen bin. Ich habe zwei Jahre lang gesucht.«

»Wirklich?«

Rikki nickt. »Ich habe deine Schwester gekannt. Wir waren gute Freunde. Oder um die Wahrheit zu sagen, wir waren ein Liebespaar.«

»Echt?«

»Ja.« Rikki schüttelt eine Zigarette hervor und zündet sie an. Er ist unausgeschlafen, ungeduldig und gereizt, schließlich hat er in den letzten vierundzwanzig Stunden nicht mehr gegessen als drei Schmalzteilchen und ein Stück Trockenfisch.

Óskar sitzt schweigend neben ihm, einen Kopf größer und doppelt so breit.

»Können wir im Vertrauen miteinander reden, du und ich?«

»Ja«, sagt Óskar mit verwirrtem Gesichtsausdruck. »Worüber denn?«

Rikki inhaliert. »Über das, was damals um den Tod deiner Schwester herum passiert ist.«

»Ist etwas passiert?«

»Sicher«, sagt Rikki kalt. »Sonst wäre sie doch nicht tot, oder?«

»Vielleicht nicht.«

»Du hast gesagt, sie sei vom Balkon gefallen, richtig?«

»Genau. Das ist passiert.«

»Ein Unfall, nicht wahr?«

Óskar nickt.

»Hat das die Polizei gesagt? Dass es ein Unfall war?«

Óskar denkt nach. »Ich glaube schon. Ja. Auf jeden Fall hat Papa das gesagt, als er aus Reykjavík zurückkam.«

»Und es gab keinen Verdächtigen? Es wurde niemand verhaftet oder so? Gab es keine Untersuchung durch die Kriminalpolizei?«, bohrt Rikki hastig nach.

»Weiß ich nicht«, sagt Óskar leise. »Papa hat gesagt, es war ein Unfall. Ein schrecklicher Unfall. Das hat er zu mir gesagt.«

»Verstehe.« Rikki schnippt die Asche von der Zigarette.

»Gib acht, dass du nichts in Brand setzt«, sagt Óskar freundlich. »Es ist nämlich absolut verboten, hier drinnen zu rauchen. Papa würde …«

»Liegt dein Papa nicht krank im Bett?«

»Doch, schon, aber …« Óskar reibt die Hände aneinander. »Zum Abendessen ist er nach unten gekommen, aber es geht ihm noch immer sehr schlecht. Er hat gesagt …«

»Vergiss es!«, schnauzt Rikki ihn an. »Mir ist scheißegal, was er gesagt hat, kapiert?«

Óskar kneift die Augen zusammen und verschließt sich.

Rikki seufzt. »Entschuldige. Ich habe es nicht so gemeint. Ich bin nur sehr müde.«

Óskar räuspert sich. »Sollen wir nicht einfach fragen, ob du nicht noch bleiben kannst? Ich glaube, bestimmt …«

»Nein!«

»Okay«, murmelt Óskar.

Rikki zieht an der Zigarette, lässt sie zu Boden fallen und tritt sie aus. »Eins muss ich dich noch fragen, Óskar.«

»Was denn?«

»Etwas *sehr* Wichtiges, verstehst du?«

»Verstehe ich«, antwortet Óskar.

»Außerdem ist es *sehr* wichtig, dass du mir antwortest und mir die Wahrheit sagst, begreifst du das?«

Óskar zögert, dann nickt er.

Rikki blickt ihn streng an. »Sag mir, hat dir deine Schwester vor ihrem Tod etwas geschickt?«

Óskar wird steif und starr.

»Ist etwas mit der Post gekommen?«

»Vielleicht«, flüstert Óskar.

»Ein Päckchen?«

Óskar nickt.

»Womöglich für dich?«

Óskar läuft knallrot an, dann schüttelt er den Kopf. »Danach darfst du mich nicht fragen! Das ist ein Geheimnis. Ich darf *nichts* davon verraten!«

Müdigkeit und Hunger verfliegen wie Tau in der Sonne, Rikki reißt hellwach die Augen auf. »Wer hat dir gesagt, nichts zu verraten? War sie das? Hanna? War es deine Schwester?«

Óskar windet sich.

»Hat sie dich angerufen? Hat sie angerufen, nachdem sie das Päckchen abgeschickt hatte?«

Óskar starrt vor sich hin und beißt sich auf die Unterlippe.

»Was war in dem Paket?«

Óskar schüttelt den Kopf.

Rikki versucht, sich zu beherrschen. »Wie ich dir schon gesagt habe, deine Schwester und ich, wir waren ein Paar. Wir waren so gut wie miteinander verlobt, verstehst du? Wenn sie nicht gestorben wäre, dann wären wir heute verheiratet. Wir wären ein Ehepaar, wie deine Mama und dein Papa. Verstehst du das?«

Óskar nickt.

»Gut«, sagt Rikki. »Eheleute besitzen nämlich alles gemeinsam. Was Hanna dir geschickt hat, war eigentlich nicht ihr Eigentum, sondern meins. Na ja, also es war unser gemeinsames Eigentum, und sie hätte es dir gar nicht schenken dürfen. Sie ist tot, und deshalb gehört es mir und nicht dir. Das musst du einsehen.«

Óskar schüttelt den Kopf. »Sie hat es für mich gekauft. Er gehört dir nicht. Sie hat gesagt, er ist ein Geschenk für *mich*.«

»Er? Welcher er?«

Óskar zieht die Nase hoch, klappt die tränenfeuchten Augen auf und zu. »Darüber darf ich nicht sprechen.«

»Gut, aber sag mir etwas anderes: Als das Päckchen kam, hast du es da selbst öffnen dürfen?«

»Nein.«

»Hat dein Vater es aufgemacht?«

»Ja.«

»Und hat er sich das Geschenk genau angesehen?«

Óskar nickt.

»Und hat er darin vielleicht etwas gefunden?«

»Was denn?«, fragt Óskar verwirrt.

Rikki zuckt die Schultern. »Etwas Unerwartetes, das vielleicht nicht dazugehörte. Etwas, das darin versteckt war. Lag so etwas in dem Päckchen?«

»Nein.« Óskar wischt sich eine Träne von der Wange. »Nur der Stier. Sonst nichts.«

»Der Stier?«

Óskar guckt verlegen weg.

»Was für ein Stier?« Rikki schaut nachdenklich in die Luft. »Meinst du den in deinem Zimmer? Die Figur auf dem Regal? Meinst du die? Hat Hanna dir diese Figur geschickt?«

Óskar hält sich die Ohren zu. »Hör auf! Hör auf! Du darfst mich das nicht fragen. Ich hab's versprochen.«

»Schon gut, schon gut.« Rikki klopft ihm väterlich auf den breiten Rücken. »Du brichst ja kein Versprechen. Hanna hat mir auch davon erzählt.«

Óskar zieht die Nase hoch. »Wirklich?«

Rikki nickt. »Sie hat mir erzählt, dass sie dir ein Geschenk geschickt hat. Ich wusste nur nicht, worum es sich handelte. Das ist alles. Ich weiß, dass es ein Geheimnis ist, und ich werde es niemandem weitererzählen, okay?«

»In Ordnung.«

»Kluger Junge.« Rikki setzt sein freundlichstes Lächeln auf. »Weißt du, was ich gern täte? Was ich wirklich richtig, richtig gern täte?«

»Was denn?«

»Diese Figur einmal ansehen, die dir deine Schwester geschickt hat.«

»Warum?«

»Weil sie von ihr ist. Ich möchte gern das Letzte sehen, das sie in der Hand gehalten hat, bevor sie starb. Ich hatte sie nämlich sehr lieb, wie du dir vielleicht vorstellen kannst.«

»Aber du hast den Stier doch schon gesehen«, sagt Óskar.

»Das stimmt, aber da wusste ich nicht, welche Bedeutung er hat. Da wusste ich noch nicht, dass er das Geschenk für dich war, das große Geheimnis.«

»Na gut.« Óskar steht zögerlich auf. »Gehen wir in mein Zimmer. Du darfst dir den Stier noch einmal ansehen.«

Rikki schüttelt mit bekümmerter Miene den Kopf. »Das geht nicht. Was glaubst du, was deine Eltern sagen, wenn ich jetzt noch einmal auftauche?«

Óskar sieht ihn ratlos an.

»Sie wären sehr überrascht. Vielleicht werden sie sogar böse.«

»Meinst du?«

Rikki nickt. »Ich glaube, es ist besser, wenn sie gar nicht erfahren, dass ich noch hier bin. Ich glaube, das Beste ist, du holst den Stier her. Dann können wir ihn uns hier in der Scheune zusammen ansehen. Nur du und ich und unser Geheimnis. Was hältst du davon?«

Óskar überlegt.

»Glaubst du nicht, deine Schwester würde sich darüber freuen? Glaubst du nicht, sie fände es schön, wenn wir zwei beste Freunde wären, ihr Bruder und ihr Liebster?«

Óskar leuchtet vor Freude auf. »Willst du mein bester Freund sein?«

Rikki lächelt. »Na klar.«

Óskar bleibt in der Diele stehen. Seine Eltern sehen im Wohnzimmer fern. Sein Vater sitzt im Sessel, seine Mutter auf dem Sofa. Sein Vater hält ein Glas in der Hand, seine Lippen glänzen so feucht wie seine Augen. Neben dem Sessel steht eine Flasche Selbstgebrannter auf dem Boden. Seine Mutter strickt. Das flackernde Licht vom Fernseher beleuchtet ihre Gesichter und geistert über die Wände.

Der Vater starrt auf den Bildschirm, auf einmal blickt er zu Óskar auf. »Was zum Teufel willst du, Bursche?«

Óskar stammelt verlegen: »Nichts. Entschuldige, Papa. Ich bin auf dem Weg nach oben, in mein Zimmer. Will nur etwas holen.«

»Was denn holen?«

»Nichts. Nur Spielzeug.«

Der Vater nimmt einen Schluck. »Worauf wartest du? Doch nicht darauf, dass ich es dir hole?«

»Nein.«

»Oder soll deine Mama es dir bringen?«

»Nein.«

Der Vater schaut ihn verächtlich an. »Dann geh schon, verdammt, und hol dein Zeug! Und begaff nicht die Erwachsenen! Darf man sich nicht einmal in seinem eigenen Haus ein wenig Erholung gönnen, oder was?«

»Jónatan«, sagt Rósa beschwichtigend.

Der Vater schaut wieder auf den Fernseher. »So ein

Schwachkopf, dieser Junge! Was das Leben einem nicht alles aufbürdet.«

Óskar schlägt die Augen nieder, dann steigt er langsam die Treppe hinauf. Die Stufen knarren laut.

Tick. Tack.

Hanna betritt die Lobby des *Hótel Borg*. Sie geht direkt zum Aufzug und drückt auf einen Knopf. Ihre Nerven liegen blank und sie würde gern etwas trinken, doch traut sie sich weder ins *Mónakó* noch ins *Langabar*. Mit Sicherheit sucht Anton nach ihr. Er rauscht in seinem weißen Geisterschiff durch die Straßen, durchkämmt jede schummerige Bar, fragt nach ihr, droht Leuten oder verspricht ihnen Belohnungen, damit sie reden.

Überall sind Augen und Ohren, sie ist von einem dicht gewebten Netz umgeben, das sich immer enger zusammenzieht. Solange sie sich nicht in den unsichtbaren Maschen verfängt, ist sie frei. Sie fällt, aber solange sie nicht aufschlägt, ist alles gut.

Ding.

Die Aufzugtür öffnet sich auf der zweiten Etage. Hanna betritt einen langen Flur. Er ist dick mit Teppichboden ausgelegt, zu beiden Seiten gehen nummerierte Türen ab, die meisten sind geschlossen, fünf stehen offen. In der Mitte des Flurs steht ein Putzwagen mit sauberer Bettwäsche, einem Sack für Schmutzwäsche, Putzmitteln, verpackten Seifen und Shampoofläschchen. Ein Verlängerungskabel ringelt sich über den Teppichboden, in einem Zimmer wird gestaubsaugt, Stimmen schnattern in einer fremden Sprache.

Hanna eilt den Gang entlang und wirft verstohlene Blicke nach rechts und links. In einem Zimmer arbeiten zwei asiatische Zimmermädchen, eins im übernächsten Zimmer.

Die drei übrigen sind leer. Von denen sind zwei bereits fertig, im letzten ist noch alles durcheinander.

Hanna macht kehrt und geht zum Aufzug zurück. Der Teppich schluckt jeden ihrer Schritte. Sie geht an dem Zimmer mit den beiden Zimmermädchen vorbei, ohne hineinzuschauen, und marschiert, ohne zu zögern, in eins der bereits aufgeräumten Zimmer. Die Minibar ist nicht abgeschlossen. Sie lässt sich auf die Knie fallen und füllt die Taschen ihres Kapuzenpullis mit den Minifläschchen: Wodka, Whisky, Gin.

Der Staubsauger verstummt, die asiatischen Stimmen kommen näher.

Hanna springt auf und eilt hinaus. Sie wendet sich nach rechts, schaut stur geradeaus und steuert auf den Lift zu, Schritt für Schritt. Adrenalin schießt ihr ins Blut. Sie rechnet jeden Moment damit, dass ihr jemand nachruft, ihr die Hand auf die Schulter legt oder irgendetwas – aber nichts dergleichen geschieht.

Der Staubsauger wird wieder angeworfen, das Geschnatter der Zimmermädchen geht im Lärm unter.

Sie kommt an dem Putzwagen vorbei. Die Seifen und die goldfarbenen Shampoofläschchen lagern in einem Plastikcontainer, darin liegen auch ein Buch, das wohl ein Gast vergessen hat, und eine eckige Sonnenbrille von *Dolce & Gabbana*.

Hanna schnappt sich die Sonnenbrille im Vorbeigehen, vor dem Aufzug bleibt sie stehen und drückt den Knopf *Lobby*.

Sie wartet, ihr Herz rast, sie bricht in Schweiß aus.

Ding!

Die Aufzugtür öffnet sich, ein Schauer der Erleichterung durchrieselt sie. Hanna fällt weiter, sie ist noch immer frei.

Hinter dem Hotel liegt ein dunkler Hof für die Mülltonnen. Hanna hat die Sonnenbrille aufgesetzt und die Kapuze in die Stirn gezogen. Sie lehnt sich an die mit Graffiti besprühte Wand und leert eine Whiskyminiatur in einem Zug. Der Alkohol brennt und beruhigt ein wenig ihre Nerven. Hätte sie bloß eine Zigarette!

Der Hinterausgang öffnet sich, Hanna drückt sich an die Wand. Zwei Küchenjungen kommen mit vollen Abfallsäcken und werfen sie in einen Müllcontainer. Sie lassen den Deckel zufallen und gehen wieder hinein.

Hanna atmet auf. Sie haben sie nicht bemerkt, sie ist mit den Schatten verschmolzen wie ein Superheld – unsichtbar, unbesiegbar.

»Hanna?«

Sie erschrickt, stößt sich von der Mauer ab und späht über den Rand der Sonnenbrille. Auf der gegenüberliegenden Hofseite steht ein Eisentor offen. Zwei abgerissene Gruftis lungern da herum, ein Typ und eine junge Frau. Sie grinst Hanna an. Der Typ hinter ihr ist offensichtlich auf Turkey.

Hanna kennt die beiden. Manchmal zog sie mit ihnen durch die Szene, bevor sie Anton kennenlernte. Sie liebäugelte selbst einmal mit dem Gothic-Outfit: langer Ledermantel, klotzige Stiefel, enge schwarze Klamotten, jede Menge Piercings und gefärbte Haare, solange das Geld reicht. Aber sie betrachtete es lediglich als eine Mode, als Phase, während andere, darunter diese beiden, es ernst meinten – und es offensichtlich immer noch tun. Doch das schwarze Leder ist abgewetzt und rissig, die Klamotten riechen siffig und ihre Haut sieht nicht nur bleich, sondern krank aus. Sie haben beide Herpes, ihre glänzenden Augen zeigen Anzeichen von Hepatitis, die Haare sind stumpf und ihre grüne Farbe müsste dringend aufgefrischt werden.

»Hi.« Hanna ringt sich ein Grinsen ab. »Long time no see. Habt ihr 'ne Kippe?«

»Klar.« Das Mädchen kramt eine zerdrückte Schachtel hervor und klopft eine Zigarette heraus.

»Danke.« Hanna steckt die Zigarette in den Mund, das Mädchen gibt ihr Feuer. »Was macht ihr denn hier?«

Das Mädchen zeigt hinter sich auf den Eingang eines recht neuen, aber unauffälligen Hinterhauses. »Wir haben Gold verkauft.«

Hanna stößt den Rauch aus und wirft einen Blick auf das Hinterhaus. »Ach ja?«

Das Mädchen kaut auf dem Ring in seiner Unterlippe. »Da oben sitzt ein Typ, der Gold und Brillanten ankauft.«

Hanna kriegt große Augen. »Echt?«

Das Mädchen nickt. »Total legal, eh. Der ist Goldschmied, oder vielmehr war. Jetzt macht er in An- und Verkauf. Voll in Ordnung, der Typ. Zahlt in bar.«

Hanna zieht an der Zigarette. Sie spürt das Diamantensäckchen in der Hosentasche. Ihr Puls beschleunigt sich. »Verstehe.«

»Hast du was dabei?«, fragt das Mädchen.

»Nein, oder …« Hanna holt zwei Wodkafläschchen aus der Tasche. »Nur die hier.«

»Danke.« Sie nehmen die Fläschchen und trinken sie auf der Stelle aus.

»Wir kommen jetzt erst mal klar«, sagt das Mädchen.

Hanna nickt.

Das Mädchen zeigt auf seinen Begleiter. »Er hat bei seiner Oma zu Hause Gold gefunden. Schmuck und so. Sie bekommt das nicht mit.«

»Verstehe«, sagt Hanna. Sie fühlt sich innerlich ganz ausgetrocknet. Sie könnte auch etwas gebrauchen. Etwas, damit sie klarkommt.

»Willst du mit zu uns?«, fragt das Mädchen.

Hanna nimmt einen Zug, überlegt. Die beiden hängen an der Nadel. Mit Sicherheit werden sie sich Ritalin besorgen, bestenfalls schlechtes Speed. Sie hat auch schon gefixt, aber es ist nicht ihr Ding.

Sie möchte lieber Kokain.

»Später vielleicht.« Sie bläst den Rauch aus.

»Okay.« Das Mädchen lächelt. Seine Zähne sind braun, das Zahnfleisch bläulich, fast weiß. Die beiden sind dabei, sich nach und nach in Zombies zu verwandeln. »Cool, dich getroffen zu haben. Vielleicht machen wir mal wieder was zusammen.«

Hanna nickt. »Ja, wäre cool.«

Die beiden Gruftis ziehen los. Sie verlassen den Hinterhof und treten hinaus in das weiße Licht auf dem Austurvöllur.

Hanna lässt die Zigarette fallen und tritt sie aus.

»He!«, ruft das Mädchen.

»Ja, was?«

»Heute Abend gibt's auf dem Engihjalli eine Party, Psychobilly. Kommst du?«

Hanna lässt sich den Vorschlag durch den Kopf gehen. »Ja, mal sehen.«

Das Mädchen lächelt schwach, dann gehen sie hinaus in den Sonnenschein, lodern auf und werden zu nichts.

Hanna blickt sich um, geht zu dem Hinterhaus und drückt gegen die Tür.

Sie ist geschlossen.

Wieso?

Sie tritt einen Schritt zurück. Neben der fensterlosen Haustür ist eine Gegensprechanlage. Sie drückt auf den Knopf.

»Hallo?«

Sie räuspert sich, hat einen so trockenen Mund, dass es ihr im Hals brennt. »Ich habe etwas, das ich gern verkaufen möchte.«

Der Türöffner summt leise.

Hanna sitzt in einer Art Wartezimmer, einem fensterlosen Raum mit vier niedrigen, mit grobem Stoff bezogenen Sesseln. Auf einem Teakholztisch liegen Zeitschriften. Sie wartet.

Durch eine geschlossene Tür dringen Gesprächsfetzen.

Ihr gegenüber warten zwei junge Männer. Der eine dreht einen Verlobungsring in den Fingern und schaut leer in die Luft. Der andere blättert in einem Wissenschaftsmagazin.

Die Tür geht auf und ein schlaksiger Mann kommt aus dem Kontor des Juweliers. Er sieht ein bisschen aus wie Keith Richards, ist vielleicht um die fünfzig, ungepflegt, auf den Handrücken und am Hals tätowiert.

»Der Nächste«, ruft eine korpulente, stark geschminkte Frau auf hohen Absätzen, die den ganzen Türrahmen ausfüllt. Sie hat das Haar mächtig aufgeföhnt und trägt künstliche Fingernägel.

Die beiden jungen Männer erheben sich und verschwinden im Büro.

Hanna holt tief Luft. Sie schließt die Augen, es juckt sie überall, und sie hat das Gefühl, in der trockenen Luft zu ersticken. Sie räuspert sich und hustet verhalten.

Rasch kippt sie ein Fläschchen Gin. Er kratzt im Hals und sie verzieht das Gesicht bei seinem Nachgeschmack.

Shit, sie könnte jetzt etwas Stärkeres vertragen! Etwas Weißes. Etwas, das sie aus der Wirklichkeit in einen allumfassenden Rausch beförderte, der kein Ende nähme.

Aber es ist erst Mittag und alles ist im Arsch. Noch viel übrig vom Tag, aber wenig vom Leben.

Die Flucht gescheitert, der Traum geplatzt.

Sie fällt, sie verbrennt.

»Die Nächste.«

Hanna schwebt in das Kontor. Die dicke Frau schließt die Tür. Sie kaut auf einem Kaugummi und riecht nach Parfüm und Haarspray.

»Setz dich, Schätzchen!«

Hanna nimmt auf einem Hocker Platz. Der Ankäufer tritt ein. Er ist noch dicker als die Frau, sonnengebräunt, mit einem krausen Bart: ein Weihnachtsmann im Hawaiihemd.

»Was kann ich für dich tun?« Er setzt sich an einen kleinen Tisch, auf dem eine Digitalwaage steht sowie eine Lupe mit ovaler, schwarzer Fassung .

»Ich habe gehört, du kaufst Gold und Edelsteine.«

»So ist es.« Der Mann deutet auf ihren Verlobungsring. »Möchtest du den verkaufen? Ein schöner großer Stein. Dieser Ring hat kaum unter einer Million gekostet.«

Sie dreht den Ring am Finger, verbirgt den Stein in der Handfläche. »Der ist nicht verkäuflich.«

»So? Schade.« Der Mann wirkt enttäuscht. »Hast du mir etwas anderes anzubieten?«

»Das hier.« Hanna zieht das Säckchen aus der Hosentasche und reicht es dem Ankäufer.

»Was haben wir denn da?« Er schüttelt das Säckchen, daraufhin gibt er der Dicken ein Zeichen. Sie schließt die Tür ab.

Der Mann öffnet das Säckchen, zieht ein silbernes Tablett heran und schüttet die Juwelen vorsichtig darauf. Er schaltet eine starke Lampe ein. Es glitzert und funkelt auf den geschliffenen Steinen, als ob sie sich in dem grellen Licht winden.

Hanna sieht Sternchen.

Der Händler klemmt sich ein Vergrößerungsglas ins rechte Auge, zieht den Mund schief und betrachtet einen der Diamanten. Dann schnalzt er mit der Zunge.

»Woher hast du denn diese Steine, meine Gute?«

»Meine Großmutter hat sie mir geschenkt«, antwortet Hanna.

Die Dicke schmatzt auf ihrem Kaugummi, der Ankäufer nickt.

»Willst du sie kaufen oder nicht?«

Der Mann lächelt in seinen Bart. »Ich kann sie nehmen, aber im Ausland bekommst du garantiert mehr dafür.«

»Verstehe.« Hanna zieht die Nase hoch. »Wie viel würdest du mir dafür geben?«

»Nicht mehr als zwei Millionen.«

»Was?« Hanna hebt die Hände. »Aber sie sind zwanzig Millionen wert. Ich habe mich erkundigt.«

»Wir wissen beide, woher diese Steine stammen«, sagt der Mann. »Ich biete dir zehn Prozent. Das ist nicht schlecht. Was ich eigentlich tun sollte, ist, die Polizei zu rufen.«

Hanna schluckt. »Aber das hast du nicht vor, oder?«

Er schüttelt den Kopf.

Sie nickt. »Also gut, zwei oder zwanzig. Macht eigentlich keinen großen Unterschied. Ich bekomme das Geld doch in bar?«

»Ja, aber nicht die ganze Summe auf einmal«, sagt der Händler. »Derart hohe Beträge habe ich nicht im Haus.«

»Okay, wie viel hast du?«

»Ich könnte dir jetzt zweihunderttausend geben, den Rest in einer Woche.«

»In einer Woche?« Hanna kratzt sich die Wange. »Das geht nicht. Ich brauche das Geld früher.«

Der Mann nickt. »Dreihunderttausend jetzt, eins Komma zwei in fünf Tagen.«

Hanna tastet unbewusst nach dem Verlobungsring. »Das sind aber nur anderthalb Millionen.«

Der Händler zuckt die Schultern und schiebt die schimmernden Juwelen zurück in den Beutel.

»Deine Entscheidung.«

Tick. Tack.

Hanna führt Óskar durch das offene Heideland. Bevor sie sich in die Kuhle unter dem Felsen setzen, wirft sie einen Blick zurück. Der Hof ist nicht mehr zu sehen. In der Ferne schlagen die Wellen donnernd ans Ufer, doch in ihrer Nähe trillern die Heidevögel und plätschert der Bach.

Óskar guckt seine Schwester mit großen Augen an, die einen Spiralblock und einen Bleistiftstummel hervorholt.

»Kennst du noch alle Buchstaben?«, fragt Hanna. »Oder sollen wir sie wiederholen?«

Óskar schluckt und guckt unsicher. »Ich weiß sie noch. Glaube ich wenigstens. Mein Buchstabe ist Ó, deiner ist H, obwohl man Jóhanna mit J schreibt, stimmt's?«

Hanna nickt. »Richtig. Sehr gut. Und jetzt wollen wir versuchen, ein paar einfache Wörter zu lesen. Dabei sprechen die Buchstaben miteinander, sie bilden neue Laute, durch die in unserem Kopf Bilder entstehen.«

»Ja«, flüstert Óskar eher ängstlich als neugierig.

»Glaubst du, du könntest nicht lesen lernen?«, fragt Hanna.

Der Junge schüttelt den Kopf. »Kann ich nicht.«

»Glaubst *du*, dass du es nicht lernen kannst?«, fragt Hanna. »Oder glaubst du nur, was *Papa* sagt?«

Óskar überlegt. »Papa sagt, ich kann nicht lesen lernen. Er sagt, ich bin zu blöd.«

Hanna wird vor Ärger rot. »Ich weiß, dass Papa das

behauptet. Aber er hat unrecht. Du kannst sehr wohl lesen lernen, wenn du es nur willst. Willst du lesen lernen?«

Der Junge zögert, schließlich nickt er zustimmend.

»Gut«, sagt Hanna und schlägt das Heft auf. »Dein Papa hat keine Ahnung, wovon er spricht. Was er sagt, ist nicht immer richtig. Denk daran! Das gilt auch für Mama. Vergiss das nicht!«

»Ich denke dran«, flüstert Óskar.

»Außerdem ist es sehr gemein zu sagen, jemand sei blöd«, setzt Hanna hinzu. »*Du* bist jedenfalls nicht blöd, so viel steht fest. Du bist besonders, und das ist etwas ganz anderes, klar?«

Der Junge nickt. »Klar.«

»Mir kannst du glauben, was ich sage, weil ich deine Schwester bin und dich mehr lieb habe als mein Leben«, sagt Hanna. Sie legt die Arme um ihren Bruder und küsst ihn auf den Kopf. »Diese Kuhle hier ist mein alter Geheimort. Hier habe ich mich versteckt, solange ich denken kann. Von jetzt an ist es unser beider geheimer Ort. Du kannst hierherkommen, wenn du deine Ruhe haben willst. Hier kann man gut nachdenken und mit sich selber reden.«

»Ich finde es schön, mit dir zu reden, Schwesta«, sagt Óskar. »Du hörst mir zu und du schimpfst nie mit mir. Fast nie.«

Hanna lacht. »Ich schimpfe nur mit dir, wenn du es verdient hast, kleiner Narr.«

»Ich weiß«, sagt Óskar und grinst breit.

»Guck hier«, sagt Hanna. Sie schreibt drei Wörter ins Heft. »Kannst du das lesen? Schau dir die Wörter zuerst nur an. Gib den Buchstaben Zeit, in Gedanken zu dir zu sprechen. Hör ihnen zu, lass sie Laute bilden, spüre, wie sie lebendig und zu Bildern werden.«

Óskar heftet den Blick auf die Wörter. Er konzentriert

sich so stark, dass seine Unterlippe zittert. Er guckt, schließt die Augen, holt tief Luft, öffnet die Augen und murmelt vor sich hin.

»Lass dir Zeit«, sagt Hanna. »Wir haben Zeit. Einfach ein Wort nach dem andern.«

Der Junge räuspert sich, dann blickt er seine Schwester mit einem Gesicht an, in dem die pure Angst steht.

»Na?«, fragt Hanna.

Óskar holt tief Luft. »Rose. Sonne. Licht.«

Hanna klatscht in die Hände, so überrascht und entzückt, dass sie lachen muss. »Super! Wow! Alle *drei* Wörter, als wäre es das Einfachste auf der Welt.«

»Ja! Wow!«, ruft Óskar und wirft die Arme hoch. Er scheint noch überraschter zu sein als seine Schwester.

»Hast du gut gemacht«, sagt Hanna und drückt den Burschen, der für sein Alter sehr groß und schwer ist.

»Ich habe nur getan, was du gesagt hast«, erklärt er, verwirrt und glücklich zugleich. »Ich habe den Buchstaben zugehört. Sie haben ihre Laute gesagt, und dann sind die Laute zu Bildern geworden, und auf einmal habe ich eine Rose gesehen, die Sonne und das Licht. Das Licht hat meinen Kopf ausgefüllt und alles warm und hell gemacht.«

»Fabelhaft!« Hanna seufzt vor Freude. »Ich habe gewusst, dass du es kannst. Ich hab's gewusst! Es hat seine Zeit gebraucht, aber – wow – es hat sich gelohnt.«

»Ich bin jetzt so froh«, sagt Óskar lachend. »Papa wird Augen machen.«

Hannas Miene verdüstert sich. »Weißt du was, wir sollten das besser für uns behalten, ja? Mama und Papa müssen nicht wissen, dass du lesen kannst.«

»Warum?«, fragt der Junge.

Hanna denkt nach. »Es ist besser, wenn sie es nicht wissen. Wissen ist Macht. Lesen zu können, ist ein Werkzeug, oder besser: eine Waffe. Dass du lesen kannst, ist deine Geheimwaffe. Eines Tages wird sie dir sehr nützlich sein.«

»Welcher Tag ist das?«, erkundigt sich Óskar.

Hanna dreht die Handflächen nach oben. »Der Tag, an dem dich jemand reinzulegen versucht. Manche halten dich für dümmer, als du bist. Damit fallen sie dann auf die Nase.«

»Verstehe ich nicht«, murmelt der Junge.

»Macht nichts«, sagt Hanna und lächelt aufmunternd. »Was meinst du, sollen wir noch mehr lesen? Oder möchtest du schreiben üben?«

»Vielleicht noch ein bisschen lesen«, antwortet Óskar zögerlich. »Ist Schreiben schwer?«

»Nein, nein«, erwidert Hanna. »Man muss es bloß üben. Schreiben geht eigentlich wie Lesen, bloß anders herum. Man fängt damit an, sich das zu überlegen, was man sagen will, dann verwandelt man es in Wörter und schreibt die Wörter aufs Papier, Buchstabe für Buchstabe. Und wenn alle Wörter in der richtigen Reihenfolge stehen, kann ein anderer das lesen, was man geschrieben hat, dann werden die Wörter zu Lauten und Bildern im Kopf desjenigen, der sie liest. Die Gedanken der Person, die sie aufgeschrieben hat, werden lebendig, zu Bildern, zu einer Geschichte, wie durch Zauberei.«

»Wow!«, macht Óskar. »Das kann ich ganz bestimmt nicht.«

»Doch, sicher«, entgegnet Hanna und lacht. »Wenn du lesen und denken kannst, dann kannst du auch schreiben und Geschichten verfassen.«

»Was heißt verfassen?«

»Es bedeutet, Geschichten zu erfinden«, erklärt Hanna. »Das heißt aber auch, ein wenig zu schwindeln. Die meisten Geschichten sind natürlich bloß geflunkert. Nicht böse geschwindelt, sondern freundlich. So, dass es keinen lächerlich macht oder verletzt. Aber man muss nicht immer schwindeln, wenn man schreibt. Wenn man zum Beispiel Tagebuch schreibt, dann erzählt man darin die Wahrheit.«

»Was ist ein Tagebuch?«, fragt Óskar.

»Das ist ein Buch, in dem man seine Gedanken aufschreibt oder seine Geheimnisse«, erklärt Hanna. »Ein Buch, das keiner lesen darf, außer der Person, die es schreibt.«

»Ach so«, sagt Óskar. »Ich habe keine Geheimnisse, aber ich höre gern Geschichten.«

»Und hast du dir auch schon einmal selbst eine Geschichte ausgedacht?«

»O ja«, sagt Óskar und räuspert sich. »Es war einmal ein Delfin. Er sah einen Regenbogen. Ende.«

Hanna lacht laut auf und schreibt die Geschichte gleich in das Heft. »Die ist klasse! Wie bist du denn darauf gekommen?«

»Weiß ich nicht«, brummt der Junge, rot vor Freude. »Papa sagt manchmal, das Leben besteht nicht aus Delfinen und Regenbögen. Das finde ich total komisch. Dann habe ich mir das ausgedacht. Oder das *gesehen*. Du weißt schon, in Gedanken.«

»Super!«, sagt Hanna und vollendet die Niederschrift: »Eine Ultrakurzgeschichte, die nur aus einem Delfin und einem Regenbogen besteht und die Lebensphilosophie des Kleinbauern Jónatan auf Uxavellir mit ganz wenigen Worten widerlegt. Genial!«

»Wirklich?«, fragt Óskar staunend.

Hanna nickt. »Weißt du, wir zwei sollten uns vielleicht eine eigene Sprache ausdenken. Dann könnten wir Dinge sagen und schreiben, die außer uns beiden niemand versteht.«

»Wie denn?«, fragt Óskar.

»Indem wir für manche Dinge andere Wörter benutzen.« Hanna überlegt kurz. »Zum Beispiel könnten wir zu Papa *Delfin* sagen und zu Mama *Regenbogen*. Dann könnte ich eines Tages zu dir sagen: ›Bäh, sind Delfine hässliche Viecher.‹ Und dann würdest du vielleicht sagen: ›Und Regenbögen stinken wie alte Unterhosen.‹«

»Hahahaha!« Das findet Óskar so komisch, dass er beinahe umfällt vor Lachen.

»Psst!«, macht Hanna kichernd, doch dann wird sie von dem kindischen Gelächter so angesteckt, dass sie sich beide ausgelassen im Gras wälzen.

Tick. Tack.

Hanna sitzt an einem Ecktisch im *Kaffivagninn* an den Kais von Grandi. Sie verbirgt ihr Gesicht hinter der Sonnenbrille, hat die Kapuze aufgesetzt und rührt gedankenverloren in ihrem schwarzen Kaffee. Das Fenster hinter ihr zeigt zum Hafen, auf dessen ölschlierigem Wasser Müll treibt. Ein morscher Holzkahn dümpelt an einem Anleger. Zu ihrer Rechten befindet sich ein weiteres Fenster mit Blick auf den Parkplatz und dahinter die Halle mit der Hafenwaage.

Grandi ist irgendwie grob und anziehend zugleich: Molen, Schiffe, Lagerschuppen, abgezäunte Stellplätze, Fischgestank und Kühlhäuser, dazwischen kleine Cafés, junge Start-up-Unternehmen und verschiedene Graswurzelinitiativen.

Hanna zieht das letzte Minifläschchen aus der Tasche, einen Whisky. Sie schüttet ihn in den Kaffee. Dann lässt sie ein Zuckerstück eine Runde auf dem schwarzen Tümpel drehen, bevor sie den Löffel wegnimmt, der Würfel sinkt auf den Grund des Bechers und löst sich auf. Sie spürt den Alkohol ein wenig, doch ihr geht es so elend, dass der Schnaps ihre Qualen nicht im Entferntesten betäuben kann.

Sie ist fast gelähmt vor Angst, schwarze, paranoide Gedanken wirbeln wirr im Kreis, so als drückten ihr dunkle Eisenkrallen das Herz ab. Sie schlürft den Kaffee, braucht aber eigentlich etwas Stärkeres – etwas, das all das ausschaltet.

Am übernächsten Tisch sitzt ein Paar mit Kind. Sie trinken Tee, essen Kuchen und scheinen keine Sorgen zu kennen. Der kleine Junge, vielleicht etwas mehr als ein Jahr alt, sitzt in einem Kinderstuhl. Er trinkt Kakao und beißt in ein Schmalzteilchen. Ein kleines, fettes Ferkelchen, selig und mit verschmiertem Mund.

Hanna beobachtet den Kleinen. Er brabbelt vor sich hin, versunken in seine eigene, sichere Welt. Hanna lächelt, unvermittelt wird ihr innerlich kalt, sie stürzt wieder in ihre eigene Dunkelheit.

Die Tür wird geöffnet, Hanna blickt auf.

Ein schwarz gekleideter Mann schaut sie direkt an. Er blickt kalt und misstrauisch, winkt sie schließlich zu sich.

Hanna geht zwischen den Tischen hindurch zu ihm.

»Hi!«

»Von welchem Telefon hast du mich angerufen?«, fragt er.

»Ich durfte von hier aus telefonieren.«

»Wo ist dein Handy?«

»Hab ich verloren. Hast du …?«

Der Dealer nickt mit dem Kopf seitwärts. Sie folgt ihm auf die Herrentoilette. Er schließt hinter ihnen ab und postiert sich vor der Tür.

»Hast du Kohle?«

Sie nickt, holt ein dickes Bündel Geldscheine aus der Tasche und wedelt damit.

Der Dealer öffnet den Reißverschluss seiner Jacke und holt ein Täschchen hervor, das er um den Hals trägt. »Koks, E-Pillen, Gras. Was willst du?«

Hanna leckt sich über die Lippen. »Alles. Vor allem Koks.«

»Okay.« Der Dealer nimmt fünf Gramm Kokain heraus, vier E-Pillen, ein Gramm MDMA-Kristalle und ein Tütchen mit Gras und Zigarettenpapier. »Du kannst das alles haben für zweihunderttausend.«

»Ganz schön teuer. Wie wär's mit hundertfünfzig?«

»Wie viel hast du da? Zweihundertfünfzig?«

»Ungefähr.«

Er reißt ihr das Bündel aus der Hand. »Ich nehme alles.«

»He!«

Der Dealer packt sie an der Kehle. »Anton sucht dich. Er hat eine Belohnung ausgesetzt.«

»Du hast einen Hass auf Anton, stimmt's?«, keucht sie.

»Ich kriege die Kohle oder ich rufe ihn an. Kannst du dir aussuchen.«

Sie presst die tränenfeuchten Augen zusammen, dann nickt sie.

Hanna sitzt auf einer Bank am äußersten Ende von Grandi, wo das aufgeschüttete Land endet und die Bucht anfängt. Die Brise weht kalt und salzig vom Meer, Möwen schweben schweigend über der grauen Wasserfläche und jenseits der breiten Bucht ragt die Esja aus dem Meer auf wie ein verlassener Palast.

Hanna schaut blass und mit leerem Blick hinaus auf die Wellen. Die Wirkung des Kokains ist so gewaltig, dass sie das Gefühl hat zu ersticken, als stopften die Hitze, das Sausen in ihrem Kopf und die lähmende Taubheit sie mit Baumwolle aus. Anstatt lächelnd auf einer rosa Wolke zu schweben, unbekümmert und voller Selbstvertrauen, ist ihr so, als würde ein trockenes Feuer ihr Fleisch verzehren, ihre Nerven versengen und an ihren Knochen nagen. Ein Feuer, das nicht verlöschen wird, bevor nur noch Asche und Dunkelheit übrig sind. Das Kokain wirkt nicht mehr. Sie hätte Morphin verlangen sollen.

Und eine Spritze.

Sie hätte sich mit einer Überdosis Bewusstlosigkeit vollpumpen sollen, mit ewigem Schlaf.

Wie dumm von ihr.

Sie, die ewige Loserin.

Mit fahrigen Fingern dreht sie sich einen Joint, bis ihr einfällt, dass sie kein Feuer hat.

Fuck!

Sie wickelt den Joint ein, stopft die Plastiktütchen wieder in die Taschen. Noch zu viel übrig vom Kokain, noch zu hell für Pillen, und das Gras muss auch noch warten – überhaupt das Einzige, was sie tun kann: warten. Sie beißt die Zähne zusammen, schließt die Augen, lauscht auf das knisternde Feuer in ihrem Inneren.

Wann wird dieser Albtraum ein Ende haben?

Die Antwort will sie gar nicht wissen.

Hanna zieht einen Schuh aus und nimmt die Scheine heraus, die sie darin versteckt hat. Ihr Notgroschen. Vier Fünftausender. Alles, was sie noch besitzt. Aber es sollte reichen, denn die Zeit vergeht schnell, sie verbrennt, und dann hat sie es hinter sich.

Tick. Tack.

Ein Schiff tutet.

Möwen kreischen.

Hanna steht auf und dreht sich um. Auf der anderen Straßenseite stehen lange Reihen von Gewerbegebäuden, grauer Beton und salzverkrustete Fenster. Dazwischen liegen abweisende Hinterhöfe. Eisenwannen und Holzreste, Müllcontainer und Paletten, klobige Grabsteine, auf denen noch die Namen fehlen.

Am Ende eines Gebäudes gibt es ein kleines Geschäft, das sie noch nicht kennt: *Brockensammlung der Heilsarmee*. Kleidung, Bücher, Secondhandramsch. Sie überquert die Straße.

Der Laden hat offen, sie tritt ein.

»Guten Tag.« Hinter dem Ladentisch sitzt eine ältere Frau, sie hört Radio und strickt.

Hanna nickt ihr zu und durchstöbert den Laden, besieht alles und nichts. Geschirr und Besteck, gebrauchte Elektrogeräte, altmodische Kleidung, zerkratzte Schallplatten, Videokassetten, DVDs, Blumenvasen, Keramikfiguren und gerahmte Bilder.

»Kann ich behilflich sein?«

Hanna schüttelt den Kopf. Sie ist dermaßen zugedröhnt, dass sie kaum weiß, ob sie wacht oder träumt, tot oder lebendig ist. Ihre Hände zucken, sie klappert mit den Lidern und beißt sich in die Wangen. Ihr Herz rast, das Blut pulst, das Feuer brennt und knistert.

»Suchst du etwas Bestimmtes?«

»Nein«, antwortet Hanna genervt, und dann erblickt sie, was sie gesucht hat, ohne zu wissen, dass sie danach suchte: eine Porzellanfigur, ein Stier mit einer Gerte. Ganz unauffällig steht sie da, auf dem zweitobersten Brett des hintersten Regals. Wie durch Magie fällt ein Sonnenstrahl auf die Statuette.

Hanna bekommt große Augen, die Härchen auf ihren Unterarmen richten sich auf.

Das Sausen verstummt.

Das Feuer erlischt.

Für ein paar Sekunden herrscht in ihrem Kopf vollkommene Stille – für eine kleine kostbare Ewigkeit.

Hanna streckt die Hand nach dem Stier aus, nimmt ihn

vorsichtig aus dem Regal, betrachtet ihn von allen Seiten und wischt ihm den Staub ab.

Sie schauen sich in die Augen.

Sie weiß, was sie zu tun hat.

Hanna steht im *Eiðistorg*, einem kleinen Einkaufszentrum in Seltjarnarnes, der Innenhof kastenartig, weiß, kühl. Es sind nur wenige Kunden unterwegs, ihre Schritte hallen unter dem Glasdach. Was sie in der Brockensammlung erstanden hat, trägt sie in einer grauen Plastiktüte.

Sie setzt die Sonnenbrille ab, geht an der Bankfiliale und einer Apotheke vorbei zur Post. Dort gibt es einen Packtisch, Klebeband und dicke Filzstifte, in den Ablagen darüber sind Umschläge und Packsets in verschiedenen Größen.

Hanna sucht einen passenden Karton aus und nimmt die Figur zusammen mit dem Kassenzettel aus der Tüte. Sie blickt sich verstohlen um und packt den Stier sorgfältig ein, schließt das Paket, versieht es mit Namen, Adresse und Postleitzahl des Empfängers.

Sie geht mit dem Paket zum Schalter und stellt es auf die Waage daneben.

Der Postangestellte liest die Aufschrift, darauf fährt er mit dem Finger über die Preisliste. »Das macht fünfhundertfünfzig Kronen.«

»Okay.« Hanna zögert, überlegt es sich anders. »Und was kostet ein Einschreiben?«

Der Finger gleitet wieder über die Tabelle. »Dann sind es fünfzehnhundertfünfzig Kronen.«

Hanna nickt. »Wenn ich das Päckchen als Einschreiben schicke, darf es nur der Empfänger persönlich annehmen, richtig?«

»Ja, das ist so. Er muss sich ausweisen und den Empfang quittieren.«

»Gut, dann machen wir das so.« Hanna kramt in ihren Taschen und legt einen Fünftausender auf die Theke.

Der Angestellte gibt ihr das Wechselgeld heraus und den Kassenzettel.

»Bitte.«

»Und den Einlieferungsbeleg, bitte.«

Hanna nimmt die ausgedruckte Quittung entgegen, steckt sie ein und tritt zwei Schritte vom Tresen zurück. Der Angestellte klebt zwei Aufkleber auf das Päckchen, nimmt es von der Waage und trägt es nach hinten. Erst da setzt Hanna die Sonnenbrille wieder auf und verlässt die Postfiliale.

Zur Linken liegen ein Alkoholladen und daneben ein kleiner Lottokiosk. Hanna betritt den schmuddeligen Kiosk. Es riecht nach Rasierwasser und zu lange gekochten Würstchen. Hinter einem hohen Tresen hockt ein mittelalter Mann auf einem Barhocker. Er blättert in einer Tageszeitung, schaut aber auf, als sie eintritt.

»Was kann ich für dich tun?«

»Eine Coke, bitte, in der Flasche«, bestellt Hanna. »Und Zigaretten, *Camel light*.«

Der Mann öffnet eine Colaflasche und legt eine Schachtel Zigaretten dazu. »Sonst noch etwas?«

»Ein Feuerzeug.«

Er reicht ihr ein Gasfeuerzeug. »Ist das alles?«

»Ja.« Sie legt zwei Tausender auf die Theke. »Den Rest kannst du behalten.«

Der Mann grinst, ein Goldzahn blinkt auf. »Besten Dank!«

Hanna schnieft durch die Nase. »Dürfte ich vielleicht mal telefonieren?«

Der Mann blickt sie forschend an, dann stellt er ein schwarzes Telefon auf die Theke. »In Ordnung, aber nur kurz.«

»Danke.« Hanna nimmt den Hörer ab, stellt sich auf die Zehenspitzen und tippt eine Nummer ein. Ihr Herz klopft schneller, ihr Mund wird trocken.

Es klingelt am anderen Ende.

Please! Sie beißt sich auf die Unterlippe.

»Hallo?«

Ihr Herz macht einen Satz, ihr wird heiß. »Óskar? Bist du's?«

»Jaa.«

»Ich bin's, Hanna!«

»Was? Wirklich?«

»Ja!«

»Hanna! Bist du das?«

»Ja, ich bin's.« Sie fängt fast an zu weinen, so froh und zugleich traurig ist ihr zumute. »Und? Wie geht's dir?«

»Ich freue mich, Hanna. Ich bin so froh, dich zu hören. Kommst du nach Hause?«

»Nein, ich …« Hanna verstummt, als der Mann auf die Theke klopft. Sie blickt auf, er zeigt mit strenger Miene auf seine Uhr. Sie nickt verärgert.

»Hanna? Bist du noch da?«

»Ja, ich bin noch dran.« Sie will dem Mann den Rücken zudrehen, aber das Telefonkabel ist zu kurz. »Hör mir zu, Óskar! Ich habe nicht viel Zeit. Ich muss gleich aufhören. Hörst du gut zu?«

»Ja.«

»Ich habe dir ein Päckchen geschickt. Du bekommst es bald mit der Post. Darin ist ein Geschenk.«

»Bekomme ich ein Geschenk?«

»Ja, hör mir gut zu!« Sie presst den Hörer ans Ohr. »Das Geschenk ist ein Geheimnis. Unser Geheimnis. Verstehst du das?«

»Ja.«

Der Mann tippt ihr auf die Schulter. »Auflegen! Die Zeit ist um.«

Hanna dreht sich um. »Warte! Einen Moment!«

»Was ist? Soll ich warten?«, fragt Óskar.

»Nein, hör zu«, sagt Hanna aufgeregt. »Hör, was ich dir jetzt sage!«

»Ist gut.«

»Es ist ein Stier, Óskar. Merk dir das! Ein Stier, aber Papa nichts verraten. Keinem etwas verraten!«

»Nein. Bestimmt nicht, Hanna. Ich verspreche ...« Óskars Stimme bricht ab.

»Hallo?«

Keine Antwort.

Hanna schaut auf den stummen Hörer, dann zu dem Kerl, der grinsend hinter seinem Tresen steht, den herausgezogenen Telefonstecker in der Hand.

»Arschloch!«, flüstert sie mit erstickter Stimme.

»Hau ab! Raus mit dir!«

Hanna verlässt den Kiosk und wandert ratlos durch das frisch geputzte, seelenlose Einkaufszentrum, diesen Wartesaal des Todes. Sie ist so aufgewühlt, dass ihr die Hände zittern, ihr ist schwindelig, und ihre Augen sind feucht.

Sie setzt sich auf eine der vielen leeren Bänke, vor Blicken geschützt hinter einer weißen Wand, einer schwermütigen Palme und einem rot gestrichenen Geländer. Sie wirft zwei E-Pillen ein und spült sie mit einem Schluck Cola hinunter. Die Pillen lassen einen säuerlichen Geschmack auf der Zunge zurück. Bald werden Farben auftauchen, bald wird sich alles weich anfühlen, bald wird sie davonschweben und nie wiederkommen. *Am Tag bin ich nur eine Fliege, die über die schmutzige Scheibe des Alltags krabbelt und darauf wartet, dass die Sonne untergeht und die Nacht ihre Herrschaft antritt. Denn in ihrer Umarmung bin ich alles, und nichts ...*

Hanna zündet den Joint an und bläst den süßlichen Rauch unter die Palme. Eine alte Frau geht schwerfällig in die Apotheke. Aus dem Alkoholladen schleicht sich ein alter Mann mit einer Papiertüte, nervös wegen der Flasche darin.

Hanna zieht sich eine kleine Dosis Molly ein. Sie wartet – auf alles und auf nichts. *Ich höre nicht, was ihr sagt, begreife nicht, was ihr meint, sehe bloß, dass ihr die Lippen bewegt und das kleine Mädchen nicht wahrnehmt, das sich mit Dunkelheit im Bauch umsieht und nicht nach Hause findet …*

Tick. Tack.

Rikki wandert kettenrauchend durch die Scheune, verbissen, unruhig. Zertretene Kippen liegen herum, die Luft ist vom Qualm gesättigt. Hat sie die Klunker wirklich in dieser Statue versteckt? Wo bleibt der Knabe bloß? Hat Jónatan die Diamanten gefunden, falls er das Päckchen durchsucht haben sollte? Oder sucht er nach etwas ganz anderem?

Wonach dann?

Als die Tür zuknallt, schreckt Rikki aus seinen Gedanken auf. Jemand kommt. Er lässt die halb gerauchte Zigarette fallen, tritt sie aus und versteckt sich hinter der Scheunentür. Er zieht sein Messer, lässt es aber noch nicht aufschnappen.

Als Óskar erscheint, steckt er das Messer wieder ein.

»Rikki?«

»Hier bin ich.«

Óskar erstarrt, dann dreht er sich langsam um. Er hält etwas in der Hand, das er in ein T-Shirt gewickelt hat. »Boah, ich habe mich erschrocken. Hattest du dich versteckt?«

»Nein, nein.« Rikki zeigt auf das Bündel. »Ist es das?«

Óskar nickt und wickelt vorsichtig die Stierfigur aus.

Rikki streckt die Hände vor. »Darf ich?«

Óskar zögert, doch dann gibt er Rikki die Figur. »Sei vorsichtig. Sie ist zerbrechlich. Wenn du sie kaputt machst, wird Hanna stinkwütend. Sie kann immer noch wütend werden, auch wenn sie tot ist. Wie gestern in unserem Versteck, da ...«

»Ja, klar. Sicher doch«, unterbricht Rikki, während er mit dem Knöchel gegen die hohle Figur klopft und sie von allen Seiten untersucht.

»Nicht so fest dagegenklopfen!«, ruft Óskar ängstlich. »Ich habe dir doch gesagt, sie ist sehr zerbrechlich und ...«

»Könntest du vielleicht mal die Klappe halten?«

Óskar zuckt zusammen. »Ja.«

»Gut.« Rikki hebt die Figur hoch und besieht sie von unten. Auf der Unterseite hat sie ein ovales Loch. Er steckt einen Finger hinein und befühlt das Innere.

Óskar gerät in helle Aufregung und versucht, ihm die Figur wegzunehmen. »Was machst du da? Du sollst das nicht tun! Er kann kaputtgehen.«

Rikki dreht Óskar den Rücken zu und hält die Figur von ihm weg. »Stell dich nicht so dämlich an! Ich untersuche das Ding nur. Hier ist etwas drin, ich kann es mit dem Finger fühlen.«

»Was ist es?«

»Irgendwas«, brummt Rikki. Er versenkt seinen Finger vollständig in der Figur. Ganz oben, unter dem Kopf des Stiers, steckt Papier. Rikki hat keine Zweifel, was das Papier beinhaltet.

Die Diamanten – endlich! Sie hat sie in Papier gewickelt und in der Statue versteckt, bevor sie sie mit der Post aufgegeben hat.

Rikki schiebt und schiebt. Sein Finger ertastet das Papier, er bohrt sich ein Stück weit hinein, aber er bekommt es nicht zu fassen. »Jetzt komm schon, verdammt noch mal!«

Óskar gestikuliert wild mit den Händen. »Nicht! Was tust du denn?!«

»So ein Mist!« Rikki zieht den Finger aus der Öffnung. Er ist rot und aufgeschürft und wird sicher dick werden.

Óskar hüpft vor Aufregung auf und ab. »Hör auf! Gib mir meinen Stier! Sofort!«

»Halt jetzt deine blöde Schnauze!«, brüllt Rikki. Er schubst Óskar heftig weg, hebt die Figur in Schulterhöhe und schmettert sie auf den Boden, wo sie in hundert Scherben zerspringt.

Óskar rauft sich die Haare. »Neiiin!«

»Fresse!«, knirscht Rikki, geht in die Knie, fegt die Trümmerstücke in alle Richtungen, bis er das zusammengeknüllte Papier findet, und faltet es mit hektischen Bewegungen auseinander.

»Du hast ihn kaputt gemacht!« Óskars Gesicht ist flammend rot, er schnauft vor Zorn, schaumiger Rotz fliegt ihm aus den geweiteten Nasenlöchern.

»Entspann dich, Mann«, sagt Rikki und zerreißt das Papier; es ist ein Kassenzettel. Darin eingewickelt ist ein silbernes Kettchen mit einem kleinen Schlüssel als Anhänger – Hannas Halsschmuck.

Rikki verschwimmt kurz alles vor den Augen. »Was? Wo sind …?«

»Du Verräter!« Óskar schlägt Rikki mit solcher Wucht in den Nacken, dass dessen Kopf nach vorn fliegt, während er umkippt und mit dem Rücken aufkommt. »Du hast ihn kaputt gemacht!«

Rikki starrt benommen nach oben, er stöhnt elendig, ihm steht der Mund offen vor Verwunderung nach dem mächtigen Schlag. »Wa…?«

»Du Kaputtmacher! Du Lügner, du … Ratte!« Außer sich vor Wut und vollgepumpt mit Adrenalin wirft sich

Óskar rittlings auf Rikki, schließt seine Pranken um dessen Hals und schlägt seinen Kopf wieder und wieder mit ganzer Kraft auf den Boden.

»Nicht ...« Rikki läuft rot und dann blau an. Er versucht, sich zu befreien, hat aber nicht mehr die Kraft noch das Bewusstsein dazu.

Óskar lässt ihn los, springt auf, läuft hin und her und brummt etwas vor sich hin.

»Aah ...« Rikki blutet am Hinterkopf, von seinen Augen ist nur noch das Weiße zu sehen, aber er atmet noch.

»Dreckige Ratte!« Óskar dreht sich weg und kratzt sich am Kopf. Dann erinnert er sich plötzlich wieder an etwas: Da war doch etwas in seinem Stier.

Was war das?

Er geht in die Hocke und betrachtet Rikkis rechte Hand. Sie krampft sich um etwas. Óskar biegt die Finger auseinander und öffnet die Faust.

Tick. Tack.

Hanna ist so zugedröhnt, dass sie sich kaum auf den Beinen halten kann. Ist sie eben erst gekommen, oder wollte sie gerade gehen? Die Wohnung ist abgedunkelt und verqualmt, voller komischer Leute, bunter Farben und aufdringlicher Psychobillymusik: tief dröhnender Bass, hämmerndes Schlagzeug, jaulende Gitarre und primitives Gebrüll. Lederjacken, enge Jeans und Cowboystiefel. Nietenhalsbänder, gefärbte Haare, Irokesenkämme und Rockabillyfrisuren. Totenbleiche Gesichter, stierende Augen. Stecker und Ringe in Nasen, Lippen und Augenbrauen. Räucherstäbchen und Patchouliöl. Neongrün, Lila und Schwarz. Berlin, Brooklyn, Hasch und Heroin. Zerrissene T-Shirts: *Cramps, Misfits*.

Hanna wankt durch die Wohnung, reißt die Augen auf

und kneift sie zu, sie ist total high, ihr ist schwindlig, ein bisschen schlecht, sie fühlt sich betäubt, wie gelähmt, aber rastlos, komplett überdreht und happy. Ihr ist so heiß, dass sie zu schmelzen meint, sich aufzulösen, auf den Boden zu fließen. Das Zimmer dreht sich, sie tastet nach Halt, sie braucht Sauerstoff, muss hier raus, atmen, bevor ihre Lunge platzt und ihr Herz versagt. Die dicken Vorhänge geben nach, ihre Finger fühlen Glas.

Sie lehnt sich gegen die Scheibe, öffnet die Tür und tritt hinaus auf den Balkon.

Wow!

Sie schließt die Augen und atmet die kühle Luft ein, trinkt gierig die stille Dunkelheit. Sie tastet sich weiter vor, bekommt das Geländer zu packen und öffnet die Augen. Die Nacht ist groß und leer, sie enthält die ganze Stadt und noch mehr. Die Wohnung liegt im neunten Stock. Ein flimmerndes Lichtermeer breitet sich vor ihr aus, und darüber ist die Unendlichkeit: der Mond, die Sterne, das Universum, die Nachtschwärze, die ewig währt und nirgends endet. *Ich habe mit Engeln getanzt, in Licht gebadet, ich habe in Finsternis getanzt, ich habe allein getanzt. Ich habe mit dem Teufel getanzt, mehr als einmal, ich habe in Trauer getanzt, ich habe in Freude getanzt. Ich habe zu viel getanzt, aber nie genug …*

Der Mond ist eine Kupferscheibe, jenseits des Sternenlichts schwingt ein schweres Pendel, das das Uhrwerk antreibt – tief in der Ewigkeit drehen sich Zahnräder mit langsamem, metallischem Klicken.

Tick. Tack.

»Hanna!«

Sie krampft die Hände um das Geländer und dreht sich um, nicht sicher, ob sie träumt oder wacht. In der Balkontür steht ein undeutlicher Schatten.

»Rikki?«

Er zieht die Balkontür zu und tritt ins Mondlicht. Der Schatten nimmt menschliche Gestalt an, das Dunkel wird zu Fleisch.

»Wo hast du gesteckt? Ich habe dich überall gesucht«, sagt er. Seine Stimme klingt kalt und vorwurfsvoll, sein Blick ist stechend.

»Oh, Rikki, du lebst!« Sie will ihn umarmen, unterlässt es aber. Ihr ist flau und er wirkt so kühl, so distanziert. »Ich hatte solche Angst. Ich dachte, sie hätten dich umgebracht. Ich bin zu spät gekommen. Ich habe gesehen, wie sie in deine Wohnung gestürmt sind. Ich habe mich versteckt, ich …«

»Du hast gesehen, wie sie bei mir eingedrungen sind?«, faucht er. »Wieso bist du mir nicht zu Hilfe gekommen? Wieso hast du nicht auf mich gewartet?«

Verwirrt und durcheinander blinzelt sie. »Ich …«

»Was – du?«, stößt er wütend hervor. »Hast du geglaubt, ich hätte keine Chance? Hast dich kurz entschlossen, mich schnell zu vergessen?«

»Nein.«

»Wo sind meine Diamanten?«, fragt er.

»Deine?« Sie kichert unwillkürlich, steht so unter Drogen, dass ihre Angst in Albernheit umschlägt. »Nicht *unsere*?«

»Wo sind sie?«, blafft Rikki sie an und blickt sich kurz um, aber es ist niemand da, der sie beobachtet. Die Balkontür ist geschlossen und die Vorhänge sind zugezogen.

»Ich wusste nicht …« Hanna lehnt sich an das Geländer, ihre Lider zucken, sie fährt sich mit der Zunge über die Lippen. »Es war alles vorbei, Rikki, alles vorbei. Du warst so gut wie tot. Anton wollte mich umbringen. Und ich war tot, ich lebte nur noch auf geborgte Zeit, verstehst du? Ich *bin* tot, ich bin nur ein Geist, ich …«

Rikki packt sie und schüttelt sie wie eine Puppe. »Wo sind die Steine? Spuck's endlich aus!«

Hanna schnappt nach Luft, dann kichert sie wieder.

»Ich bin der Clown, der den Glauben verloren hat. Ich bin der Clown, der aufgegeben hat«, deklamiert sie wie eine Schauspielerin mit einem jämmerlichen Lächeln auf den Lippen. »Ich bin der verlorene Clown, der Clown, der starb. Ich bin der Clown, der lacht, wenn andere weinen – ich bin ein Clown, ein Witz, ein Rätsel.«

Rikki lässt sie los und schlägt ihr mit dem Handrücken ins Gesicht, so fest, dass sie das Gleichgewicht verliert und fast hinfällt.

»Nicht! Ich ...«

»Was – du?« Er schubst sie, zerrt an ihr und fängt an, sie zu durchsuchen. »Was hast du eigentlich genommen? Ketamin?«

»Nein, nein, bloß ...« Sie wackelt, schlägt die Hände vors Gesicht und kichert wie ein Teenager. »Entschuldige! Du lebst! Ich freue mich so. Sei nicht böse. Nicht ...«

»Halt still, verdammt!« Rikki filzt sie gründlich, er greift in ihre Taschen und wirft den Inhalt auf den Boden, zwei Tausenderscheine, ein Gasfeuerzeug, ein Tütchen mit Resten von Koks, ein Haargummi, Kleingeld, zwei E-Pillen, noch ein paar Kristalle, eine zerknitterte Zigarettenschachtel, einen zusammengefalteten Zettel.

»Rikki, nicht kaputtmachen! Du tust mir weh!«

»Was ist das?« Er faltet den Zettel auseinander, es ist die Quittung für ein Einschreiben. »Ein Paket? Wer ist Óskar Jónatansson? Ist das dein Bruder? Antworte!«

Sie nickt.

»Hast du ihm etwas geschickt? Waren das die Diamanten?«

»Ich hatte solche Angst, Rikki.« Sie tritt von einem Fuß auf den anderen, um das Gleichgewicht zu halten. Tränen steigen ihr in die Augen. »Ich habe gesehen, wie sie bei dir eindrangen. Ich habe Anton reingelegt. Ich dachte, du wärst ein toter Mann und dass alles im Arsch ist. Alles vorbei. Alles.«

Er zerrt noch einmal an ihr, schlägt sie wieder, hält ihr die Quittung unter die Nase. »Hör mir zu, du Miststück! Hast du die Steine an deinen Bruder geschickt? Hat er sie?«

Sie schaut auf den Zettel, dann Rikki an. »Óskar bekommt ein Päckchen. Ja. Ich habe ihm das Geheimnis geschickt. Ich musste es tun. Bevor es zu spät ist.«

»Fuck!« Rikki stampft mit dem Fuß auf, dann bringt er sich unter Kontrolle. »Okay, okay. Du hattest Angst. Anton sucht nach dir, nach uns. Du hast die Steine in Sicherheit gebracht. Das ist kein Weltuntergang.«

»Bist du nicht mehr sauer?«

»Nein. Oder …« Er schaut auf die Uhr. »Der Flug geht in drei Stunden. Wir müssen ohne die Steine fliegen. Ich könnte den Flug verschieben, aber das Risiko ist zu groß. Wir müssen die Steine später holen. Nein, dein Bruder soll sie uns schicken. Genau, er schickt sie uns nach.«

»Wir fliegen also?«

Rikki nickt, die Gedanken woanders. Dabei fällt sein Blick auf Hannas Verlobungsring. Der Diamant glitzert im Mondlicht. Er packt sie mit einer Hand am Handgelenk und dreht mit der anderen den geschliffenen Stein zu sich. »Wir werden erst einmal den hier verhökern. Er ist sicher einiges wert. Zwei Millionen vielleicht oder mehr.«

»Nein.« Sie reißt ihre Hand los.

»Was denn sonst?«

Hanna schüttelt den Kopf. »Der gehört mir. Ich habe ihn von Anton geschenkt bekommen. Den verkaufe ich nicht.«

»Sieh mal an, du willst von meinen Steinen leben, bist aber nicht bereit, den einzigen zu verkaufen, der dir gehört. Verstehe ich das richtig?«, fragt Rikki kühl.

»Ja. Vielmehr …« Sie weicht einen Schritt zurück.

»Was willst du damit sagen?« Er nähert sich. »Willst du deine Verlobung nicht lösen? Liebst du ihn immer noch?«

»Nicht!«

»Nicht was?« Rikki springt auf Hanna zu, ergreift ihr Handgelenk und zerrt ihr den Ring mit Gewalt vom Finger.

»Au!« Sie reibt sich die Hand.

»Du liebst mich überhaupt nicht«, sagt Rikki schroff. Er hält sie fest, den Brillantring in der geballten Faust verborgen, die vor- und zurücktanzt.

»Gib ihn her!« Hanna kämpft mit ihren letzten Kräften, um an den Ring zu kommen. Sie angelt nach Rikkis Faust, greift aber ins Leere und stößt ihm dabei ungewollt einen Fingernagel ins Auge.

»Du Sau!« Rikki stößt Hanna zurück, sie prallt gegen das Balkongeländer, verliert das Gleichgewicht und kippt hintüber. Sie reißt den Mund auf, in ihren Augen glänzt ein kindliches Staunen, dann verschwindet sie.

»Nein!« Rikki springt vor und will sie packen, aber er kommt zu spät. Er bleibt wie angewurzelt stehen und starrt ungläubig in die Dunkelheit, wo er sie zuletzt gesehen hat.

Doch da ist nichts, gar nichts mehr. Dann ertönt ein dumpfer Schlag. Schwer und dunkel. Wie ein Herzschlag.

Dann Stille.

Tick. Tack.

Óskar sitzt auf einem Stein an ihrem geheimen Ort am Bach. Er wiegt sich vor und zurück, hält dabei den Stierschädel auf dem Schoß und wirft ab und zu einen Blick auf den Puppenkopf im Felsen. Seine Augen sind vom Weinen geschwollen, ihm läuft die Nase. Er schluchzt, ballt die Linke zur

Faust und haut sich selbst, so fest er kann, gegen den Kopf. Das Fell hängt lose vom Schädelknochen, Óskar hat es mit seinem Taschenmesser abgelöst. In der Rechten hält er das Halskettchen mit dem Schlüssel.

»Es ist was passiert, Schwesta. Es ist etwas ziemlich Schlimmes passiert. Ich kann es dir nicht erzählen. Aber du darfst mich trotzdem nicht ausschimpfen. Es war nur aus Versehen. Ich habe ihm die Figur gezeigt. Das hätte ich nicht tun dürfen. Er hat sie mir weggenommen und sie kaputt gemacht. Die Figur ist in tausend Stücke zersprungen, wie die blaue Kanne in dem Buch.«

Er wischt sich die blutigen Finger an der Hose ab und betrachtet das Kettchen genauer. »Warum war die Kette in dem Stier, Schwesta? Was ist das für ein Schlüssel?«

Die Abendsonne sinkt tiefer, der Bach plätschert, Vögel pfeifen im Heidekraut.

Óskar sieht fragend den Puppenkopf an. »Ist das der Schlüssel zu deinem Tagebuch?«

Die Puppe lächelt.

Óskar macht runde Augen. »Wo ist das Tagebuch? Hast du es versteckt?«

Die Puppe strahlt.

»War es das, was Papa gesucht hat? Hat er dein Tagebuch gesucht?«

Die Puppe nickt.

»Warum hat er denn danach gesucht? Was hast du darin geschrieben? Und warum hast du es versteckt?«

Die Puppe zwinkert ihm mit einem Auge zu.

Óskar betrachtet die Kette und den Schlüssel. »Du hast den Schlüssel in meinem Stier versteckt. In der Figur, die du mir geschickt hast. Wolltest du, dass ich den Schlüssel bekomme? Sollte ich ihn verwahren?«

Die Puppe nickt.

Óskar rutscht auf dem Stein hin und her, er ist aufgeregt und durcheinander. »Ist das vielleicht auch ein Geheimnis? Zwischen uns? Soll ich vielleicht dein Tagebuch finden?«

Die Puppe strahlt.

Óskar kratzt sich am Kopf. »Wo kann es nur sein? Papa hat doch überall danach gesucht.«

Die Puppe zwinkert ihm wieder zu.

Óskar beugt sich vor, als würde er lauschen. »Du hast es mir schon gesagt. Ich habe es nur nicht begriffen. Weil du es nicht genau gesagt hast, sondern ungenau. Richtig?«

Die Puppe nickt.

Óskar wendet sich mit nachdenklichem Gesicht ab. »Du hast mich angerufen. Du hast gesagt, ich bekäme ein Päckchen. Und dass es für mich wäre. Du hast gesagt, in dem Päckchen wäre ein Geschenk. Das Geschenk wäre geheim. Unser Geheimnis. Das hast du gesagt.«

Er guckt wieder den Puppenkopf an.

Die Puppe lächelt sanft.

»Du hast aber noch mehr gesagt. Stimmt's?«

Die Puppe nickt.

Óskar schließt die Augen, ballt die Fäuste und versucht, sich an das Telefongespräch zu erinnern. »Du hast gesagt … Du hast gesagt …«

Er schlägt die Augen auf.

Die Puppe stellt das Lächeln ein. Die Vögel verstummen.

Óskar geht in das Büro seines Vaters. Sein Mund fühlt sich trocken an, sein Herz pocht heftig. Auf der einen Seite steht der Schreibtisch, auf der anderen eine Liege. Darüber hängt ein gerahmtes Foto. Es zeigt den preisgekrönten Bullen Uxi von Uxavellir.

Es ist Uxi.

Langsam geht Óskar auf das Bild zu, völlig betäubt, als sei er krank, oder wie im Traum, wie ein Schlafwandler. Er nimmt das Bild ab. An der Stelle, wo es hing, zeichnet sich ein helles Viereck auf der Wand ab.

Er dreht das Bild um. Auf seiner Rückseite ist mit Klebeband ein dünnes schwarzes Buch mit einem Schloss befestigt.

Óskar reißt das Buch ab, der Kleber ist ausgetrocknet und haftet nicht mehr. Óskar legt den Bilderrahmen ab und setzt sich auf die Liege. Seine Hände zittern. Der Schlüssel passt in das Schloss. Er öffnet das Buch.

Der Einband knackt leise.

Weihnachten 20..

Für Hanna
Von Tante Stína
Liebes Tagebuch! Als ich klein war, saß ich oft auf dem Teppich in der Diele und blickte zu der alten Standuhr auf. Auf den dunklen Kasten mit dem Kupfergesicht, das über mir aufragte und metallische Schläge von sich gab, die wie die Schritte eines eisernen Insekts hallten, das in die Ewigkeit marschiert, ohne sich von der Stelle zu rühren.

Meine Kindheit begann also auf einem staubigen Teppich, und sie endete auf einer harten Liege in der Milchkammer, als ich dreizehn war ...

Óskar schaukelt vor und zurück, über das Buch gebeugt, und liest, was seine Schwester geschrieben hat, Wort für Wort, Zeile für Zeile. Er bewegt die Lippen, legt den Kopf schräg, spricht die Wörter halblaut vor sich hin.

Die Handschrift ist deutlich und der Text leicht verständlich, obwohl er mit Vergleichen und langen Wörtern gespickt ist. Manche Passagen sind verschlüsselt – in ihrer Geheimsprache, der Geheimsprache der beiden Geschwister.

Offensichtlich wollte Hanna, dass kein anderer als Óskar das Tagebuch liest. Er liest, stockt, überlegt und liest weiter. Manche Wörter ihrer Geheimsprache hat er vergessen, andere fallen ihm wieder ein und dann erschließt sich der Rest auch.

Delfin und *Regenbogen* kommen oft vor, ihr Vater und ihre Mutter.

Hanna ist ein *Fliegender Fisch*, der auf großen Flossen, die wie silberne Flügel aussehen, zum Mond fliegen möchte, aber immer wieder ins Meer stürzt.

Óskar ist ein bunter *Schmetterling*, der einmal nur eine winzige Larve war und jetzt im Sonnenschein umherflattert.

Das Meer ist Uxavellir, ihr Hof.

Ihr geheimes Versteck am Fuß des Felsens ist das *Korallenriff*.

Die Sonne ist das *Grimmige Licht*, das die Augen blendet und einem die Haut verbrennt. Der Mond ist dagegen das *Gute Licht*, in dem die Engel wohnen und Träume wahr werden.

Bomm ist, wenn der Bulle die Kuh besteigt. Daher kommen die Kälber und auch die kleinen Kinder. *Omm* ist gut, *nomm* ist böse.

Und so weiter und so weiter.

Óskar bekommt eine Gänsehaut, die Haare im Nacken stellen sich auf, und mit zunehmendem Verständnis wird er von einem seltsamen Kitzel erfüllt. Die Wörter werden zu Bildern, die in seiner Vorstellung lebendig werden; er liest, er versteht, er *versinkt* im Text und tritt in die Geschichte ein.

Der *Delfin* erweist sich als hässlicher, grausamer Hai, der gierig seine Kreise zieht und regelmäßig über den *Fliegen-*

den Fisch herfällt, ihn in die Flossen beißt und *bomm, bomm, bomm* macht.

Óskar wird blass. Er steht auf und geht im Büro auf und ab, dem Schauplatz der Geschichte. Seine Hände zittern, er lässt fast das Buch fallen. Er will begreifen, aber ihm ist mulmig und er möchte das Lesen abbrechen.

Aber er muss weiterlesen. Er muss noch mehr wissen. Er muss groß und stark sein, für Schwesta.

Er setzt sich wieder hin, holt tief Luft und liest dort weiter, wo er aufgehört hat. O nein, es kommt noch mehr *nomm* und noch mehr *bomm*.

Bomm ist *nomm – nomm-bomm*!

Der *Regenbogen*, so stellt sich heraus, besteht aus Verrat, Lügen, Gift. Er ist nicht rot, grün, gelb und blau, sondern schwarz-weiß, schleimig und widerlich.

Óskar verzieht das Gesicht, wimmert, heult und ballt die Fäuste. Er liest, er quält sich, das Herz wird ihm schwer. In seinem Kopf gerät alles durcheinander, die Welt, wie sie war, geht unter, und eine andere, gemein und hässlich, ersteht aus ihrer Asche.

Er stockt, er bricht ab. Er fällt in sich zusammen, rafft sich wieder auf. Die Zeit steht still, die Wände rücken auf ihn zu. Die Wahrheit erstickt ihn, wie eine Kartoffel, die im Hals feststeckt.

Óskar liest weiter, er wird in einen schrecklichen Albtraum hineingezogen, der ihn im Kreis herumwirbelt, ihm auf jeder Seite Ohrfeigen verpasst und ihm in die Ohren schreit. Der *Schmetterling* flattert ständig mit den Flügeln, verwirrt und verängstigt. Er taumelt in tiefer Finsternis umher und stürzt in einen bodenlosen Abgrund, wo er das Grauen in sich aufnimmt, größer und größer wird und sich nach und nach in einen fürchterlichen Drachen verwandelt, der vor Zorn explodieren wird …

Tick. Tack.

Hanna lässt Badewasser einlaufen. Es pfeift in den Leitungen, und das Wasser, das aus der Mischbatterie läuft, enthält Rost und wird zu einem uringelben Meer, das sich mit zunehmender Menge dunkler färbt.

Ihre Kleider liegen in einem Haufen auf dem Boden.

Sie steht nackt vor dem Waschbecken und betrachtet sich im Spiegel darüber. Ihre Haut ist blass und liegt straff über den Knochen, und dennoch hat sie den Eindruck, zugenommen zu haben, hier und da wölben sich weiche Rundungen.

Oder hat sie Wassereinlagerungen?

Ihre Brüste sind ein wenig größer geworden, sie sind empfindlich und die Brustwarzen stehen hervor.

Sie ist kein heranwachsendes Kind mehr, sondern eine voll entwickelte Frau, voller Schmerzen, Fettgewebe und Enttäuschungen.

Die Tür geht auf.

Hanna zuckt zusammen, sie hat vergessen abzuschließen.

»Oh, entschuldige!«

Es ist ihre Mutter. Sie schaut verlegen weg, will sich zurückziehen und die Tür schließen.

Dann aber hält sie inne.

Sie bleibt in der offenen Tür stehen und starrt ihre Tochter an.

»Was denn?« Hanna wird rot und bedeckt ihre Brüste mit den Händen.

Rósa geht zu ihr.

»Mama!« Hanna nimmt ein Handtuch, um sich dahinter zu verbergen.

Rósa reißt es ihr weg. »Wer hat dir das angetan?«

»Mir was angetan?«

Rósa zeigt auf ihren Bauch. »Kind, bist du schwanger?«

»Bin ich ...?« Hanna schaut an sich hinab auf ihren Bauch.

Er wölbt sich vor, ist zu einer deutlichen Halbkugel geworden. Ihr wird plötzlich schwindlig. »Aber ...?«

Ihre Mutter schließt die Tür hinter sich. »Wann hast du das letzte Mal deine Regel gehabt, Mädchen?«

»Ich ...?« Hanna hält sich am Waschbecken fest. Das Badezimmer dreht sich. Sie beißt sich auf die Lippe, ihre Augen füllen sich mit Tränen.

Ihre Mutter versetzt ihr eine Backpfeife. »Antworte mir!«

»Ich weiß es nicht«, schluchzt Hanna.

»Wer hat das getan?«, zischt ihre Mutter. Sie ist so wütend, dass ihre Stimme zittert.

»Niemand.«

Sie versetzt ihr noch eine Ohrfeige.

»Antworte!«

»Nein.«

Die dritte Ohrfeige. Ihre Wange brennt, Blut läuft ihr aus der Nase.

»Es war Papa.«

Rósa reißt die Augen auf. Sie starrt Hanna an, ihr Gesicht verzerrt sich vor Wut. »Das ist eine Lüge!«

»Nein, Mama, ich ...«

Noch eine Ohrfeige. Hanna sieht Sterne, sie taumelt. Wasser läuft in die Wanne, das Badezimmer füllt sich mit Dampf.

»Du lügst!«

»Mama, nicht!«, wimmert Hanna. Aus ihrer Nase sickert das Blut, es läuft hinab zum Kinn und tropft von da auf ihre Brüste. »Du musst mir glauben! Ich sage die Wahrheit. Er hat mich genommen und ...«

»Hure!« Rósa geht auf ihre Tochter los, packt sie mit

ihren schwieligen Händen am Hals und stößt sie in die Wanne. Das Wasser spritzt die Wände hoch und auf den Boden. Hanna geht unter.

Sie strampelt, zappelt, schlägt um sich, versucht, sich aus dem Griff zu befreien, doch Rósa ist stärker und lässt sie nicht los. Hanna wird von Panik erfasst. In ihrer Lunge lodert ein Feuer, ihr geht der Sauerstoff aus, Luftbläschen steigen auf und platzen. Durch das Wasser sieht sie verschwommen das Gesicht ihrer Mutter, es wellt sich auf der Oberfläche, verzieht und verzerrt sich. Ihre irren Augen starren voller Hass auf sie herab.

Hanna schreit.

Es ist nichts zu hören.

Sie steckt fest in erstickender Stille. *Ein Fliegender Fisch mit einem Schmetterling im Bauch.*

Sie sitzen zusammen im Wohnzimmer. Die Familie. Vater, Mutter, Tochter. Es ist Samstagabend. Im Fernsehen läuft eine Unterhaltungssendung. Ihre Blicke sind auf den Fernseher geheftet.

Jónatan trinkt. Rósa strickt. Hanna kratzt sich den Handrücken. Sie alle kennen das Geheimnis, doch keiner spricht es an. Ist etwas ein Geheimnis, wenn alle in der Familie Bescheid wissen? Wohl kaum.

Was ist es dann?

Das vorher schon lastende Schweigen ist nun vergiftet. Es durchtränkt das ganze Haus, den Hof, die Gedanken, es rinnt durch die Adern, zuckt durch den Kopf, atmet und wächst in einer dunklen Höhle tief in ihrem Inneren.

Ein Kind?

Hanna möchte laut schreien, sie möchte weinen, sie möchte weglaufen, fliehen, untergehen, in Flammen aufgehen und sterben.

Die Gesichter im Fernsehen lachen.

Das gekünstelte Gelächter hallt durch das Zimmer.

Jónatan trinkt von seinem Gesöff: Schwarzgebrannter mit Cola. Seine Augen sind blutunterlaufen, sein Atem riecht süßlich nach Gärung. Rósa wiegt den Oberkörper hin und her und strickt und strickt. Was unter ihren Nadeln hervorkommt, nimmt Gestalt an. Ein himmelblaues Babymützchen.

Hanna beißt sich so heftig auf die Lippe, dass es blutet. Sie wartet darauf, dass sich die Erde auftut und die Welt untergeht.

In der Diele tickt die Standuhr. Das eiserne Insekt kriecht weiter, es bewegt seine steifen Beine im Takt und steht doch auf der Stelle. Das metallische Ticken hallt von den Wänden wider, ein Echo in Hannas Kopf. Es verwandelt sich in ein scharfes Stechen, das ihr in die Seele hackt, sie zermalmt.

Das Insekt fällt über sie her. Frisst sie von innen auf.

Konfirmationsfeier. Im Haus sind ein paar Leute zusammengekommen, Nachbarn, Verwandte, Leute vom Land im Sonntagsstaat. Kinder rennen die Treppe hinauf und herunter. Auf dem gedeckten Tisch stehen mehrere Brottorten, Schichtkuchen und ein hoher Kranzkuchen. Auf einem anderen Tisch liegen das Gästebuch, Blumensträuße und einige Geschenke.

Stimmengewirr, Kaffeeduft, es ist so stickig, dass die Konfirmandin bald in Ohnmacht fällt.

Hanna ist unter dem Kleid fest geschnürt, sie ist im siebten Monat, aber so dünn, dass noch kaum etwas zu sehen ist – zumindest nicht, wenn sie angezogen ist. Jeden Morgen hofft sie darauf, in einer Blutlache aufzuwachen, dass die Nacht das kleine Monster umgebracht hat, das in ihr heranwächst.

Was kann es denn anderes sein als ein Monster, wo doch ihr Papa der Vater ist? Sie ist ja nicht dumm, sie weiß Bescheid. Irgendetwas wird es haben, so ist es doch. Vielleicht wird die Ausgeburt am ganzen Körper behaart sein, vielleicht hat es eine Hasenscharte, keine Beine oder Fühler anstelle von Armen.

Hanna dreht sich der Magen um und ihr bricht Schweiß aus.

Ihre Tante kommt herbeigeeilt.

»Wie siehst du denn aus?« Stína schaut ihr in die Augen. »Du bist ja kreideweiß. Kannst du in dem Kleid überhaupt atmen?«

Hanna ringt sich ein Lächeln ab. »Jaja, es ist nur so warm hier drinnen.«

»Ich habe gehört, dass du seit Längerem nicht mehr in der Schule warst«, sagt Stína. »Hast du was, bist du krank?«

»Hm, na ja.« Hanna räuspert sich. »Es ist der Rücken. Mir tut schrecklich der Rücken weh.«

»Mein armes Kind!«

Hanna sieht, dass Jónatan ihre Mutter anstößt, die auch sogleich auf sie zukommt.

»Ist alles in Ordnung?«

Stína sieht ihre Schwester an. »Deine Tochter hat anscheinend starke Schmerzen. Hast du ihren Rücken einmal untersuchen lassen?«

»Ach, das ist nur etwas Vorübergehendes«, brummelt Rósa. Sie führt Hanna beiseite und lässt sie sich hinsetzen.

Stína kommt ihnen nach. »Und was, wenn sie einen Bandscheibenvorfall hat?«

»Sie hat nichts dergleichen«, erwidert Rósa ärgerlich. »Geh du mal und hol dir noch ein Stück Kuchen. Siehst du nicht, dass ihr bloß heiß ist? Da müssen wir ihr nicht beide so dicht auf die Pelle rücken. Sonst erstickt sie noch.«

»Na gut.« Stína zieht davon, schaut aber noch einmal über die Schulter und sieht Hanna fragend an. Ihre Augen weiten sich und ihr Gesicht ist ein einziges Fragezeichen: Ist alles in Ordnung mit dir?

»Du redest kein Wort mehr mit ihr!«, zischt Rósa und kneift ihre Tochter in den Arm. »Verstanden?!«

»Ja, Mama.« Hanna verbeißt den Schmerz und lächelt ihrer Tante aufmunternd zu.

Stína lächelt ebenfalls und zieht sich zurück.

Hanna schlägt die Hände vors Gesicht. Es fühlt sich an, als würde in ihr etwas sterben.

Aber es ist nicht das kleine Monster.

Hanna wacht in einer Lache auf, ihr ganzer Unterleib ist nass, dann beginnt der Druck: Als würde die Dunkelheit zu einer schwarzen Lokomotive werden, die in sie hineinrammt, vorwärtsdonnert und ihr das Becken zerreißt.

Der Schmerz ist wie ein Blitz, der wieder und wieder und wieder einschlägt. In dieser Nacht wird sie sterben.

»Mama!«

Die Tür fliegt auf, das Licht geht an. Rósa stürzt herein.

»Ruhig, ruhig, ich bin ja schon da.«

Jónatan erscheint in der Türöffnung, verschämt und ängstlich.

»Hau ab! Hau ab!«, kreischt Hanna.

»Mach heißes Wasser«, befiehlt ihm Rósa. »Und dann halt dich fern!«

Jónatan zieht ab.

»In welchem Abstand kommen die Wehen?«, fragt Rósa. Sie bewahrt äußerlich die Ruhe, ist aber offensichtlich aufgeregt.

Hanna fasst ihre Hand. »Ich habe Angst. Ich will ins Krankenhaus. Hörst du? Ich will ins Krankenhaus.«

»Rede keinen Unsinn!« Rósa drückt sie nieder aufs Bett. »Wenn du nicht friedlich wirst, muss ich dich festbinden.«

»Mama!« Hanna hat solche Schmerzen und solche Angst, dass sie ohnmächtig zu werden droht.

»Es wird alles gut, Mädchen«, sagt Rósa mit zitternder Stimme. »Versuch, dich zu entspannen. Wir stehen das gemeinsam durch.«

»Aber …?« Hanna bricht ab, die Schmerzen erreichen einen neuen Höhepunkt. Sie biegt das Kreuz durch, spannt sich wie ein Bogen, sie ist schweißgebadet und schreit aus Leibeskräften.

Als der Krampf endlich nachlässt, klappt sie atemlos und entkräftet zusammen. Ihre Mutter nutzt die Gelegenheit und bindet sie am Bett fest und stopft ihr einen Waschlappen in den Mund.

Zwölf Stunden später kommt das Kind zur Welt. Es ist ein Junge. Er ist ganz mit Blut und Schmiere bedeckt.

Hanna liegt im Bett und starrt an die Decke. Die Geburt ist fünf Tage her, fünf Tage, seit die Welt entzweiriss, das Blut strömte und das kleine Monster versuchte, sie umzubringen. Sie ist noch sehr geschwächt, nimmt Schmerzmittel und Schlaftabletten und schläft mehr oder weniger den ganzen Tag. Manchmal hört sie Kinderweinen, aber vielleicht träumt sie auch nur.

Die Tür geht auf. Ihre Mutter bringt einen Teller Suppe.

»Wie geht es dir?«

Hanna hebt die Schultern. Sie ist bleich wie der Tod, ihre Haare sind fettig, ihre Lippen aufgesprungen.

Rósa setzt sich auf die Bettkante. »Meinst du nicht, du kannst eine Kleinigkeit essen?«

Hanna schüttelt den Kopf. »Wann kann ich ihn sehen?«

»Bald«, sagt ihre Mutter. »Wenn es dir besser geht.«

Hanna tun die Brüste weh. Sie sind voller Milch, die verloren geht.

»Was bekommt er zu essen?«

»Milchpulver.«

»Warum?«

»Du musst etwas essen«, sagt Rósa gereizt. »Sonst fällst du noch ganz vom Fleisch und stirbst am Ende.«

»Wäre das nicht das Beste?«, haucht Hanna.

»Rede kein dummes Zeug!«

»Was wollt ihr denn sagen?«

»Worüber?«

»Na, über das Kind, was denn sonst?«

Rósa rührt mit dem Löffel in der Suppe. »Da fällt uns schon etwas ein. Das wird sich zeigen.«

»Es hat keiner mitbekommen, dass ich schwanger war.«

»Ich weiß.«

Hanna schaut aus dem Fenster. Über den Hof. Auf die Ställe, die Berge in der Ferne. Auf die Welt im Kleinen.

Hanna sitzt aufrecht im Bett und schreibt Tagebuch. Ihre Augen sind dunkel, das zerzauste Haar rahmt ihr geisterhaftes Gesicht ein. Der Stift tanzt über die Seite, die Feder kratzt, das Papier saugt die Tinte auf.

Die Zimmertür geht auf. Es ist ihr Vater.

Vernehmlich klappt sie das Tagebuch zu. »Was ist denn?«

Jónatan sieht sie misstrauisch an. »Was machst du da?«

»Nichts.«

»Was ist das für ein Buch?«

»Lass mich in Ruhe!«, faucht Hanna.

Jónatan brummt, kommt herein und schließt die Tür hinter sich ab.

Auf dem Nachttisch steht ein Glas Wasser, zwei Tabletten liegen auf der Untertasse – Betäubungsmittel für die Seele.

Als Hanna das nächste Mal aufwacht, stellt sie fest, dass jemand ihr Zimmer durchsucht hat. Manche Bücher wurden umgestellt, Kuscheltiere blicken in die falsche Richtung – Fingerabdrücke des Teufels hier und da.

Zum Glück liegt das Tagebuch noch immer unter ihrem Kopfkissen. Sie presst es an sich, ihr Herz pocht.

Tauffeier. Im Haus sind viele Menschen zusammengekommen, fast alle, die auch beim Gottesdienst waren. Rósa ist der Mittelpunkt, sie strahlt vor Freude, ihre Wangen sind gerötet und aus ihren Augen leuchtet es verlegen. Sie hält den Jungen im Arm, den kleinen Óskar, der noch in seinem Taufkleidchen steckt, demselben, in dem Hanna vor vierzehn Jahren getauft wurde.

Auf dem gedeckten Tisch stehen Brottorten und Schichtkuchen. Die Hauptsache aber ist die mit weißem Leinen und künstlichen Blumen geschmückte Wiege.

Die Frauen umringen Rósa und den Säugling, dieses unerwartete Geschenk des Himmels, den Grund der Feierlichkeiten.

»Wir haben ja gar nichts gewusst!«

»Und das hast du die ganze Zeit für dich behalten.«

»Man hat dir nie etwas angesehen, Rósa!«

»Und du hast zu Hause entbunden?«

Rósa wiegt den Kleinen, der etwas unruhig wird, im Arm. »Ach, für so eine Kleinigkeit braucht man doch kein Fachpersonal zu bemühen. Ist ja schließlich nicht das erste Mal gewesen.«

Die Männer klopfen Jónatan auf die Schulter, tuscheln, grinsen, sagen ein paar improvisierte Strophen auf. Sie spielen an auf Fruchtbarkeit, Dummheiten und Glut in alten Kohlen. Er wird rot und verzieht die Mundwinkel, verlegen und stolz zugleich.

Hanna steht abseits, von all dem so gelähmt, dass sie kaum atmen kann. Es ist nicht ihr Junge. Es ist das Kind ihrer Mutter. Sie, die wirkliche Mutter, spielt keine Rolle. Sie durfte nicht einmal den Namen aussuchen. Den erfuhr sie, wie alle anderen, erst in der Kirche.

Die Frauen rufen ihr Grüße zu.

»Glückwunsch zu deinem kleinen Bruder!«

»Gratuliere!«

»Ist er nicht süß?«

»Und hilfst du auch tüchtig mit?«

»Bist du nicht stolz auf deine Mutter?«

Hanna ringt sich ein Lächeln ab. Leblos erscheint es auf ihren Lippen. »Doch, natürlich.«

Sie möchte den Mund aufmachen und die Wahrheit herauslassen, sie so laut hinausschreien, dass der Himmel Risse bekommt und in Trümmern niederprasselt.

Sie will sich auflösen.

Sie will sterben.

Der Teufel soll alles holen!

Hanna beißt sich auf die Lippen, schließt die Augen, öffnet sie. Die Frauen verschwinden, vielleicht hat sie sich alles nur eingebildet. Sie ist allein und verlassen, der Boden tut sich auf und sie stürzt in bodenlose Finsternis.

»He, mein Schatz!«

Sie schreckt auf, als ihre Tante Stína sie umfasst.

»Was ist?«

»Du wärst beinahe gefallen. Ich habe dich gerade noch festgehalten«, sagt Stína besorgt.

»Nein, ich bin nur …« Hanna schwankt, sie atmet heftig und hat Sternchen vor den Augen.

»Komm!« Stína führt sie in die Küche. Dort setzt sie Hanna auf einen Stuhl und reicht ihr ein Glas kaltes Wasser. »Trink einen Schluck! So ist es gut, ja. Ich mache mal das Fenster auf.«

Hanna seufzt, sie fühlt sich etwas besser. Stína setzt sich zu ihr und nimmt ihre Hand. »Was ist denn los, mein Mädchen?«

»Nichts.«

»Doch. Ich sehe es dir an. Du siehst schrecklich aus, mein Engel. Ist es der Rücken?«

Hanna schüttelt den Kopf.

»Was dann? Bist du krank?«

»Nein, es ist nur …« Hanna blickt auf und verstummt. Ihr Vater steht auf der Schwelle.

»Was ist hier los?«, fragt er barsch.

»Hanna fühlt sich nicht wohl«, sagt Stína. »Wir unterhalten uns ein wenig.«

»So?« Jónatan kommt näher. Er ragt über ihnen auf wie ein Riese.

Hanna schaut mit traurigem Gesicht auf ihre Hände.

»Lass uns doch einfach in Ruhe«, sagt Stína verärgert.

»Rósa will dir etwas sagen.«

»Mir?«, fragt Stína verblüfft.

»Ja, dir. Sofort«, herrscht Jónatan sie an.

Stína seufzt und streicht über Hannas Handrücken. »Es wird nicht lange dauern. Bleib hier sitzen und ruh dich ein wenig aus. Einverstanden?«

Hanna nickt.

»Pass bloß auf, junge Dame«, sagt Jónatan, als Stína gegangen ist. »Wenn du keinen Ärger willst, achtest du auf das, was du sagst.«

Hanna blickt mit finsterer Miene auf. »Was könnte mein Leben denn noch schlimmer machen, als es schon ist?«

Jónatan schnaubt wie ein Stier. »Wenn du nicht das Maul hältst, nehmen sie uns den Jungen weg. Dann kommt er zu irgendwelchen Fremden, und wir sehen ihn nie wieder. Willst du das?«

Hanna bekommt einen Kloß im Hals. Nein, das will sie nicht. Sie liebt diesen Jungen, dieses kleine rosa Monster. Sie darf vielleicht nicht seine Mutter sein, aber ein Leben ohne ihn kann sie sich nicht vorstellen.

Es ist Sommer. Die Sonne steht am wolkenlosen Himmel und die Vögel zwitschern. Rósa hängt Wäsche auf, der penetrante Geruch von Weichspüler weht durch die Luft. Klein-Óskar sitzt auf einer Decke im Gras und spielt mit ein paar Gummifiguren.

Hanna hat die Kühe auf die Weide getrieben. Sie kommt über den Hof, setzt sich ins Gras und rupft gedankenverloren einen Grashalm aus. Ihre Mutter schaut kurz herüber und wendet sich wieder der Wäsche zu.

Der kleine Óskar bemerkt seine große Schwester. Sie winkt ihm verstohlen zu. Er strahlt über das ganze Gesicht und krabbelt auf allen vieren auf sie zu.

»Nein, nein!« Rósa springt hinzu, nimmt den Kleinen und setzt ihn auf die Decke zurück. »Óskar schön sitzen bleiben. Óskar bei Mama bleiben.«

Der Kleine wimmert.

»Óskar schön brav sein«, sagt Rósa. Dann wirft sie ihrer Tochter einen bösen Blick zu. »Hast du nichts Besseres zu tun, als uns zu stören?«

»Was habe ich denn getan?«, murrt Hanna.

Rósa schnaubt, dann hängt sie weiter Wäsche auf, jede Menge weiße Stoffwindeln, Strampelanzüge und Lätzchen.

Óskar kaut auf einem Gummiring und wirft ihn dann fort. Er sieht Hanna an, kneift die Augen zusammen, lacht übers ganze Gesicht und krabbelt wieder los, diesmal entschlossener.

Hanna wird innerlich ganz warm, gespannt beobachtet sie ihre Mutter. Als Óskar die halbe Strecke durch das Gras zurückgelegt hat, dreht sich Rósa um und reißt die Arme hoch.

»Nein, nein, nein!« Sie stampft los, Óskar krabbelt schneller und fängt an zu brüllen.

»Lass ihn doch zu ihr.«

Mutter und Tochter blicken gleichzeitig auf. Jónatan steht auf dem Hofplatz und verdeckt die Sonne.

»Was hast du gesagt?«, fragt Rósa überrascht. Óskar krabbelt weiter bis in die Arme seiner großen Schwester.

»Sind wir nicht eine große Familie?«, fragt Jónatan. Rósa schaut weg, Hannas Miene verdüstert sich. Die Frage ist gut, aber die Antwort ist hässlicher als die schlimmste Lüge.

Rósa stampft mit dem Fuß auf. »Aber ...«

»Nun bleib mal ruhig, Frau«, sagt Jónatan. »Sie sind Geschwister.«

Rósa schnaubt, dann stapft sie zur Wäscheleine zurück und hängt die restliche Wäsche auf.

Hanna drückt Óskar an sich und wirft einen Blick über die Schulter. Ihr Vater ist verschwunden.

Ihrer beider Vater.

Sie hebt ihren Sohn und kleinen Bruder hoch über den Kopf, hält ihn gut fest und lässt ihn fliegen wie einen Vogel. Er kreischt vor Vergnügen und sabbert auf sie herab. Sie lacht laut und der Sonnenschein wird zu einem kitzelnden Glücksgefühl. Sie sieht Óskar selig durch den Himmel fliegen und wünscht sich innig, dass dieser Augenblick nie enden möge.

Sie alle wissen, dass der Junge sich nicht normal entwickelt. Ein sonderbarer Schimmer liegt in seinen blauen Augen, eine Leere, so als fehlte ein Puzzlesteinchen im

Gesamtbild. Óskar hat eine Entwicklungsstörung und wird vielleicht nie richtig erwachsen werden. Aber gerade das, was ihm fehlt, macht ihn zu dem Menschen, der er ist, und vervollständigt so das Bild.

Er ist kein kleines Monster.

Er ist ein großes Kind.

Die Nacht ist schwarz, in der Ferne tauchen zwei Lichter auf wie Augen. Das dumpfe Grollen eines Motors wird lauter, ein amerikanischer Straßenkreuzer kommt rasch näher. Bremsen quietschen, eine Tür fliegt auf, im verqualmten Innenraum geht die Beleuchtung an.

»Raus mit dir!«

Hanna wird aus dem geöffneten Wagenschlag gestoßen. Sie landet auf dem Rücken und rollt vom Straßenrand. Sie trägt eine dünne Jacke, Glitzertop und Minirock.

Leere Bierdosen fliegen ihr nach. Im Auto lachen vier junge Kerle. Sie schlagen die Tür zu, der Motor heult auf und der Wagen fährt mit durchdrehenden Reifen davon. Hanna wird von Schottersteinchen überschüttet, die kühle Spätsommerdunkelheit riecht nach verbranntem Gummi.

»Arschlöcher!«, schreit sie dem Wagen hinterher, von dem nur noch die flammend roten Rücklichter zu sehen sind.

Mühsam rappelt sie sich auf. Ihre Strumpfhose ist durchlöchert und gerissen, sie hat nur einen Schuh an und kann den zweiten nicht finden. *Das dumpfe Gelächter des Fleisches verschmilzt mit der Wucht des Rhythmus, hohlem Grinsen, Trunkenheit, Schweiß, Zigarettenqualm und billigem Parfüm und ertrinkt zusammen mit dem Unglücklichsein, dem Schmerz und der Trostlosigkeit in einem halb leeren Glas mit Fusel und Coke und dem schwarzen Meer schlechten Gewissens, das bis zum nächsten Morgen schläft …*

»Scheiße«, stöhnt sie weinerlich und schwer betrunken. Sie schleudert den einzelnen Schuh in die Dunkelheit und biegt in den Schotterweg ein.

Immerhin haben sie sie nach Hause gefahren, das widerliche Pack.

Die Schottersteine bohren sich in ihre Fußsohlen, sie will im Gras am Straßenrand gehen, ist aber so voll, dass sie Schwierigkeiten hat, das Gleichgewicht zu halten, während sich im Kopf alles dreht.

Hanna fällt hin, sie kriecht auf Händen und Knien weiter, würgt und erbricht sich. Sie trägt keinen Slip mehr, der ist im Wagen geblieben, in dem riesigen, warmen Straßenkreuzer.

Ihr läuft etwas die Innenseite der Schenkel hinunter. Sperma von vier kräftigen Männern zwischen achtzehn und einundzwanzig Jahren.

Die haben bekommen, was sie wollten. Und sie hat Prügel bekommen, eine blutige Nase, Kinnhaken und Blutergüsse. Ein Zahn wackelt, ein Nasenloch ist zugeschwollen, im anderen hat sie den Geruch von Rost. Sie haben sie an den Haaren gezogen, sie gewürgt, festgehalten, geschlagen und *sie haben ihren Willen bekommen.*

Tüchtige Kerle.

Der Weg zum Hof zieht sich endlos, aber das Haus kommt doch allmählich näher. Am Schuppen brennt eine Außenlaterne: ihr Polarstern, das Leuchtfeuer, das dem Schiff den Weg zum Hafen zeigt, den direkten Weg nach Hause.

Nach Hause?

Sie kichert verächtlich. Sie schleicht sich durch die Waschküche ins Haus, bedeutet dem Hund, leise zu sein, und öffnet die Tür zum Flur. Ihre Füße sind zerschunden, sie hinterlässt rote Fußabdrücke. In der Küche brennt Licht, ihre Mutter sitzt im Morgenrock am Tisch und legt Patiencen. Es ist fünf Uhr morgens, doch sie legt in aller Seelenruhe Karten, wirft ihrer Tochter gerade einen Seitenblick zu und tut, als ob nichts sei.

»Spaß gehabt auf der Party?«

Hanna blinzelt, versucht, das Gleichgewicht zu halten und so zu tun, als sei alles normal, obwohl das vollkommen unmöglich und lächerlich ist. »Ja. Oder …«

»Ist was passiert?«, fragt ihre Mutter, ohne von den Karten aufzusehen.

»Ja«, schluchzt Hanna. »Ich bin an ein paar Typen geraten. Sie wollten mich nach Hause fahren, aber …«

»Aber was?«

»Sie haben mich einfach genommen, Mama. Sie haben mich genommen und …« Der Hals schnürt sich ihr zu und ihre Augen füllen sich mit Tränen.

Rósa schaut auf. Ihr Gesichtsausdruck ist kalt. »Es ist wirklich seltsam, Jóhanna, wie schlecht immer alle mit dir umgehen. Männer *nehmen* dich einfach, wie es ihnen passt.«

»Mama!«, schluchzt Hanna verzweifelt.

»Guck dich doch an! Stockbetrunken und angezogen wie eine Hafennutte.« Rósa erhebt sich und wischt dabei die Karten vom Tisch. Ihre Lippen beben, ihre Stimme zittert vor Erregung. »Wundert es dich etwa, dass sie dich *genommen* haben, du Flittchen? Du hast sie doch geradezu dazu animiert. Du bist ein loser Vogel und du lügst, du bist dazu verdammt unterzugehen, du babylonische Hure!«

Hanna weicht zurück, doch zu spät. Die Ohrfeige knallt auf ihre geschwollene Wange, die Knie knicken ihr weg und sie stürzt zu Boden.

Hanna fegt den Futtergang. Der Besen fährt gemächlich über den Boden, Staub wirbelt auf. Sie bewegt sich langsam und ziellos, lässt hier und da etwas liegen. Der Besenstiel scheint kürzer geworden zu sein, doch in Wirklichkeit ist sie gewachsen, siebzehn Jahre ist sie jetzt, fast erwachsen.

Rósa ist ins Haus gegangen, um das Abendessen vorzubereiten. Óskar guckt bestimmt die Kindersendung im Fernsehen oder knabbert an seinen Wachsmalstiften. Jemand räuspert sich. Hanna wirft einen Blick über die Schulter – mit den leblosen Augen einer zum Tode Verurteilten. Jónatan winkt sie zu sich. Sie lässt den Besen fallen, gehorcht, ohne sich zu beeilen.

Ungehorsam zieht Bestrafung nach sich: Ohrfeigen, Schläge, den Hintern voll.

Er schiebt sie vor sich her ins Büro und schließt die Tür hinter ihnen ab. Hanna geht wie eine Schlafwandlerin, gefangen in einem ewig wiederkehrenden Albtraum, aus dem sie, im Gegensatz zu gewöhnlichen Albträumen, jedoch nicht erwacht – dem Leben selbst, diesem großen Elend, ihrem Dasein und ihrer Rolle in jener Hölle, die ihre Eltern für sie eingerichtet haben.

Sie zieht sich langsam aus. Was ihre Mutter wohl kocht? Lammfleisch? Pferdefleisch? Die Küche füllt sich mit Fettdünsten, das Fenster beschlägt. Woran ihre Mutter wohl gerade denkt? An das Fleisch, das im Topf schmort? Oder an ihre Tochter, die ihren Kopf ausschaltet, bevor ihr Vater sie gewaltsam nimmt und sie mit Ekel, Selbstverachtung und Hoffnungslosigkeit füllt?

Hanna legt sich auf die Liege, lang, schmal, dürr. Ihre Brüste sind gewachsen, ihre Hüften breiter geworden. Sie guckt die Wand an und wartet auf das, was ihr bevorsteht. Jónatan macht den Oberkörper frei und lässt die Hose herunter. Er öffnet eine Dose mit Melkfett. Hanna krampft sich zusammen, dann versucht sie, sich zu entspannen.

»Dreh dich um!«

Hanna geht auf alle viere, Dunkelheit bricht über sie

herein, sie wird völlig taub, als schlafe ihr ganzer Körper ein und als sinke ihr Bewusstsein in schwarzen Morast.

Sie hasst ihren Vater und sie hasst ihre Mutter. Aus tiefstem wundem Herzen wünscht sie sich, dass sie Qualen erleiden mögen, dass sie sterben, dass sie beide zur Hölle fahren und dort bis in alle Ewigkeit schmoren.

Tick. Tack.

Jónatan stiert mit glasigen Augen auf den Fernseher. Auf dem Bildschirm reiten zwei gestandene Mannsbilder durch Berge und Täler. Sie treiben Kühe auf die Weide, schlagen ein Zelt auf, kochen Kaffee auf einem tragbaren Kocher. Der Himmel ist blau, die Berge sind gewaltig und die Weiden grün. Sie sind jung, frei und unabhängig.

Rósa wiegt sich vor und zurück, die Stricknadeln klicken leise. »Worum geht es in dem Film?«

Jónatan schließt die Augen, er ist in Gedanken woanders. »Worum? Nur um die Männer da. Sie sind Cowboys. Sonst passiert gar nichts. Es fehlen die Indianer.«

»Ach so.« Rósa strickt weiter.

Jónatan streckt sich nach der Flasche, gießt sich etwas nach.

Rósa tut so, als sehe sie es nicht, rutscht aber missmutig auf dem Sofa hin und her.

»Ist was?«, fragt Jónatan barsch.

»Ich habe nichts gesagt«, antwortet Rósa leise.

»Sei still!« Jónatan trinkt, verzieht das Gesicht und beruhigt sich wieder. Er lehnt sich zurück, legt die Arme auf die Sessellehnen und konzentriert sich erneut auf den Film.

Es ist Nacht. Die Cowboys liegen in ihrem Zelt. Zusammen. Etwas Seltsames liegt in der Luft.

Etwas Unangenehmes.

Jónatan ist nun sehr angespannt. Dann passiert genau das, was er am meisten befürchtet hat: Die beiden Cowboys küssen sich, sie wälzen sich im Halbdunkel und reißen sich gegenseitig die Kleider vom Leib.

Jónatans Gesicht läuft dunkel an. Schwulendreck! Was für einen hinterletzten Mist serviert das staatliche Fernsehen seinen Gebührenzahlern da?

»Ist es jetzt spannend geworden?«, fragt Rósa.

»Nein.« Jónatan leert sein Glas in einem Zug. »Das ist nur Mist! Ich gucke überhaupt nicht hin. Ich denke immer noch an den Idioten aus dem *Brennpunkt vorhin*. Diesen schwachsinnigen Sozi. Der den Einfuhrzoll auf ausländische Milchprodukte abschaffen und Hähnchenfleisch importieren will.«

»So so.«

»Das ist wirklich das Letzte.« Jónatan gießt sich das Glas wieder voll. »Genauso gut könnten sie gleich Keime und Krankheiten einführen.«

»Ist das denn nicht tiefgekühlt?«, fragt Rósa verwundert.

»Glaubst du etwa, diese Keime überleben keinen Frost? Glaubst du, übertragbare Krankheiten und …« Jónatan stockt, als sich auf der Diele ein großer Schatten regt.

»Ah, kommst du jetzt auch ins Haus, Junge?«, fragt Rósa, ohne aufzublicken.

Der Schatten gibt keine Antwort.

»Was trägst du denn mitten im Sommer den Kapuzenpullover?«, fragt Jónatan.

Der Schatten gibt keine Antwort.

»He, hast du keine Ohren?«

»Muh«, macht der Schatten und steigt die Treppe hinauf.

Jónatan schüttelt den Kopf. »Bald gebe ich es wirklich auf mit diesem Schwachkopf. Das sag ich dir.«

»Na, na, na.« Rósa strickt und strickt, ein grauer Wollstrumpf nimmt langsam Gestalt an. »Er ist doch bloß ein Kind und wird ewig ein Kind bleiben. Das können wir nicht ändern.«

Jónatan räuspert sich. »Er gehört eingesperrt. In einer Einrichtung in der Stadt. Da wäre er am besten aufgehoben.«

Rósa seufzt. »Ja, vermutlich.«

Der Schatten kommt die Treppe herab. Er ist groß und schwer, die Stufen knarren laut. Er bleibt in der Diele stehen, dreht sich und blickt stumm und ausdruckslos ins Wohnzimmer. Er hält das Gewehr des Bauern in den Händen. Die Abendsonne beleuchtet die Vorhänge, als loderte draußen eine dunkelrote Feuersbrunst.

Jónatan und Rósa sitzen wie zwei Statuen im Lichtschein des Fernsehers.

Alt und grau.

Wie Mumien.

Die alte Standuhr tickt: *Tick. Tack.*

»Ich habe das Buch gefunden«, sagt der Schatten.

Jónatan schaut auf. »Was?«

Óskar kommt mit langsamen Schritten ins Wohnzimmer. Er hat sich die Stierhaut um die Schultern gehängt und sie mit einem Stück Nylonschnur über der Brust zusammengebunden. Die zusammengenähte Haut des Stierschädels trägt er wie eine Maske vor dem Gesicht.

»O Gott!« Rósa hört auf zu stricken und erstarrt auf dem Sofa. Entsetzt starrt sie das schwarze Schreckgespenst an.

»Ich bin nicht Gott, ich bin Hannibal«, sagt Óskar mit monotoner Stimme. Er hält das Gewehr in Hüfthöhe und zielt damit auf seinen Vater.

Jónatan erhebt die Stimme: »Hast du den Verstand verloren, Kerl?«

Óskar blinzelt hinter der Maske mit den Augen. Er scheint nachzudenken, sagt aber nichts.

»Bist du taub?«, fragt sein Vater.

»Ich habe Hannas Tagebuch gefunden«, sagt Óskar.

»Was sagst du?«, fragt Jónatan lallend. Er erhebt sich, zieht eine Grimasse und bleibt mit dem Fuß hängen. Sein Glas fällt zu Boden, der trübe Fusel wird zu einem dunklen Fleck auf dem Teppich.

Óskar ist dermaßen erregt, dass er unter der blutigen Stierhaut zittert. »Das war sehr hässlich, Jónatan. Du hast etwas ganz, ganz Hässliches getan!«

Jónatan wird puterrot. »Jetzt hör mal zu, du Spinner! Du darfst die Lügen deiner Schwester nicht glauben. Wo war dieses verfluchte Buch?«

»Hanna lügt nicht. Sie sagt die Wahrheit. Sie wollte, dass ich das Buch finde.«

»Sie lügt!«, brüllt Jónatan.

»Óskarchen.« Rósa legt das Strickzeug weg und bemüht sich, die Ruhe zu bewahren und langsam und deutlich zu sprechen. »Es stimmt, was dein Vater sagt. Deine Schwester wusste nicht, was wahr ist und was nicht. Sie hatte eine krankhafte Fantasie. Man konnte nie glauben, was sie sagt.«

Óskar richtet das Gewehr auf Rósa. »Du hast ihr nicht geglaubt. Nicht einmal, als das Kind kam.«

»Natürlich habe ich ihr nicht geglaubt.« Rósa lächelt überheblich. »Deine Schwester hat Lügen gesponnen wie eine Spinne ihr Netz. Sie saß in ihrem Lügennetz und hat daran immer weiter gesponnen, bis sie sich selbst darin verfangen hat.«

»Nein!« In Óskars Augen tritt ein wütendes Funkeln. »*Du* bist die Lügnerin, Rósa! Du bist die Spinne.«

»Kein Mensch weiß, wer sie geschwängert hat«, sagt Jónatan schroff. »Sie war ein liederliches Luder, hat überall schnell das Höschen runtergelassen.«

»Das ist nicht wahr!«, schreit Óskar. Seine Augen starren dunkel, kalt und irre durch die Löcher in dem schrumpeligen Fell.

»Mein lieber Óskar«, sagt Rósa schmeichlerisch.

»Ich bin nicht dein lieber Óskar!«

Rósa fährt auf. »Wie kannst du es wagen, mir das zu sagen, nach allem, was ich …«

Unabsichtlich betätigt Óskar den Abzug.

Paff!

Der Knall hallt durch das Zimmer, das Gewehr ruckt, die Kugel fliegt knapp an Rósas Kopf vorbei und trifft einen Wandteller über dem Sofa. Der Teller zerspringt und Scherben fliegen durch die Luft.

Óskar kneift die Augen zu. Der Rauch verzieht sich, der Schießpulvergeruch beißt in der Nase, der laute Ton in den Ohren lässt langsam nach.

»Oh, oh …!« Rósa fasst sich ans Herz und sackt auf dem Sofa zusammen.

»Du hast auf sie geschossen!«, schreit Jónatan.

Rósa stöhnt, sie rutscht vom Sofa und landet zwischen Sofa und Tisch auf dem Rücken.

Jónatan streckt die Arme nach ihr aus. »Rósa!«

»Lass sie!«, sagt Óskar hinter seiner Maske.

»Was heißt, lass sie?«, regt sich Jónatan auf. »Siehst du nicht, dass sie Hilfe braucht?«

»Ist mir egal.« Óskar lädt das Gewehr nach und richtet es auf seinen Vater. »Los! Wir gehen nach draußen.«

Jónatan rührt sich nicht. »Aber …«

Óskar weicht ein paar Schritte zurück und zeigt zur Tür. »Kein Aber.«

Rósa jammert auf dem Boden.

»Deine Mutter stirbt.«

»Raus, habe ich gesagt«, kommandiert Óskar.

Jónatan hinkt ein paar Schritte. »Rede nicht so mit mir, Junge! Du weißt ja nicht, was du tust.«

»Raus mit dir!« Óskar stampft mit dem Fuß auf.

Jónatan verliert die Beherrschung. »Du hast auf deine Mutter geschossen, du Dreckskerl!«

»Um die kümmere ich mich hinterher«, entgegnet Óskar kühl. »Keine Sorge.«

Jónatan breitet die Arme aus. »Hinterher?«

»Los jetzt!«, schreit Óskar.

»Jaja.« Jónatan hinkt zur Tür, öffnet sie und tritt ins Freie. »Warum läufst du in diesem Fell rum, Junge? Du stinkst wie altes Aas.«

»Ich bin Hannibal«, sagt Óskar tonlos. »Ich bin gekommen, um euch zu bestrafen.«

»Bist du jetzt vollkommen übergeschnappt, Bursche?«, fragt Jónatan wütend. »Was hast du vor? Wohin gehen wir, verdammt?«

»Vorwärts, du Monster!!« Óskar folgt ihm dichtauf. Er zieht das schwere Fell hinter sich her wie eine Schleppe.

Auf dem Kies vor dem Haus bleibt Jónatan stehen. »Wir müssen einen Krankenwagen rufen, du Schwachkopf!«

Óskar steht wie ein schwarzes Gespenst hinter Jónatan und drückt ihm das Gewehr in den Rücken. »Vorwärts, habe ich gesagt.«

»Jaja, zum Teufel!« Jónatan hinkt weiter. Er ist betrunken, wütend und besorgt – ihm ist, als würde ihm das Blut in den Adern gefrieren. Sie nähern sich der Milchkammer. Die Tür steht offen. Der Rumpf des Stiers ist verschwunden und der Boden ist frisch gewischt. Der Flaschenzug hängt am Ende des Stahlträgers, an ihm ist eine Kette mit spitzen Haken befestigt.

Auf dem Dachfirst krächzt ein Rabe. Der Wind weht von Westen. Die Eisenkette rasselt träge.

Óskar

Es dunkelt. Der tiefrote Himmel verschmilzt am Horizont mit dem Meer. Die Berge sehen aus wie Scherenschnitte, und es liegt eine Dämmerung über dem Land, die zweifellos anheimelnd wäre, wenn da nicht die Blinklichter, Rufe und bewaffneten Menschen wären, die mit Taschenlampen und angeleinten Spürhunden umherlaufen.

Auf dem Hofplatz stehen drei Streifenwagen der Polizei und ein langer *Ford Econoline* mit getönten Scheiben, zwei Krankenwagen, ein Leichenwagen und zwei große Geländewagen der Lebensrettungsgesellschaft sowie mehrere Zivilfahrzeuge des kriminaltechnischen Untersuchungsdienstes aus Reykjavík. Rings um die Hofgebäude und Ställe verläuft das übliche gelbe Absperrband der Polizei. An einigen Stellen wurden starke Scheinwerfer auf hohen Stativen aufgebaut, ein mobiler Dieselgenerator läuft und das Flutlicht verwandelt das sonst ganz gewöhnliche Hofgelände in eine surreale Szene. Polizisten suchen den Platz systematisch nach möglichen Beweismitteln ab, während Ärzte, Kriminalisten und weiß gekleidete Mitarbeiter der KTU eilig durch die offenen Türen ein und aus gehen. Neben den Rettungswagen stehen Sanitäter in Dienstkleidung mit Bahren und die Bestatterin mit Leichensäcken bereit. Sie warten geduldig darauf, dass die Untersuchung des Tatortes abgeschlossen wird und der Distriktsarzt ihnen grünes Licht gibt. Polizisten und Mitglieder der Rettungswacht suchen die gesamte Umgebung nach dem mutmaßlichen Täter ab, der die beiden ausländischen Touristinnen angebrüllt hat wie ein Stier, bevor er ins unwegsame Gelände davonstürmte, bekleidet mit etwas, das der »Haut eines schwarzen Drachen ähnelte«, wenn der Aussage von Frida und Melanie zu glauben ist.

Sie sitzen auf der Rückbank in einem alten Polizeiwagen amerikanischer Bauart am Rand des Hofgeländes, jede eine Decke um die Schultern und einen Becher heißen Kakao in den Händen. Der Motor surrt im Leerlauf, am Steuer sitzt ein dicklicher Mann um die sechzig, groß und mit Glatze. Der Polizeichef von Eskifjörður kam nach dem Anruf der Mädchen als Erster zum Tatort. Sie hatten sich zunächst versteckt, erst als sie später den mutmaßlichen Täter davonlaufen sahen, trauten sie sich hervor und riefen vom Telefon im Haus den Notruf 112 an. Die Leitstelle alarmierte daraufhin die Polizei in Eskifjörður und Verstärkung aus Egilsstaðir und Reykjavík hinzu.

»Wann können wir endlich von hier weg?«, fragt Melanie auf Englisch. Sie ist wachsweiß, so wie ihre Freundin Frida. Beide stehen noch unter Schock, haben noch kaum begriffen, was sie auf dem Hof zu sehen bekamen, was ihnen widerfahren ist.

Der Polizist brummt leise: »Bald.«

Er ist sich so gut wie sicher, dass dieses grausige Blutbad auf das Konto dieses Ríkharður geht, jenes Herumtreibers, der am Wochenende im *Café Kósý* die Schlägerei angezettelt hat. Die Beschreibung des Mannes in der Wassertonne passt auf ihn.

Vielleicht hat ihn der Sohn des Bauern in Notwehr erschlagen, aber seine Eltern hat er nicht umgebracht, zum Donnerwetter.

Oder?

Der Polizist zündet sich eine Zigarette an.

Melanie hustet. »Muss das sein?«

»Wie? Ach so.« Er öffnet das Seitenfenster einen Spalt weit. Draußen vor der Windschutzscheibe tut sich etwas. Männer schreien, gestikulieren und richten die Scheinwerfer auf die Wiese hinter dem Hof.

»Was geht da vor sich?«, fragt Frida zaghaft.

Der Polizist beugt sich vor und stößt den Rauch aus. »Ich glaube … Ja, sie haben ihn gefunden. Mich laust der Affe …!«

Zwei Männer der Rettungswacht führen Óskar Jónatansson zwischen sich heran. Er trägt noch das Fell um die Schultern, aber sein Kopf ist unbedeckt und hängt schlaff auf die Brust.

»Mein Gott, das ist er!« Melanie fasst nach Frida, die auf ihrem Sitz versteinert.

Óskar schaut auf, mit traurigem Gesicht und flackerndem Blick, verschreckt und fragend zugleich. Ein Riese von Gestalt, aber so harmlos wie ein neugeborenes Lamm.

Die uniformierten Polizisten übernehmen ihn. Sie trennen die Schnur durch und nehmen ihm die Stierhaut ab, dann legen sie dem Bauernjungen Handschellen an. Er wirkt abwesend und leistet keinen Widerstand.

Das gelbe Cheerios-T-Shirt ist dunkel von geronnenem Blut, sein Gesicht glänzt von Schmutz und Fett.

»Please, können wir jetzt bitte gehen?«, schluchzt Frida, fast hysterisch vor Angst.

Der Polizist nickt bekümmert. »Wir fahren gleich, ja. Und ihr braucht keine Angst zu haben. Der Junge ist vollkommen harmlos. Er hat den Entwicklungsstand eines Fünfjährigen. Er könnte keiner Fliege was zuleide tun.«

Frida guckt mit großen Augen Melanie an, die ebenfalls ihren Ohren nicht traut. Will der Mann die Wahrheit nicht sehen, oder was?

Die Polizisten führen den Bauernjungen zu dem *Econoline* und lassen ihn hinten einsteigen. Dann klettern sie hinterher und schließen die Türen. Wenig später fahren sie davon.

»Er wird doch eingesperrt, nicht wahr?«, erkundigt sich Melanie hoffnungsvoll.

Der Polizist zuckt die Schultern. »Ja, ich denke schon.«

Aber nicht in eine Gefängniszelle, denkt er. Der Junge ist nicht schuldfähig, zum Donnerwetter! Er ist geistig behindert und jetzt obendrein Waise. So zurückgeblieben, dass er nicht einmal lesen und schreiben kann.

Mit Sicherheit kommt er in irgendeine Einrichtung. Schlimmstenfalls in die forensische Psychiatrie von Sogn im Südland. Da gibt es in der Ferne bläuliche Berge und überall grüne Wiesen, Kühe und Pferde auf den Weiden – er wird sich wie zu Hause fühlen. In Sogn gibt es Fachleute, die sich gut um diesen bedauernswerten jungen Mann kümmern werden. Er wird jede erdenkliche Hilfe erhalten, und mit der Zeit wird er hoffentlich vergessen, was sich hier ereignet hat.

»Können wir jetzt bitte fahren?«, fleht Frida.

Der Polizist schnippt die Zigarette durch den Spalt im Seitenfenster und legt den Gang ein. »Ja, jetzt fahren wir. Es ist vorbei. Hier gibt es nichts mehr zu sehen.«

Quellen

Miley Cyrus, »Wrecking Ball«, Songzeile, aus:
Album »Bangerz«, veröffentlicht: 2013, Label: RCA Records

Extreme, »More Than Words«, Songzeile, aus:
Album »Extreme II: Pornograffitti (A Funked Up Fairy Tale)«, veröffentlicht: 1990, Label: A&M

Zeitfracht Medien GmbH
Ferdinand-Jühlke-Straße 7
99095 Erfurt, Deutschland
produktsicherheit@kolibri360.de

Druck:
CPI Druckdienstleistungen GmbH
im Auftrag der
Zeitfracht Medien GmbH
Ein Unternehmen der Zeitfracht - Gruppe
Ferdinand-Jühlke-Str. 7
99095 Erfurt